光文社古典新訳文庫

われら

ザミャーチン

松下隆志訳

光文社

Title : Мы
1924
Author : Евгений Замятин

目次

われら

記録1

要点　布告・もっとも賢い線・叙事詩

左に一語一句そのまま書き写すのは、今日の〈国家新聞〉に掲載された記事である。

百二十日後に〈インテグラル〉の建造が完了する。最初の〈インテグラル〉が宇宙空間に飛び立つ偉大な歴史的瞬間は近い。千年前、諸君の英雄的な先祖は全地球を〈単一国〉の権力に服従させた。諸君の眼前に控えているのは、よりいっそう栄えある偉業である。ガラスで造られ、電気で動き、炎を噴き出す〈インテグラル〉によって、宇宙の無限の方程式を積分（インテグレート）するのだ。おそらくはまだ自由という野蛮な状態にある他の惑星に棲む未知の生物を、諸君は理性の恵み深い軛（くびき）につながなければならない。われらが数学的に誤りのない幸福をもたらそうとしていることが相手に理解されない場合には、彼らを強制的に幸福にすることがわれらの義務である。ただし武力に訴える前に、まずは言葉を試みよう。

〈恩人〉の名において、〈単一国〉の全ナンバーに布告する。

腕に覚えのある者は皆、〈単一国〉の美と偉大さに関する論文、叙事詩、宣言（マニフェスト）、頌歌（オード）、またはその他の作品を制作すること。

それは〈インテグラル〉が運ぶ最初の積み荷となるだろう。

〈単一国〉万歳、ナンバー万歳、〈恩人〉万歳！

書きながら、頬が火照（ほて）るのを感じる。そうだ、壮大な宇宙の方程式を積分（インテグレート）する。そうだ、野蛮な曲線を伸ばしてまっすぐにし、接線に、漸近線に、直線に近づける。なぜなら、〈単一国〉の線は直線だから。偉大で、神聖で、正確で、賢い直線こそが、あらゆる線の中でもっとも賢い線なのだ……。

私はД（デー）-503、〈インテグラル〉の建造技師であり、〈単一国〉の一数学者にすぎない。数字に慣れたこの筆に母音韻（アソナンス）や脚韻（ライム）の音楽を生み出す力はない。私はただ、自分が見て考えることを、より正確にはわれらが考えることを記録しようと試みるだけだ（そう、まさにわれら。だからこの『**われら**』が私の記録のタイトルになるだろう)。しかしそれはわれらの生活の、〈単一国〉の数学的に完全な生活の導関数となるだろうし、だとすれば、自分の意志とは無関係に、おのずから一篇の叙事詩となるのではないか？　そうなると私は信じているし、知ってもいる。

書きながら、頬が火照るのを感じる。おそらくこれは、女性が初めて自分の中に新しい——まだちっぽけで目も見えない——人間の脈動を感じたときに味わうものに似ている。これは私であると同時に私ではない。そして数カ月の長きにわたって自分の体液と血液を与えた後、痛みとともにそれをわが身からもぎ取り、〈単一国〉にすっかり捧げなければならない。

だが、私には覚悟がある。われら全員と、あるいはほぼ全員と同じように、私には覚悟がある。

記録2

要点　バレエ・四角いハーモニー・X

春だ。〈緑の壁〉の向こう、目には見えない未開の平原から、風が蜜を含んだ黄色い花粉を運んでくる。この甘い花粉のせいで唇が乾燥し、ひっきりなしに唇を舐めることになる。だからきっと、すれ違う女性の唇は（もちろん男性の唇も）どれも甘くなっているに違いない。それがいささか論理的思考を妨げる。

だがそれにひきかえ、この空ときたらどうだ！　ひとひらの雲にすら汚されていない青空（古代人の趣味はひどく野蛮だった。あんな無意味で、無秩序で、愚かにひしめき合っている水蒸気の塊が、詩人にインスピレーションを与えたというのだから）。私が愛するのは――われらが愛するのはと言っても間違いではないはずだが――まさにこのような殺菌された非の打ちどころのない空だけである。こんな日は世界全体が、

〈緑の壁〉やわれらの全建造物と同じように、もっとも揺るぎない不滅のガラスでできている。こんな日は、事物のもっとも蒼い深部が、それまで知られていなかった驚くべき方程式が見える。日常のごく見慣れたものの中にそれが見えるのだ。

そう、たとえばこんなことがあった。私は今朝〈インテグラル〉を建造中の造船台を訪れ、そこでふといくつかの工作機械を目にした。瞑目し無我夢中で回転するレギュレーターの球体、きらきら輝きながら体を左右に曲げるクランク、誇らしげに肩を揺するバランサー、聞こえない音楽のリズムに合わせてスクワットする立て削り盤のビット。軽やかな空色の陽光あふれるこの壮大な機械バレエの美のすべてを、私は不意に見いだしたのである。

そして自問自答した。なぜ美しいのだろう？　なぜダンスは美しいのだろう？　答え――それが不自由な運動だから。ダンスの深い意味はまさにこの完全な美的隷属にこそ、理想的な不自由にこそある。われらの先祖が人生の最高に心昂（たか）ぶる瞬間（宗教秘儀、軍事パレード）にダンスに身を委ねたというのが確かなら、それが意味するところはただ一つ。つまり、不自由を求める本能は太古から人間に生まれつき備わったものであり、今日（こんにち）の生活でわれらはただ意識的に……。

結論は後回しにしなければならない。番号表示器がパチッと鳴った。目を上げる。もちろん、O-90だ。三十秒後には本人がここに現れるだろう。私をウォーキングに誘うために。

かわいいO！ いつも思うが、名は体を表すとはまさに彼女のことだ。〈母性基準〉より十センチほど背が低いため、旋盤で研磨されたように全身が丸みを帯びている。そしてピンクのO――口――は私が発する一語一語に向かって開かれている。さらに手首には、幼児によく見られるふっくらとした丸いくびれがある。

彼女が入ってきたとき、私の中では論理の弾み車がなおも猛烈に唸りを立てており、惰性から私は、つい今しがた自分で立てた公式について、われらも機械もダンスも含まれている公式について話しだした。

「素敵だ。そうだろう？」

「ええ、素敵ね。春ですもの」O-90はピンクの笑みを浮かべた。

やれやれ、春ときたか……。彼女は春に思いを馳せている。これだから女ってやつは……。私は閉口した。

下に降りる。大通りは人でいっぱいだ。こんな天気の日はたいてい、われらは昼食後の〈個人時間〉を追加のウォーキングに費やす。いつものように、〈音楽工場〉はパイプを総動員して〈単一国行進曲〉を奏でていた。数百数千のナンバーが、四人一列で、一糸乱れず、熱狂的に拍子を取りながら歩いていた。皆が空色のユニファ[1]を着て、胸に各自の国家番号が記された金バッジをつけている。そして私は――もとい、われら四人は――この雄大な流れの中にある無数の波の一つなのだ。左側にはO－90（これを書いたのが千年前の私の毛深い先祖の誰かだったら、きっと彼女のことを《私の》という滑稽な言葉をつけて呼んだだろう）、右側には見知らぬ男女のナンバー。

至福の青に染まる空、一つ一つのバッジに光る子どものようなミニ太陽、無分別な思考に曇らされていない顔たち……。光線――おわかりだろうか、こうしたすべては、単一の、光を放つ微笑みの物質でできている。一方、金管のリズムは《トラ・タ・タ・タン、トラ・タ・タ・タン》。この日差しにきらめく金管の階（きざはし）。その一段ごとに、あなたはますます高く、めくるめく蒼の中へと昇っていく……。

そして今朝の造船台でと同じく、またしても私は見た。まるでこれが生まれて初め

1　［原注］おそらく古語の〈ユニフォーム〉に由来。

てのように、すべてを見た。不変のまっすぐな通り、日差しを飛び散らせるガラス道、神々しい平行六面体の透明な住居、灰青色の隊列が織り成す四角いハーモニー。そして幾多の世代ではなく、私が——まさに私が——古い神や古い生活に勝利し、まさに私がこうしたすべてを創造したかのような気になった。まるで自分が塔のようで、肘でも動かそうものなら、壁や丸屋根や機械の破片が降ってくるのではないかと不安になる……。

そして瞬時に、+（プラス）から−（マイナス）へ数世紀を越える跳躍が生じた。思い出した（おそらく対比による連想だろう）。突然、博物館のとある一枚の絵を思い出した。二十世紀当時の大通り。人、車、動物、広告、樹木、ペンキ、鳥などの、耳を聾（ろう）するほどに多種多様でこんがらがった雑踏……。これは実際にそうだった、そんなことがあり得たという話だ。とても本当のこととは思えず、あまりにも馬鹿馬鹿しかったので、私は堪えきれずに突然笑いだした。

すると即座にこだまが返ってきた——笑い声——右の方からだ。そちらを振り向くと、白い、並外れて白い鋭い歯と、見知らぬ女性の顔が目に入った。

「ごめんなさい」彼女は言った。「だけど、とても高揚した様子で辺りを見渡していらっしゃるから。神話の天地創造七日目の神さまか何かみたいに。どうやら、私を創ったのも他ならぬ自分自身だとお考えのようね。実に光栄ですこと……」

話している間、彼女はにこりともしなかった。その口調には若干の敬意すらこもっていたと言ってもいい（あるいは、私が〈インテグラル〉の建造技師だと知っているのだろうか）。だが、よくわからないが、彼女の目ないし眉に、人を苛立たせる奇妙なXのようなものがあって、それを把握して数で表すことがどうしてもできない。

なぜかうろたえ、ややしどろもどろになりながら、私は自分の笑いを論理的に正当化しはじめた。完全に明白なのは、今日と当時との間のこの対比は、この越えられない深い溝は……。

「ですが、どうして越えられないのでしょう？（なんて白い歯だ！）溝に橋を渡せばいいじゃないですか。考えてもみてください、こうした太鼓や大隊や隊列が当時もあったということは……」

「ええ、そうです、明白です！」私は叫んだ（これは驚くべき思考の交叉だった。彼女は私とほぼ同じ言葉で、私がウォーキング前に書いたことを話したのだ）。「いいですか、思考さえもそうなんです。なぜなら、誰も《一人》ではなく、何か《の一人》

だからです。われらはそれほどまでに等しく……」

彼女が言った。

「本当にそう思います?」

こめかみに向かって鋭角に吊り上がった眉が見えた。まるでXの鋭い角だ。私はまたしてもなぜか取り乱し、右と左をちらっと見て、そして……。

私の右側には彼女、細くて、シャープで、鞭のように頑固でしなやかなI-330(今ナンバーが見えた)。左側にはO、まったく別のタイプで、どこもかしこも円でできており、手には幼児のようなくびれがある。そしてこの四人組の端には見知らぬ男性ナンバー。Sの字みたいに二度カーブしている。われらは皆違っている……。

右側のI-330は私の途方に暮れた視線を捉えたのか、ため息まじりにこう言った。

「そう……残念!」

実際、この《残念》はまさしくこの場にぴったりの言葉だった。だがまたしても、彼女の顔か声に何か思わせぶりなものがあった……。

私はいつになくぞんざいな口ぶりで言った。

「残念なことなどない。科学は進歩し、そして明らかに、たとえ今すぐでなくとも、五十年後、百年後には……」

「みんなの鼻だって……」

「そう、鼻だって」私はほとんど叫んでいた。「たとえどんなことだろうと、嫉妬の理由が存在するからには……。私の鼻がボタンみたいで、他の連中の鼻が……」

「まあでも、あなたの鼻は昔で言うならむしろ《古典的》かもしれないわ。でも、手の方はどうかしら……。いいえ、見せて、手を見せてちょうだい！」

他人（ひと）に自分の手を見られるのは耐えられない。全体が毛深くて、もじゃもじゃしている。まったく馬鹿げた先祖返りだ。片手を差し出してから、私はできるだけ他人事のような声で言った。

「猿の手だ」

彼女は手を一瞥し、それから顔を見た。

「だけどこれは最高に興味深い和音ね」彼女は天秤に掛けるように私を目で量り、その眉の端にまたもや角がちらついた。

「この人は私に登録されています」O－90が嬉しげにピンクの口を開いた。

黙っておけばいいものを……まったく言う必要のないことだ。そもそもこのかわいい○は……何と言えばいいか……舌の速度を誤算している。舌の秒速は思考の秒速より常にやや低くなるべきで、決して逆であってはならないのだ。

大通りの突き当たりにある蓄電塔の鐘が高々と十七時を打った。〈個人時間〉は終わった。I－330はあのS字の男性ナンバーとともに去ろうというところ。男の顔は敬意を抱かせ、今になって知っているような気もしてきた。どこかで会ったことがあるのだが、今は思い出せない。

別れ際にIは、相変わらずXめかした笑みを浮かべて言った。

「明後日(あさって)、112番講堂に寄ってみて」

私は肩をすくめた。

「あなたが言った講堂に行けという指令が出たらね……」

彼女は妙に自信ありげに言った。

「出るわ」

この女が私に及ぼした不快な作用は、方程式の中に偶然紛れ込んだ分解不可能な無理数項と同じだった。だから、束の間でもかわいい○と二人きりになれたことが嬉しかった。

二人で手をつないで、大通りを四つ歩いた。曲がり角でOは右に、私は左に折れる。「今日あなたのところへ行って、ブラインドを下ろしたいの。今日、今すぐ……」おずおずと、Oはくりくりした青いクリスタルの目で私を見上げた。

おかしな女だ。どんな言葉をかけてやれただろう？ つい昨日私のところへ来たばかりだし、二人の次のセックス日が明後日だということは、彼女も私と同じくらい知っている。これは単なる《早期思考》というやつで、よくある（ときに危険な）エンジンの早期点火と同じことである。

別れ際に二度……いや、正確に書くと三度、私はひとひらの雲にすら汚されていない素敵な青い目にキスをした。

記録3

要点　スーツ・壁・タブレット

　昨日書いたものを全部読み返してみてわかったが、私の書き方には明快さが足りない。つまり、われらには誰にとってもすべて明々白々なことだ。しかし、わかったものではない。〈インテグラル〉が運んでいくこの記録の受け手となる未知の諸君は、文明の偉大な書物を約九百年前のわれらの先祖のページまでしか読み終えていないかもしれないのだ。〈時間タブレット〉、〈個人時間〉、〈母性基準〉、〈緑の壁〉、〈恩人〉といった基礎用語すらご存じないかもしれない。滑稽だが、それと同時にこうしたことをいちいち説明するのは実に骨が折れる。それは作家が、たとえば二十世紀の作家の誰それが、自分の小説の中で《スーツ》や《アパート》や《妻》の意味を説明しなければならなくなったのとまったく同じことである。とはいえ、仮にその小説が未開人のために翻訳されるとなれば、《スーツ》に関する注釈抜きですませることなど考えられるだろうか？

未開人が《スーツ》を見たら、《こりゃいったい何のためだ？　邪魔なだけだ》と思ったに違いない。私が〈二百年戦争〉この方われらの誰一人として〈緑の壁〉の外に出たことがないと言ったら、諸君はまったく同じような目つきになるのではないだろうか。

しかし、親愛なる諸君、少しは考えてみてほしい、これはとても役に立つことなのだから。われらの知る限り、人類史とはこれすべて遊牧形態からより定住的な形態への移行の歴史だということは明白だ。ということは、もっとも定住的な（われらの）生活形態こそが同時にもっとも完全な（われらの）生活形態である、ということになるのではないか。人間が地球のあちこちを走り回っていたのは、国家やら、戦争やら、貿易やら、様々な新大陸（アメリカ）の発見やらがあった先史時代だけの話だ。今やそんなものがなぜ、誰にとって必要だというのだろう？

この定住の習慣ができるまでに労力と時間を要したことは認める。〈二百年戦争〉の間にすべての道路が破壊され、草が生い茂った。緑の密林によって互いに切り離された都市での生活は、最初はさぞ不便極まりなく思えたことだろう。だが、それがどうした？　人間が尻尾をなくした後だって、尻尾の助けを借りずに蠅を追い払う術を身につけるには、たぶん時間がかかったのではないか。最初はきっと尻尾がなくて寂しかったはずだ。しかし今、諸君は尻尾のある自分の姿を想像できるだろうか？　あるいは、《スーツ》を着ずに（諸君がまだ《スーツ》を着て歩き回っている可能性もあるので）裸で外にいる自分の姿を想像できるだろうか。それと同じことで、私は〈緑の壁〉を身につけていない都市など想像できない、〈タブレット〉という数の法衣に包まれていない生活など想像できないのだ。

〈タブレット〉……。まさに今も、自分の部屋の壁から、金地に赤紫色の数字が私の目を厳しく優しく見つめている。古代人が《聖像画》と呼んだものがふと思い出され、詩や祈禱文（どちらも同じだが）を作ってみたくなる。ああ、なぜ私は詩人ではないのか。そうしたらおまえを立派に讃えてやれるのに。おお〈タブレット〉よ、おお〈単一国〉の心臓と脈よ！

われらは皆（あるいは諸君もそうかもしれない）子どもの頃に学校で、今日まで伝わる古代文学最大の金字塔《鉄道時刻表》を読んだものである。だがそれすらも〈タブレット〉の横に置いてやれば、黒鉛とダイヤモンドが並んでいるように見えるだろう。化学式はどちらも同じC（炭素）なのに、ダイヤモンドの永遠さ、透明さ、輝きときたらどうだ！　轟音とともに《時刻表》のページを疾走するとき、息苦しい思いをしない者はいない。ところが〈時間タブレット〉は、われら一人一人を、現実に、大叙事詩に登場する六輪戦車に乗った鋼の英雄に変身させてくれるのだ。毎朝六輪戦車の正確さで、数百万のわれらが一人の人間のように同時同分に起床する。同時刻に数百万人が一人のように仕事を始め、数百万人が一人のように終わらせる。そしてわれらは数百万の手を持つ単一の体と化し、〈タブレット〉が定める同一秒にスプーンを口に運び、同一秒にウォーキングに出かけ、講堂へ、テイラー・エクササイズのホールへ行き、眠りに就く……。

隠し立てするつもりはさらさらない。われらはまだ幸福という問の絶対に正確な解を得てはいない。十六～十七時、二十一～二十二時の一日計二回、単一の強大な有機体が個別の細胞に分解する。これがタブレットで定められた〈個人時間〉である。この時間には次のような光景が見られる。ある者は心清らかに部屋のブラインドを下ろし、ある者は〈行進曲〉の金管の階を昇るように大通りを歩き、またある者は今の私のように書き物机に向かう。だが私は――やれ理想主義者だの、やれ夢想家だのと言われようとも――固く信じている。遅かれ早かれいつかは、これらの時間のための場所を一般式の中に見つけられるはずだと、いつかは八万六千四百秒すべてが〈時間タブレット〉に収められるはずだと信じている。

人々がまだ自由な状態で、つまり未組織の野蛮な状態で生活していた時代については、信じられないようなことを数多く読んだり聞いたりしてきた。だがもっともあり得ないように思われたのは、いつだって次のことだった。今日の〈タブレット〉に類するものもまったくなく、義務ウォーキングもなく、食事時間の厳密な規制もなく人々が生活し、思い立ったときに寝起きすることを、たとえ萌芽的とはいえ当時の国家権力が許可していたというのだ。一部の歴史家は、当時は街灯が一晩中ともり、夜通し人や乗り物が通りを行き交っていたとまで言っている。

これがどうにも理解できない。彼らの理性がいかに限られたものであったにせよ、そんな生活はただ日々ゆっくり進行するだけの真の大量殺人だということくらいは理解すべきだった。国家（すなわち人道）は一人の人間を死なせることは禁じたが、数百万人を半殺しにすることは禁じなかった。一人の人間を殺して人類の総寿命を五十年縮めることは犯罪なのに、人類の総寿命を五千万年縮めることは犯罪ではないという。どうだ、滑稽ではないか？　今日ではこの数理道徳問題は十歳のナンバーなら誰でも三十秒もかからずに解いてしまうが、彼らには哲学者(カント)たちがいくら束になっても解けなかった（というのも、この哲学者(カント)たちの誰も加減乗除に基づく科学倫理体系の構築を思いつけなかったからである）。

ところで、国家（よくも国家を名乗れたものだ！）が性生活を完全に管理の埒外(らちがい)に置いていたとは、これまた不条理な話だ。誰でも、いつでも、好きなだけ……。まったくもって非科学的で、獣同然。そして獣よろしく、後先なしに子を産んだ。滑稽ではないか？　園芸法や養鶏法や養魚法を知っていながら（それらを彼らが知っていたという確実なデータがある）、この論理の階梯の最終段たる養児法にはたどり着けなかった。われらの〈母性基準〉や〈父性基準〉まで考えが及ばなかったというのだ。

あまりにも滑稽で、とても本当のこととは思えないので、書いたはいいが不安になってくる。未知の読者よ、ひょっとすると諸君は私のことを意地の悪い冗談屋だと思うのではないか？　ただ諸君を嘲笑したいがために、真面目くさって無意味きわまる戯言(たわごと)を話しているのではないか？

しかし第一に、私には冗談の才能がない。どんな冗談にも嘘が陰関数となって紛れ込むからだ。第二に、古代人の生活が右に書いた通りだと〈単一国科学〉が主張しており、〈単一国科学〉が誤ることなどあり得ない。それに、人々が自由の状態で、つまり獣や猿や家畜の群れ同然に生きていた時代、いったいどこに国家の論理が現れる余地があったというのだろう? 彼らに何を期待できるだろう? この現代でさえ——どこか底の方から、毛深い深みから——今なおたまに、猿の野蛮なこだまが聞こえるというのに。

幸い、たまにだけだ。幸い、それは部品の些細な故障にすぎない。修理は容易で、〈機械〉全体の永遠で偉大な歩みを止めるには及ばない。そして曲がったボルトを取り除くためには、〈恩人〉の熟練した重い手が、〈守護者〉の経験豊富な目がある……。

そういえば、今になって思い出した。昨日のあのSみたいに二度カーブした男だが、彼が〈守護者局〉から出てくるのを見たことがある気がする。彼に対して本能的な敬意を抱いた理由が今ならわかる。そして、あの奇妙なIが彼の前で話していたときに感じた気まずさ……。認めざるを得ないが、あのIは……。

就寝ベルが鳴っている。二十二時三十分。ではまた明日。

記録4

要点　未開人と気圧計・癲癇・もしも

これまで私の人生はすべて明白だった（この《明白》という言葉に対する自分のある種の執着にも訳がありそうだ）。だが今日は……。わからない。

第一に、あの女が言った通り、私は本当に112番講堂に行くよう指令を受けた。その確率は、$\frac{1,500}{10,000,000} = \frac{3}{20,000}$ であるけれども（1,500は講堂の数で、10,000,000はナンバーの数）。第二に……だが、順を追っての方がいいだろう。

講堂。隅々まで陽光が射し込む巨大なガラスの半球。滑らかに刈り込まれた上品な球形の頭が円盤状に並んでいる。少しどきどきしながら私は辺りを見回した。探していたのだと思う。ユニファの青い波の上のどこかに、ピンクの鎌が、Oのかわいらしい唇がきらりと光らないかと。誰かの異様に白い鋭い歯が見えたが、まるで……いや、違った。今晩二十一時に〇が私のところへ来るのだ。ここで彼女に会いたいと思うのはごく自然なことだった。

ベルだ。起立と〈単一国国歌〉の斉唱が行われる。続いて壇上では、音声講師(フォノレクター)が金のスピーカーと持ち前のウィットを輝かせながら話しだした。

「ご出席のナンバー諸君！　このほど考古学者が二十世紀のとある書物を発掘した。その中で皮肉な作者は未開人と気圧計について述べている。未開人は気圧計が《雨》で止まるたびに、実際に雨が降ることに気づいた。そして雨が欲しくなると、水銀柱がちょうど《雨》の高さになるのに必要な量の水銀をほじくり出した（スクリーンには鳥の羽を着けて水銀をほじくり出している未開人、笑い声）。諸君は笑っている。だが、あの時代のヨーロッパ人の方がはるかに嘲笑に値するとは思わないかね。ヨーロッパ人も未開人と同じく《雨》を欲しがった。大文字の雨、代数学的な雨を。ところが連中ときたら、ただ腰抜けのように気圧計の前で突っ立っているだけだったのだ。少なくとも未開人にはより多くの勇気とエネルギー、そして野蛮なとはいえ論理があった。結果と原因の間に関係があることを突き止められたのだからね。水銀をほじくり出すことで未開人は偉大な道の第一歩を踏み出すことができたのであり、その道に沿って……」

そこで（繰り返すが、ここには何一つ包み隠さず書いている）私はしばらくの間、スピーカーから流れてくるすがすがしい言葉の洪水に対して、一種の防水状態になった。ふと、ここに来たことが無駄に思えた（なぜ《無駄》だと？　指令が出た以上、来ないわけにはいかなかった）。すべてが虚（むな）しく、あるのは殻だけ——そんな風に思えた。そしてやっとのことで注意のスイッチを入れたとき、音声講師（フォノレクター）はすでに本題に移っていた。われらの音楽、数学的作曲理論（数学は原因、音楽は結果）、最近発明された音楽メーターの紹介。

「……このハンドルを回すだけで、誰でも一時間に三曲までソナタを製造できる。諸君の先祖はこれに苦心惨憺（さんたん）したものだ。《インスピレーション》という未知の形態の癲癇があり、自分自身をその発作まで追い込んでようやく、創作を行うことができたのだから。さて、これから彼らが作った音楽の痛快な実例をお耳に入れよう。スクリャービン[2]の音楽、二十世紀。この黒い箱（壇上の幕が開き、古代の楽器が現れる）——この箱は《グランド》だの《グレート》だのと呼ばれていたが、それがまたしても証明しているのは、彼らの音楽全体がいかに……」

それから先の記憶はまたしてもない。その理由として可能性が高いのは……。いや、まあはっきり書くが、《グランド》とかいう箱に近づいてきたのがあの女、I-330だったからだ。きっと、彼女が思いがけず壇上に現れたことに衝撃を受けただけのことだろう。

彼女は古代の奇怪な衣装を着ていた。体にぴたりとフィットした黒いドレス、露わな肩と胸のくっきりと際立つ白さ、呼吸に合わせて揺れる谷間の温かい影……そして目映い、ほとんど邪悪とすらいえる歯……。

咬むような微笑がこちらへ、下の方へ向けられる。腰を下ろして弾きはじめる。野蛮で、痙攣的で、雑然とした音楽だ。まるで当時の彼らの生活そのもののように、理性的な機械性など微塵もない。周囲の誰もが笑っているが、もちろんそれが正しい反応だ。数人だけが……しかしなぜ私も——私も?

そう、癲癇——心の病——痛み……。緩やかで甘美な痛み——咬む——もっと深く、もっと痛く。それからゆっくりと太陽が昇る。われらの太陽ではない。ガラスの煉瓦を通り抜けて均等に射し込む、あの青みを帯びたクリスタルの太陽ではない。違う。これは疾走し焼き尽くす野生の太陽だ——すべてを己から退け、すべてをずたずたに引き裂く。

隣の席の男が左を、私の方を横目で見て、くすりと笑った。なぜかとてもはっきりと覚えているが、男の唇に微視的な唾の泡が浮かんで弾けるのが見えた。その泡が私を正気に戻した。私は再び私となった。

皆と同じように、私が聞いているのはただの無意味で忙（せわ）しない弦のお喋りだった。私は笑った。気が楽になり、気詰まりな感じがなくなった。才能豊かな音声講師（フォノレクター）はあの野蛮な時代を生々しく再現しすぎた。ただそれだけのことだ。

その後でわれらの現在の音楽を聴くのは実に愉快だった（対比のために最後に実演されたのである）。無限級数が出会いと別れを繰り返すクリスタルの半音階と、テイラー[3]とマクローリン[4]の公式が導く総括の和音。ピタゴラスのズボン[5]のように四角く

2 アレクサンドル・スクリャービン（一八七二～一九一五）。ロシアの作曲家・ピアニスト。初期の作風はショパンの影響を強く受けたものだったが、後年は神秘主義思想に傾倒し、独特の響きを持つ「神秘和音」を用いた作品を作曲した。

3 ブルック・テイラー（一六八五～一七三一）。イギリスの数学者。主著『増分法』（一七一五）で関数の級数展開に関する「テイラーの定理」を発表した。

ずっしりとした全音の転調。減衰振動が奏でるもの悲しげなメロディー。休符のフラウンホーファー線[6]によって移ろう鮮やかなリズム――惑星のスペクトル分析……なんという壮大さ！　なんという揺るぎない合法則性！　それにひきかえ、気紛れで、野蛮な幻想以外の何ものにも限定されていない古代人の音楽の憐れなことときたら……。

いつものように四人一列で整列し、広い扉から全員が講堂を出ていく。見覚えのある二度カーブした男の姿がそばをちらっと通り過ぎた。私はうやうやしく頭を下げた。

一時間後にはかわいいOがやって来るはずだ。私は愉快で有益な興奮を覚えた。帰宅するなり事務所へ急行、当直に自分のピンククーポンを渡し、ブラインド権の証明書を受け取った。この権利が与えられるのはセックス日だけだ。それ以外の日は、光り輝く空気で織られたかのような透明な壁に囲まれ、常に人に見られる状態で、永遠に光に洗われながら生活している。互いに隠し事は一切ない。さらに、こうすることで〈守護者〉の過酷で高貴な労働が楽になる。さもないとどうなっていたことか。ひょっとすると、古代人の奇妙で不透明な住居こそが、あの憐れむべき細胞的心理を生み出したのかもしれない。《わが家（原文のまま）はわが城である》[7]などと、まったく、連中の思いつきそうなことだ！

二十二時にブラインドを下ろしてすぐ、Oが少し息を切らしながら入ってきた。ピンクの小さな口とピンクの小さなクーポンを差し出す。私は券を一枚もぎ離すと、後はもう二十二時十五分の最後の瞬間まで、ピンクの口から自分をもぎ離すことはできなかった。

それから彼女にこの《記録》を見せた。四角形や立方体や直線の美について、かなり上手く話せたと思う。彼女はうっとりピンクになって耳を傾けていたが、突然、青い目から涙がこぼれた。一滴、二滴、三滴。開いたページ（七ページ）の上に直接。インクが滲んだ。やれやれ、書き直さなければならない。

4 コリン・マクローリン（一六九八〜一七四六）。スコットランドの数学者。テイラーの定理において0を中心としたものは「マクローリンの定理」と呼ばれる。

5 ピタゴラスの定理をふざけて言ったもの。ロシアの昔の算数の教科書では、ピタゴラスの定理を説明するために直角三角形の各辺に別々の方向に向かって正方形を描いた図が用いられ、これが男性用のズボンに似ているためそう呼ばれる。

6 太陽の連続スペクトル中に見られる無数の暗線。一八一四年、ドイツの物理学者ヨゼフ・フォン・フラウンホーファー（一七八七〜一八二六）が発見。

7 イギリスの法律家・政治家エドワード・コーク（一五五二〜一六三四）に由来する格言。

「ねえ𠆢、もしもあなたが、もしも……」

《もしも》？　《もしも》何だ？　またぞろ例の子どもの話か。それとも、ひょっとして何か新しい話だろうか……あの女のことか？　だがそれではまるで……。いや、それはあまりにも馬鹿げているだろう。

記録5

要点　正方形・世界の支配者・愉快で有益な機能

また上手くいかない。未知の読者よ、私の話し方はまたしても、諸君がまるで……そう、たとえば旧友のR-13ででもあるかのようだ。彼は詩人で、黒人風の唇をしており——とまあ、彼のことなら誰でも知っている。一方の諸君——月に、金星に、火星に、水星にいる諸君——がどこの誰かはまったくわからない。

つまりこういうことだ。想像してみてほしい。正方形がある。生きたとても美しい正方形が。この正方形は自分について、自分の生活について話さなければならない。その際、自分の四つの角がすべて等しいことについて話そうとは、正方形は夢にも思わないだろう。彼にとってそれはあまりに見慣れた日常の光景なので、もはや単に目に入らなくなっているのだ。かく言う私も常にこの正方形の状態にある。そう、ピンククーポンだろうと、あるいはそれに関連する何だろうと、私にとっては四つの角の等しさのようなものだが、諸君にとってはニュートンの二項定理[8]よりはまだわかるという程度かもしれない。

それはさておき、古代のある賢人が、もちろん偶然にだが、賢明なことを述べている。曰く、《愛と飢えが世界を支配している》[9]。ゆえに、世界を支配したければ、人は世界の支配者を支配しなければならない。われらの先祖は高い代償を払ってついに〈飢え〉を征服した。私が言っているのは〈大二百年戦争〉、都市と農村間の戦争のことだ。おそらくは宗教的迷信から、未開のキリスト教徒は頑固に自分たちの《パン》[10]に執着していた。しかし〈単一国〉樹立紀元前三五年、現在われらが口にしている石油食品が発明された。事実、生き残ったのは地球人口のわずか〇・二パーセントだった。だがその代わりに、数千年の汚れから清められた地表はピカピカになった。その代わりに、この〇・二パーセントは〈単一国〉の宮殿で無上の喜びを味わっている。だが、喜びと嫉妬が幸福と呼ばれる分数の分子と分母だということは明白ではないか。それでもなおわれらの生活に嫉妬の理由が残っているとすれば、〈二百年戦争〉の無数の犠牲には何の意味があったのだろう。にもかかわらず、嫉妬の理由は残っている。なぜなら、《ボタン》の鼻や《古典的》な鼻が残っているのだから（あの日のウォーキング中の会話）、大勢から求愛される者と、誰からも求愛されない者がいるのだから。

当然のことだが、〈飢え〉を服従させた後（代数学的には＝外的幸福の総和）、〈単一国〉は世界のもう一つの支配者である〈愛〉に攻撃を仕掛けた。そしてついにこの自然の力も打ち負かされた。つまり組織化され、数式化され、そして約三百年前、われらの歴史的な《性愛法（レクス・セクスアリス）》が布告されたのである。《すべてのナンバーは、性的産物としての任意のナンバーに対する権利を有する》

まあ後はもう技術的な問題だ。〈性愛局〉の実験室（ラボ）で入念な検査を受け、血中の性

8　二項定理は代数で二項式の累乗を二項の同次式として表す公式（$(a+b)^2=a^2+2ab+b^2$など）。イギリスの物理学者・天文学者・数学者アイザック・ニュートン（一六四二〜一七二七）は、この定理を一般化して分数や負の数など整数以外にも拡張した。

9　ドイツの劇作家・詩人フリードリヒ・シラー（一七五九〜一八〇五）の詩“Die Weltweisen”（一七九五）より。

10　[原注]この言葉は詩的隠喩（メタファー）の形でのみ残っている。この物質の化学組成は不明。

ホルモン含有量が正確に測定され、然るべき〈セックス日表〉が作成される。その後、該当日にこれこれのナンバー（たち）の使用を希望する旨を申し出て、所定のクーポン綴り（ピンク）を受け取る。それで全部だ。

もはやいかなる嫉妬の理由も存在せず、幸福という分数の分母がゼロにされた以上、分数が荘厳な無限と化すのは明白だ。そして古代人にとっては無数の愚にもつかない悲劇の源泉だった当のものが、われらのもとで、睡眠、肉体労働、食物摂取、排便その他と同じように、有機体の調和のとれた愉快で有益な機能へと変えられた。このことからも、触れるものは何であれすべて浄化する論理の力の偉大さがわかるだろう。ああ、未知の諸君にもこの神々しい力を知り、その力にとことんまで従う術を学んでもらいたいものだ。

……おかしい。今日、私は人類史の最頂点について記し、この上なく澄んだ思考の山気を絶えず呼吸しているというのに、心の中はなぜか曇り模様で、蜘蛛の巣が張り、十字架のような四つ足のXがある。それともこれは私の手足で、目の前にずっと自分の毛深い手足があったせいなのだろうか。その話はしたくない。嫌いなのだ。これは未開時代の痕跡だ。まさか私の中には本当に……。

こんな話は要点の範囲を超えているのでいっそのこと全部削除したかったが、後で消さないことに決めた。最高に精密な地震計のように、この記録にはどれほど些細な脳の動揺すらも曲線で示させるとしよう。時にはこうした振動こそが前兆として役に……。

だがこれこそもはや無意味というもので、本当に消してしまうべきだ。われらの手で自然の諸力がすべて正常な軌道に乗せられた以上、いかなる破局（カタストロフ）もあり得ないのだから。

そして今や完全に明白だ。自分の内側の奇妙な感覚、これはすべてこの記録の冒頭で話した正方形の状態のせいだ。自分の内側にXがあるということではなく（そんなことはあり得ない）、ただ私が心配なのは、未知の読者よ、諸君の内側に何らかのXが残ることなのである。しかし諸君は私をあまり厳しく責めないだろうと信じている。諸君は全人類史上のどんな書き手もいまだかつて経験したことのない執筆の苦労をわかってくれるだろうと信じている。ある者は同時代人のために書き、ある者は子孫のために書いた。しかし先祖のために、あるいは遠く懸け離れた野蛮な先祖に似た存在のために書いた者は、これまで誰一人としていなかったのだから……。

記録6

要点　出来事・いまいましい《明白》・二十四時間

繰り返しになるが、この記録では何一つ隠し立てせずに書くことを自らに義務づけた。よって、いかに悲しむべきことであろうと、ここで次のことは指摘しておかなければならない。どうやら、われらのもとですら生の凝固・結晶化プロセスはまだ完了しておらず、理想まではなおもいくつかの段階を経なければならないらしい。理想（これは明白だ）はもはや何事も起こらないところにあるのだが、いまだに……。何なら、実例を挙げよう。今日の〈国家新聞〉に出ていたのだが、二日後に〈立方体広場〉で〈裁判祭〉が執り行われる。つまり、またしてもナンバーの誰かが偉大な〈国家機械〉の歩みを乱し、またしても予想外・計算外のことが起きたということだ。

それどころか、私の身にも異変が起きた。確かにそれは〈個人時間〉に、すなわち予想外の事態のために特別に割り当てられた時間に起きたことだったとはいえ、それにしても……。

十六時頃（正確には十五時五十分）、私は部屋にいた。急に電話が鳴った。

「Ⅲ-503？」女性の声。

「ええ」

「お暇？」

「ええ」

「I-330ですけど。今からそちらへ飛んでいきますから、一緒に〈古代館〉へ出かけましょう。いいかしら？」

I-330……。このIは私を苛立たせ、反発させ、怯（おび）えに近い感情を抱かせる。しかしだからこそ、私は「ええ」と答えた。

五分後、私たちはすでにアエロに乗っていた。五月の空は青いマヨリカ焼きさながらで、軽やかな太陽もブーンと唸る金色のアエロに乗って、私たちの後につかず離れずついてくる。しかし前方には、白内障の目のような白い雲がある。無意味で、ぶくぶくしていて、まるで昔の《キューピッド》の頬みたいで、なんとなく邪魔だ。開いたフロントウィンドウから吹き込む風で唇が乾き、仕方なく唇をずっと舐めているので、唇のことがずっと頭から離れない。

そうこうするうちに、早くも遠くにくすんだ緑色の斑点が見えてきた。〈壁〉の外だ。その後、思わず心臓が少しきゅっとなった。下へ、下へ、下へ。まるで険しい山から滑り降りるような急降下。そして〈古代館〉の前に着陸した。

この奇妙で脆い建造物にはろくに窓がなく、全体がガラスの殻にすっぽり覆われている。そうでもしなければ、無論とっくの昔に倒壊していたことだろう。ガラス扉の前に一人の老婆がいた。全身皺くちゃで、とくに口がそうだ。皺や襞だらけで、唇はもはや内側に引っ込んでおり、なんとなく草が生い茂っているかのようで、この老婆が話しだすということが到底信じられなかったが、それでも彼女は話しだした。

「まあ、お前さんたち、あたしのお家を見に来たのかい?」そして皺が光りだした(つまり、皺が寄って光線のような形になったので、《光りだした》という印象が生じたのだろう)。

「はい、おばあさん、また見たくなって」とI。

皺が光った。

「このお天道様はどうだい？　それで、何、何だって？　ああ、まったくこのお転婆娘ときたら！　わかった、わかった！　まあいいから、二人だけでお行き、あたしゃ日なたぼっこしてる方がいいから……」

ふむ……。たぶん私の連れはここの常連なのだろう。何か邪魔なものがあって、払い落としてしまいたい。たぶんそれは、先ほどと同じ執拗な視覚的イメージだ。滑らかな青いマヨリカ焼きの中に浮かぶ雲。

広くて暗い階段を上っている途中で、Iが言った。

「あのおばあさんのことが好きなんです」

「どんなところが？」

「さあ。あの口かもしれないし、理由なんてないのかもしれません。ただなんとなく」

私は肩をすくめた。ほんのかすかな笑みを浮かべながら――あるいはちっとも笑みなど浮かべていなかったかもしれないが――彼女は話を続けた。

「とても罪悪感があります。だって、《ただなんとなく好き》ではなく、《ちゃんと理由があって好き》ではないといけないのは明白ですもの。あらゆる自然の力は必ず……」

「明白だ……」と言いかけてすぐその言葉が気になり、Iを盗み見た。気づかれただろうか？

彼女はどこか下の方を見ていた。まぶたがブラインドのように下りている。

ふと思い出した。夜二十二時頃に大通りを歩くと、煌々と照らされた透明な細胞の中にブラインドの下りた暗い細胞がいくつか見え、それらのブラインドの向こうには——彼女のブラインドの向こうには何がある？ どうして今日電話してきた、これはいったいぜんたいどういうことだ？

ぎいっと軋む重い不透明な扉を開け、私たちは暗い無秩序な空間に入った（これは当時《アパート》と呼ばれていた）。あの《グレート》とかいう奇妙な楽器。野蛮で、非組織的で、狂気じみた——まるで当時の音楽さながらの——雑然たる色と形。頭上には白い平面。暗青色の壁。古代の書物の赤や緑や橙（だいだい）の装丁。黄色いブロンズの枝つき燭台、仏像。癲癇を起こして歪んだかのような、どんな方程式にも収まらない家具の線。

私はこの混沌に耐えるだけでもやっとだったが、連れの方はもっと図太い神経をしているらしかった。

「ここは私のいちばん好きな……」そしてはっと気づいたように、咬む微笑、白い鋭い歯が現れた。「正確には、彼らのすべての《アパート》の中でいちばん馬鹿げたものです」

「あるいはさらに正確を期すなら、《アパート》ではなく国家ですね」私は訂正してやった。「永遠に戦争を続ける何千もの微視的国家、その残酷さときたら……」

「ええそう、明白ですね……」さも大真面目にIは言った。

私たちは小さな子ども用ベッドが置いてある部屋を通り抜けた（この時代は子どもも私有財産だったのだ）。するとまたいくつも部屋があった。きらりと光る鏡、陰気なクローゼット、雑多な色合いが耐えがたいソファー、巨大な《暖炉》、大きなマホガニーのベッド。われらが現在使用している美しく透明な永遠のガラスは、見るも憐れな脆い四角窓にしか見当たらなかった。

「考えてもみてください、当時の人々はここで《ただなんとなく愛し》、恋い焦がれ、煩悶した……（またもやまぶたのブラインドが下がる）。なんて無意味に、なんて無駄に人間のエネルギーが消費されたことか。そうじゃありません？」

それはまるで自分の心の声だった。彼女は私の考えを話していた。しかし、その微笑には絶えずあの苛立たしいXがあった。あのブラインドの向こう側で、彼女の中で何かが起こっている。何かはわからないが、それが私には我慢ならなかった。議論を吹っ掛け、（文字通り）怒鳴りつけてやりたかったが、同意せざるを得なかった。同意しないわけにはいかなかった。

私たちは鏡の前で足を止めた。その瞬間、私には彼女の目だけが見えていた。ふと、ある考えが浮かんだ。人間はこの馬鹿げた《アパート》と同じくらい野蛮な構造をしているのではないか。人間の頭は不透明で、目というちっぽけな窓が内側に開いているだけだ。彼女は私の考えを見抜いたかのように振り返った。《ほら、これが私の目よ。どう？》（もちろん口には出さなかったが）

私の前には二枚の不気味に暗い窓があり、その内側には未知の他者の生活がある。炎だけが見えた。彼女の内なる《暖炉》が燃えているのだ。そして誰かの姿があり、それはどうやら……。

もちろん、当たり前のことだった。そこに映った自分自身の姿が見えたのである。しかしその姿は不自然で、自分らしくなかった（おそらく部屋の雰囲気が重苦しく作用したのだろう)。私は明確な恐怖を感じ、自分がこの野蛮な檻の中に囚われ閉じ込められているように感じ、古代の生活の野蛮な旋風にさらわれたように感じた。

「あの、ちょっとだけ隣の部屋に行っていてくれませんか」Iの声は内側から、目の暗い窓の向こうの、暖炉が燃え盛っているところから聞こえてきた。

私は部屋を出て腰を下ろした。小さな壁棚から、さる古代詩人の獅子鼻の非対称な顔(プーシキン[11]のようだ)が、ほんのかすかな笑みをまっすぐ私に向けていた。なぜ自分はここに座り、おとなしくこの微笑に耐えているのか、そしていったい全体これは何のためなのか、どういう訳で自分はここにいて、こんな馬鹿げた状態に置かれているのか? 苛立ちと反発を感じさせるあの女、奇妙なゲーム……。

隣の部屋ではクローゼットの扉の音やシルクの衣擦れの音がしており、私はそこへ行ってみたい気持ちをやっとのことで抑えた。はっきりとは覚えていないが、たぶん、あの女に辛辣(しんらつ)な言葉を山ほど浴びせてやりたかったのだろう。

11 アレクサンドル・プーシキン(一七九九〜一八三七)。ロシアの詩人・小説家。ロシアにおける国民文学と近代文章語を確立した。母方の曽祖父がエチオピア出身で、アフリカの血は詩人の気質や相貌に現れている。

だが女はもう出てきた。丈の短い古風なライトイエローのドレスに、黒い帽子、黒いストッキングという装い。ドレスは薄いシルクで、とても長いストッキングがはるか膝上まであるのがはっきり見えた。そして開いた首もと、谷間の陰影……。

「あの、人と違ったことをしたいのでしょう、それは明白ですが、はたして……」

「明白ね」Iが遮った。「独創的であることは他に抜きんでることである。したがって、独創的であることは平等を乱すことである……。そして古代人の愚かな言葉で《平凡》と呼ばれたものは、われらにとっては単に己の義務を果たすことを意味する。なぜなら……」

「そう、そう、そう！　まさに」我慢できずに私は言った。「だからこんなことは何も、何も……」

彼女は獅子鼻の詩人の像に近づき、目の野蛮な炎――それは内側に、彼女の窓の向こうにある――をブラインドで覆うと、（私をなだめるためか）今度は真面目くさって実に理性的な考えを口にした。

「かつてはこんな人たちの存在が許されていたなんて、驚くべきことだと思いません？　許されていたどころか、崇められていた。なんという奴隷根性！　そうじゃありませんか？」

「明白です……。つまり、私が言いたいのは……（このいまいましい《明白》！）」

「ええ、そうね、わかります。だけど実際には、彼らは王冠をいただいた連中よりも強い支配者だった。どうして彼らは隔離もされず、駆逐もされなかったのか？　現代では……」

「そう、現代では……」私は口を開いた。すると突然、彼女がげらげら笑いだした。私は彼女の笑いをこの目で見た。響きわたるその笑いは、鞭のようにしなって弾む急な曲線を描いていた。

胴震いしたのを覚えている。とりあえず彼女をつかまえて——それからどうするつもりだったかは記憶にない……。とにかく何かをすることが必要で、何をするかはどうでもよかった。私は機械的に自分の金バッジの蓋を開け、時計に目をやった。十七時十分前。

「そろそろ時間では？」私はできるだけ丁寧に言った。

「私と一緒にここに残ってくださいとお願いしたら？」

「あのね、あなた……自分が何を言っているかわかっているんですか？　十分後には講堂にいないといけない……」

「……そして全ナンバーが芸術および科学の所定科目を履修しなければならない……」私の声でIは言った。それからさっとブラインドを引き上げ、目を上げた。暗い窓の向こうで暖炉が赤々と燃えていた。「〈医療局〉に知り合いの医者がいます。彼は私に登録されているんです。私が頼めば、あなたが病気だったっていう証明書を発行してくれますよ。どうですか？」

そういうことか。このゲーム全体の向かう先がやっと呑み込めた。

「こいつは驚きだ！ いいですか、本来なら、私は誠実な一ナンバーとして、直ちに〈守護者局〉に出頭しなければなりません。そして……」

「本来なら、ね（鋭い咬む微笑）。ものすごく興味あるわ。あなたが〈守護者局〉に出頭するかどうか」

「あなたは残るんですね？」私はドアノブをつかんだ。それは銅でできていて、自分の声にも同じ銅の響きがした。

「ちょっとだけ……。いいかしら？」

彼女は電話に近づいた。ある番号を告げ――あまりに動揺していて、誰だったかは覚えていない――大声で言った。

「〈古代館〉で待っています。ええ、そう、一人で……」

私は銅の冷たいドアノブを回した。

「アエロを借りてもいいですか?」

「あ、ええ、もちろん! どうぞ……」

ゲート前の日なたでは、老婆が植物のように微睡(まどろ)んでいた。またも驚くべきことに、草ぼうぼうの口が開いて話しだした。

「お連れさんは――おや、一人で残ったのかい?」

「一人で」

老婆の口が再び草に覆われた。首を横に振っている。どうやら、この衰えた脳すらも、あの女の振る舞いがいかに愚かで危険かを理解しているらしい。

十七時ちょうど、私は講義に出席していた。そこでなぜかふと、あの老婆に嘘をついたことを悟った。Iは今あそこに一人ではない。ひょっとすると、無意識に老婆を騙したというまさにそのことが心苦しく、それで講義が耳に入らなかったのかもしれない。そう、一人ではない。それが問題だ。

二十一時半以降は自由時間だった。今日のうちに〈守護者局〉に出頭し、届出をすることもできただろう。しかし、あの愚かしい出来事の後で私は疲労困憊（こんぱい）していた。それに、届出の法定期間は二日だ。明日でも間に合う。まだ二十四時間まるまるある。

記録7

要点　まつ毛・テイラー・ヒヨスとスズラン

深夜。緑、橙、青。赤いグレートな楽器。オレンジみたいに黄色いドレス。それから銅の仏陀。にわかに銅のまぶたが上がり、仏陀から汁が流れだす。汁は黄色いドレスからも出て、鏡に滴り、大きなベッドからも、子ども用ベッドからも汁がぽたぽた垂れ、今や私自身からも——そして何やら死ぬほど甘美な恐怖……。目が覚めた。青みがかった適度な照明。きらきら輝くガラスの壁、ガラスの椅子、机。それらが心を落ち着かせ、心臓の動悸も収まった。汁、仏陀……なんという不条理。病気なのは明白だ。以前は夢など決して見なかった。古代人にとって夢を見るのはごく普通の正常なことだったと言われている。無理もない。何しろ、彼らの生活全体がいわば恐怖のメリーゴーラウンドだったのだから。緑——橙——仏陀——汁。しかしわれらは夢が重度の精神病だということを知っている。そして私は、これまでの自分の脳が、高精度時計(クロノメーター)で点検された塵(ちり)一つない光り輝くメカニズムだったことを知っている。だが今は……。そう、今はまさに脳内に何か異物が入り込んだ感じだ。ものすごく細いまつ毛が目に入ったような。体全体は意識されないのに、まつ毛が入った目のことだけは片時も頭を離れない……。

枕元でクリスタルのベルが爽やかに鳴る。七時、起床。左右のガラスの壁越しに見えるのは、あたかも自分自身、自分の部屋、自分の衣服、自分の動作のようで、それが千回も反復される。自分が巨大で強力で単一なものの一部であることがわかり、そのことに励まされる。そしてこの実に正確な美。余計な身振りや屈曲や回転は一切ない。

そう、あのテイラー[12]は紛れもなく古代最高の天才だった。確かに彼は、自分の方法を生活全体に、一歩一歩に、丸一日に拡大することまでは思いつかなかった。自分のシステムを一時間から二十四時間に積分(インテグレート)することはできなかった。だが、それにしてもだ。古代人はどうしてカントのような輩(やから)に関しては図書館がいくつも埋まるほど本を書いておきながら、十世紀も先を見通し得た予言者テイラーにはろくに注目しないでいられたのだろう。

朝食終了。整然と〈単一国国歌〉が斉唱される。整然と四人一列でエレベーターへ。かすかに聞こえるモーターの唸り。高速で下へ、下へ、下へ。軽い心臓の動悸……。

そこでふと、なぜかまたもやあの馬鹿げた夢が、あるいはあの夢の陰関数のようなものが思い浮かんできた。ああ、そうだ、昨日アエロでも同じことがあったのだった。下降。とはいえ、すべては終わったことだ。ピリオド。あの女に対して断固たる厳しい態度で臨んだのは実によかった。

地下鉄に乗って造船台へと急ぐ。そこでは今はまだ動かない、火によって命を吹き込まれる前の〈インテグラル〉の優美な船体が、日差しの下で輝いている。目を閉じて公式を思い描いた。今一度、頭の中で〈インテグラル〉の離陸に必要な初速を計算してみる。一秒にも満たないごくわずかな時間のうちに〈インテグラル〉の質量は刻々と変化する（爆発性燃料が消費されるため）。方程式は超越数を含む非常に複雑

12　フレデリック・テイラー（一八五六～一九一五）、アメリカの技術者、経営学者。生産現場における生産性の向上を目的とした「科学的管理法」を提唱し、近代的マネジメントの基礎を確立した。

なものとなった。

この堅固な数の世界で、誰かが隣に座り、誰かの体が軽く当たり、「失礼」と言うのが夢うつつに感じられた。

薄目を開ける。最初に見えたのは（〈インテグラル〉からの連想で）、宇宙空間めがけてまっしぐらに飛んでいく何か。頭だ。それが飛んでいる。なぜなら、両脇にピンクの耳が翼のように張り出しているからだ。それから突き出た後頭部の曲線——猫背——二度のカーブ——Sの字……。

そして私の代数学的世界のガラスの壁を通り抜け、またもやまつ毛が入り込んだ。この不快な何か。今日こそは必ず……。

「いえいえ、大丈夫です」私は隣の男に微笑みかけ、会釈した。彼のバッジにS‐4711の番号が光った（最初から彼が私の中でSの字と結びついていた理由がわかった。あれは意識に記録されない視覚的印象だったのだ）。そして両目がぎらりと光った。それは二本の鋭いドリルで、高速回転しながらどんどん深く入り込み、そして今にも底の底まで達し、私が自分自身にすら隠しているものを見るだろう……。

不意にまつ毛の正体がすっかり明白になった。彼は〈守護者〉の一人だ。いちばん手っ取り早いのは、ぐずぐず先延ばしにしたりせず、今すぐ洗いざらい話してしまうことだ。

「あの、昨日〈古代館〉へ行ったのですが……」それは奇妙で、押しつぶされたように平坦な声だった。私は試しに咳払いをした。

「それはそれは、結構ですね。あそこは非常に教訓的な結論を導くための材料を与えてくれますから」

「それがその、一人ではなく、ナンバーI-330と一緒だったのですが、そこで……」

「I-330？ よかったですね。非常に面白くて才能豊かな女性ですよ。ファンも多い」

……だがこの男も先日のウォーキングで……ひょっとしたら、彼女に登録されていることだって？ いやいや、そんな話を持ち出すわけにはいかない。あり得ない。それは明白だ。

「ええ、ええ！ もちろん、もちろんです！ 非常に」私の笑みはますます愚かしく広がり、その笑みのせいで自分が裸の愚か者のように感じられた……。

二本のドリルは私の底に達すると、高速回転しながら目の中へ戻った。Sは二重の笑みを浮かべて私に会釈し、すうっと降車口へ向かった。
私は新聞で顔を隠し（皆に見られているような気がしたので）、そしてすぐに、まつ毛のことも、ドリルのことも、何もかも忘却の彼方となった。読んだ記事の内容にすっかり興奮させられたのだ。それは短い一節だった。《確かな情報筋によると、〈国家〉の恵み深い軛からの解放を目的とする神出鬼没の組織の形跡が新たに発見された》
《解放》だって？　人間という種の犯罪的本能のしぶとさには驚かされる。意識して《犯罪的》と書いた。自由と犯罪は切っても切れない関係にあり、たとえるなら……そう、アエロの運動と速度のようなものだ。アエロの速度＝0なら、アエロは動かない。人間の自由＝0なら、人間は犯罪を起こさない。それは明白だ。人間を犯罪から救う唯一の方法、それは人間を自由から救い出すことだ。そしてわれらはその自由から救い出されたばかりだというのに（宇宙的スケールからすれば、もちろん数世紀も《ばかり》となる）、急にどこぞの憐れむべき馬鹿どもが……。
いや、どうして昨日直ちに〈守護者局〉に出頭しなかったのか理解できない。今日の十六時以降に必ず行こう……。

十六時十分に外出してすぐ、曲がり角でOを見かけた。この邂逅に彼女は全身をピンクの恍惚に染めた。《この単純で丸い頭脳の持ち主を見ろ。ちょうどいい。この女なら私のことを理解して、支持してくれるだろう……》だが、いや、支持など不要だ。私の決意は固い。

〈音楽工場〉のパイプが整然と〈行進曲〉を轟かせていた。毎日同じ〈行進曲〉。この日々の繰り返し、鏡のような性質には、筆舌に尽くしがたい魅力がある！

Oが私の手をつかんだ。

「ウォーキング？」まん丸な青い目が私に向かって大きく見開かれる。内側に開いた青い窓。そして私は、どこにも引っ掛かることなくその中へと侵入する。中には何もない。つまり、異質なものや不要なものは一切ない。

「いや、ウォーキングはしない。用事があって……」私は行き先を伝えた。すると驚いたことに、口のピンクの円がピンクの三日月に変わり、酸っぱいものでも口にしたように両端が下がるのが見えた。私はついかっとなった。

「君たち女性ナンバーときたら、つける薬がないほど偏見に蝕まれているようだ。まったく抽象的な思考ができない。失礼だけど、それはただの愚鈍というものだよ」

「スパイたちのところへ行くのね……はあ！　せっかく〈植物館〉であなたのためにスズランを一本手に入れて……」

「どうして《せっかく》？　その《せっかく》ってどういう意味だい？　まったく女らしい言いぐさだ」私は頭にきて（それは認める）彼女からスズランをひったくった。「ほら、これが君のスズランかい？　嗅いでみなよ。いいにおいだろう？　せめてちょっとは論理をわきまえてくれないか。スズランはいいにおいがする。それはそうだ。だが、においについて、《におい》という概念自体について、善し悪しを云々することはできないだろう？　できっこない、そうだろ？　スズランのにおいもあれば、ヒヨスのいやなにおいもある。どちらもにおいだ。古代国家にはスパイがいて、わが国にもスパイがいる……そう、スパイだ。僕は言葉を恐れないぞ。だけど、あちらのスパイはヒヨスだが、こちらのスパイはスズランだということは明白だ。そう、スズランだ、そうだ！」

　ピンクの三日月が震えていた。それはただの気のせいだったと今ならわかるが、あのときはてっきり彼女が笑いそうになっているのだと思い込んでいた。だから私はさらに大きな声で叫んだ。

「そう、スズランだ。何も可笑しなことなどない、可笑しなことなどあるものか！」丸く滑らかな球形の頭たちが傍らを流れていき、何事かと振り返った。Oは優しく私の手を取った。

「今日は何だか変よ……。病気じゃない？」

夢――黄色――仏陀……。するとたちまち明白になった。私は〈医療局〉に行かなくてはならない。

「ああ、その通りだ。病気なんだ」私は実に嬉しそうに言った（そこにはまったく説明できない矛盾があった。嬉しがる理由などないのだ）。

「それならすぐお医者さまにかからないと。わかっているでしょう、健康は義務である――あなたにこんなことを証明しないといけないなんて可笑しいわ」

「いや、かわいいO、もちろん君は正しいよ。絶対に正しい！」

私は〈守護者局〉には行かなかった。〈医療局〉に行かなければならなかったのだから仕方ない。そこで十七時まで拘束された。

晩には（だがどうせ晩にはもうあそこは閉まっている）、晩にはOが私のところへやって来た。ブラインドは下ろさなかった。二人で大昔の数学問題集の問題を解いた。

これは実に心を落ち着かせ、頭をすっきりさせてくれる。O－90は頭を左肩の方へ傾けてノートに向かい、熱中するあまり左頰を舌で突っ張っていた。その仕草がいかにも子どもっぽくて、とても魅力的だった。そして私の心の中も万事良好で、正確で、単純だった……。

Oが帰った。私は一人だ。二度、深呼吸した（就寝前にそうするのがとても健康にいいので）。すると突然、何やら思いがけないにおいがして、実に不愉快なことが頭をよぎった……。それはすぐに見つかった。ベッドの中に一本のスズランが隠してあったのだ。たちどころにすべてが渦を巻いて底から舞い上がった。いや、このスズランをこっそり置いていったのは、単にあの女が無神経なだけだろう。そうとも、私は出頭しなかった。だが、病気なのは私のせいではない。

記録8

要点　無理根・R-13・三角形

これはもうずっと昔の話で、学校時代、私は$\sqrt{-1}$に遭遇した。とてもはっきりと記憶に刻まれている。明るい球形教室、数百人の少年の丸い頭、そして私たちの数学教師プリヤパ。プリヤパというあだ名がついたのは、それがもう相当な年代物で、ぐらぐらしており、当番が後ろからプラグを差し込むと、スピーカーからいつも最初に《プリヤプリヤプリヤッシー》と音がして、それから授業に入るからだった。ある日、プリヤパは無理数[13]について話した。私は拳骨で机をがんがん叩き、「$\sqrt{-1}$なんていや

13　一般に$\sqrt{-1}$は虚数だが、ザミャーチンは無理数（irrational number）という表現を用いている（巻末の「解説」も参照のこと）。

だ！ $\sqrt{-1}$を僕から抜き取って！」と泣き喚(わめ)いたのを覚えている。この無理根は無縁で異質な恐ろしい何かとして私の中に根を下ろし、私をむさぼり食った。それは理性(ラチオ)を超えていたので、意味づけることも、無害化することもできなかった。

そして今、再び$\sqrt{-1}$が現れた。記録を読み返してみたが、ただ$\sqrt{-1}$見たくなさに私が自分を欺き自分に嘘をついていたのは明白だ。病気だの何だのはどれも些細なことで、出頭することはできた。一週間前なら迷わず出頭していただろう。それがなぜ今になって……。なぜ？

そして今日もまた。ちょうど十六時十分、私は光り輝くガラスの壁の前に立っていた。頭上では局の看板の文字が金色の晴れやかで澄んだ輝きを放っている。ガラスの奥には、空色のユニファの長蛇の列があった。人々の顔はまるで古代の教会の灯明のようにほのかに光っている。彼らは偉業を成し遂げるためにやって来た、自分の恋人を、友人を、さらには自分自身を〈単一国〉の祭壇に捧げるためにやって来たのだ。私も——私もあの列に加わり、彼らと一緒にいたかった。それなのにできない。両足はガラス板に深く半田づけされたかのようだ。ただ突っ立ってぼんやり眺めているだけで、その場から動くこともできない……。

「おーい、数学者殿、黄昏（たそが）れちゃって！」

　私はびくっと身震いした。笑いのニスを塗ったような黒い瞳と、黒人風の厚い唇が私の方へ向けられていた。それは詩人で旧友のR‐13だった。ピンクのOも一緒だ。

　私は怒って振り返った（もし邪魔が入らなければ、最後の最後には自分の中から$\sqrt{-1}$を肉ごとえぐり出し、〈守護者局〉に入っていたと思う）。

「黄昏れてたんじゃない、強いて言うなら、見とれてたんだ」かなりぶっきらぼうに私は言った。

「ごもっとも、ごもっとも！　君は数学者じゃなくて詩人になるべきだったね、詩人に！　いやほんと、こっちへ来て〈詩人（ポエット）〉の仲間に入らないか？　何ならすぐに手筈を整えてやるよ、え？」

　R‐13は噎（む）せるように話す。しきりに言葉が噴き出し、厚い唇がしぶきを上げる。《p》の音はどれも噴水だ、《詩人（ポエット）》は噴水だ。

「私はこれまでもこれからも知に奉仕する」そう言って私は顔をしかめた。私は冗談が嫌いだし理解できないが、R‐13には冗談を言う悪癖がある。

「知だって！　君の知なんてのは臆病そのものさ。まあ、君の言う通りだとしてもだよ。君は無限を壁で囲いたがっているだけで、壁の向こうを覗くことを恐れている。そうとも！　覗いたところで目を細めてしまうだろうがね。そうとも！」

「壁というものはあらゆる人間的なものの基礎であり……」と私は話しはじめた。

Rは噴水をほとばしらせ、Oはピンクに丸々と笑っていた。私は笑いたければ笑えとばかりに手を振った。どうだっていい。今はそれどころではなかった。このいまいましい$\sqrt{-1}$の味を消すための口直しが必要だった。

「なあ」私は提案した。「行こう、うちへ来て数学の問題でも解かないか」（昨日の静かなひとときを思い出した。今日だってそうなるかもしれない）

OはRを一瞥し、それから澄んだ丸い一瞥を私にくれた。その頰がほんの少し、われらのクーポンの柔らかい胸躍る色に染まった。

「だけど今日は……。今日はクーポンが彼の日なの」彼女はRを顎で示した。「夜は彼が忙しくて……。だから……」

ニスを塗ったような濡れた唇がぴちゃっと親切な音を立てた。

「気にしないで、僕たちは三十分もありゃ充分だ。そうだろ、O？　僕は数学の問題の愛好家じゃないし、それよりもうちへ来てゆっくりしていったらどうだい」

私は一人きりになるのが――あるいは正確には、妙な偶然からⅡ-503という私のナンバーを持つにすぎない私とは無縁のこの新しい人間と二人きりになるのが怖かった。だから彼のところへ、Rのところへ行くことにした。確かに彼は正確さもリズム感も欠いており、ある種の裏返しの笑いたくなるような論理を持っていたが、それでも私たちは親友だった。三年前に一緒にこのかわいいピンクのOを選んだかいがあった。そのことがなぜか私たちを学生時代よりもさらに強く結びつけたのだ。

ここからはRの部屋。〈タブレット〉といい、ガラスでできた椅子や机や戸棚やベッドといい、私の部屋とそっくりだ。しかしRが中に入るやいなや、椅子を一脚また一脚と動かしたことで面の配置が変わり、すべてが規定の寸法から外れ、非ユークリッド的になった。やれやれ、相変わらずだ。Rのテイラーや数学の成績はいつも下の方だった。

年老いたプリャパの思い出話になった。私たち子どもはよく彼のガラスの脚の至るところに感謝のメモ書きを貼りつけたものだ（私たちはプリャパが大好きだった）。〈法先生〉[14]の話題も出た。私たちの〈法先生〉は異様に声が大きく、スピーカーから風が吹いてくるほどだった。私たち子どもは声をめいっぱい張り上げてテキストを追い読みしたものだ。怖いもの知らずのR-13が嚙みつぶした紙を先生のスピーカーに詰め込んだこともあった。テキストが読み上げられるたび、嚙みつぶした紙が発射された。Rはもちろん罰せられたし、彼の行いはもちろん悪いことだったが、それも今では笑い話だった。私たちの三角形全体が大いに笑った。白状すると、私も笑った。

「もし先生が大昔みたいに本物の人間だったら？　そうならば」ぴちゃぴちゃ音を立てる厚い唇から上がる《b》の噴水……。

天井から、壁から、日の光が射し込む。上にも横にも太陽があり、下にはその反映がある。OはR-13の膝の上に座り、その青い瞳の中にもちっぽけな太陽のかけらがある。どうにか体が温まり、いつもの調子が戻ってきた。$\sqrt{-1}$は鎮まり、じっと動かなくなった……。

「で、君の〈インテグラル〉はどうだい？　その惑星の住人てのを啓蒙しに、もうすぐ飛び立つんだろ？　さあ、急いだ、急いだ！　さもないと、僕たち詩人が書きまくって君の〈インテグラル〉が飛べなくなるからね。毎日八時から十一時まで……」

Rは頭を振ってうなじを搔いた。彼の後頭部は、まるで後ろから括りつけられた四角いトランクのようだ（『箱馬車（キャリッジ）の中で』という昔の絵画が思い出された）。

私は活気づいて言った。

「ああ、君も〈インテグラル〉のために書いているのか？ なあ、教えてくれよ、何についてだ？ ほら、たとえば今日書いたものでもいいからさ」

「今日は何も。別件で忙しかったのでね……」《b》のしぶきが直接私に飛んできた。

「別件というと？」

Rは顔をしかめた。

「別件は別件だ！ まあ、知りたきゃ教えるが、判決だよ。判決を詩にしてたんだ。詩人仲間のある馬鹿が……。二年間そばにいて、何事もないみたいだったのに。それが突然、呆れたことに、《俺は天才だ、天才は法より上だ》なんて言いだしてね。で、そういう詩を作った……。まったくとんでもない……。ああ！」

厚い唇が垂れ下がり、目のニスが剝がれた。R-13はさっと立ち上がると、私に背を向けて壁の外のどこかをじっと見据えた。私は固く閉ざされた彼のトランクを見ながら考えた。この男は今、自分のトランクの中でいったい何を点検しているのだろ

14 ［原注］言うまでもないが、古代の《神の法》ではなく、〈単一国〉の法のことである。

う？

気詰まりで非対称な沈黙の一分間。何が問題なのかははっきりしないが、そこには何か問題があった。

「幸いにも、シェイクスピアだとか、ドストエフスキーだとか、あるいは他の誰でもいいが、そんな連中がうじゃうじゃいた古臭い時代は過ぎ去った」私はことさら大きな声で言った。

Rがこちらに顔を向けた。言葉は相変わらずしぶきを上げながらほとばしっていたが、目の陽気なニスはもはやないようだった。

「そうさ、愛すべき数学者殿、幸いにも、幸いにも、幸いにも！　われらは最高に幸福な算術平均である……。君たちが言うところの、ゼロから無限まで、低能からシェイクスピアまで積分（インテグレート）するってやつだ……。その通り！」

どうしてだろう。まったく場違いのようだが、ふとあの女が、あの女の口調が思い出された。あの女とRの間に何やらものすごく細い糸が延びていた（どんな糸だ？）。また$\sqrt{-1}$がもぞもぞ動きだした。私はバッジを開いた。十六時二十五分。二人のピンククーポンの残り時間はあと四十五分。

「じゃあ僕はそろそろ……」そう言って私はOにキスし、Rと握手し、エレベーターへ向かった。

大通りに出て、すでに反対側に渡ってから、私は振り返った。建物の、陽光がくまなく射し込む明るいガラスの塊。そのそこかしこに、ブラインドが下りた灰青色の不透明な細胞があった。テイラー化されたリズミカルな幸福の細胞。七階にR-13の細胞を見つけた。ブラインドはすでに下ろしてあった。

かわいいO……。愛すべきR……。彼の中にも（なぜ《も》なのかはわからないが、書いてしまったものはそのままにしておく）、彼の中にも私にはよくわからない何かがある。だがそれでもなお、私と彼とOは三角形だ。非二等辺三角形だとしても、三角形であることに変わりはない。われらの先祖の言葉を借りれば（異星の読者諸君にはこの言葉の方が理解しやすいかもしれないので）、私たちは家族だ。そして時には、せめてわずかな間でも、休息を取るのは実に素晴らしいことだ。すべてを切り離して、単純で堅固な三角形の中に自分自身を閉じ込めて……。

記録9

要点　典礼・弱強格(ヤンブ)と強弱格(ホレイ)・鋳鉄の手

輝かしい祝祭の日。こんな日は自分の弱点のことも、不正確さのことも、病気のことも忘れてしまう。そしてすべてがクリスタルの揺るぎなさと永遠性を有している。まるでわれらの新しいガラスのように……。

〈立方体広場〉。六十六個の力強い同心円は観覧席。六十六列の静かな灯明は人々の顔。その目は天の輝きを、あるいは〈単一国〉の輝きを映している。血のように赤い花は女たちの唇。柔らかい花飾りは子どもたちの顔。それらは行為の場に近い最前列にある。真摯で厳かなゴシック的静寂。

今日まで伝わる記述によれば、古代人も《礼拝》のときに似たような経験をしたという。とはいえ彼らは無意味な未知の神に仕えていたのだが、われらが仕える神には意味があり、しかも極めて正確に知られている。彼らの神は苦痛に満ちた永遠の探究の他には何一つ与えなかった。彼らの神は理由不明の自己犠牲より賢明なことは何一つ思いつかなかったが、われらが自分たちの神に、〈単一国〉に捧げる犠牲は、穏やかで考え抜かれた理性的な犠牲だ。そう、これは〈単一国〉に捧げる荘厳な典礼であり、〈二百年戦争〉の十字架の歳月への追憶であり、個に対する全の、単位に対する総和の勝利を祝う壮大な祝祭なのである……。

そこに一人、日差しの降り注ぐ〈立方体〉の段の上に立つ者がいた。白い……いや、白いどころか、もはや無色で、ガラスの顔、ガラスの唇だ。ただ目が、吸い込み呑み込む黒い穴があるばかりだった。そしてたった数分の距離にある不気味な世界。番号が記された金バッジはすでに外されていた。両手は赤紫色のリボンで結ばれている（古代の習わしだ。おそらく、こうしたことがすべて〈単一国〉の名の下に行われていなかった古代には、有罪判決を受けた者は当然抵抗する権利が自分にあると思っていたので、両手を鎖で縛るのが通例だったというのが理由だろう）。

一方、上の方には、〈立方体〉の上の〈機械〉の傍らには、金属でできているかのような不動の人影、われらが〈恩人〉と呼ぶ人の姿があった。その顔はこの下からでは判然としない。ただ厳格で堂々とした四角い輪郭で限定されていることだけが見える。それに引き替え、手の方は……。写真を撮る際にたまに起こることだが、手が前景の近すぎる位置に置かれたせいで巨大化し、視線を釘づけにして、他のものをすべて覆い隠してしまう。この重い手は今はまだ静かに膝の上に置かれている。明らかにそれは石であって、膝はその重みにかろうじて耐えている……。

　すると突然、その巨大な手の片方がゆっくりと上がった。緩やかな鋳鉄の動作。そして上げられた手に従うようにして、観覧席から〈立方体〉の方へとあるナンバーが近づいていった。それは〈国家詩人〉の一人で、祝祭を己の詩で飾るという幸運を引き当てたのだ。そして観覧席の上に神々しい銅の弱強格（ヤンブ）が轟きだした。その詩の内容は、ガラスの目をした狂人、段の上に立って己の狂気の論理的帰結を待ち受けているあの男についてだった。

　……火事。弱強格（ヤンブ）に合わせて建物がぐらぐら揺れ、液体の金を噴き上げながら倒壊した。緑の木々が痙攣し、樹液が滴る――そしてもはや黒い十字架状の骨組みのみとなる。だがそこにプロメテウスが登場する（もちろんわれらのことだ）――

かくて火を機械に、鋼につなぎ
かくて混沌を法の鎖で縛った

すべてが新しく、鋼でできている。鋼の太陽、鋼の木々、鋼の人々。そこに突如得体の知れない狂人が現れ、《火を鎖より解き放った》。そして再びすべてが滅びる……。残念ながら詩に関しては記憶力がよくないが、これ以上教訓的で美しいイメージを選ぶことはできないだろうと思ったことだけは覚えている。

再び緩やかな重い動作があり、〈立方体〉の段の上に第二の詩人が現れた。私は思わず腰を上げた。まさかこんなことが？　いや、あの厚い黒人風の唇は、あいつだ……。崇高な仕事が控えていると、なぜ前もって言ってくれなかったのか……。彼の唇はぶるぶる震え、青ざめている。〈恩人〉や大勢の〈守護者〉の面前だから無理もない。だが、それにしてもあの緊張ぶりは……。

激しい、駆け足の、切れ味鋭い斧のような強弱格(ホレイ)。内容は前代未聞の犯罪について、冒瀆的(ぼうとくてき)な詩についてだ。問題の詩の中で〈恩人〉は……いや、ここでその呼び名を繰り返す気にはなれない。

青ざめたR-13は誰のことも見ず（彼がこんなに内気だとは思わなかった）段を下り、席に戻った。一秒を細かく微分した瞬間、彼の隣に誰かの顔――黒い鋭角三角形――がちらつき、すぐに消えた。私の目が――数千の目が――そこへ、上へ、〈機械〉へと向けられる。そこでは人ならざる手による第三の鋳鉄の動作が進行中だ。そして見えない風に揺られながら、罪人がゆっくりと段を上る。一段、もう一段、そして人生最後の一歩。彼は天を仰いで頭を反らせ、終の臥し所に横たわる。

重い、石の、運命の如き〈恩人〉は、〈機械〉の周りを回ると、レバーに巨大な手を掛けた……。衣擦れの音一つ、息遣いの音一つしない。全員の目がその手に注がれる。自ら道具となり、数十万ボルトの合力となること、それはきっと胸躍る炎の旋風のような感動に違いない。なんと偉大な宿命だろう！

計り知れない一秒。手が下がり、電気が入る。耐えがたいほど鋭利な光の刃がきらめき、〈機械〉の管の中でバチッと爆ぜる音がかすかに、震えるように聞こえた。大の字に横たえられた体は発光する煙にうっすらと覆われ、みるみるうちに溶けて、溶けて、恐ろしい速さで溶解していく。そして無になる。残ったのは化学的に純粋な水溜まりだけ。それがほんの一分前までは心臓の中で激しく赤く脈打っていたのだ……。

すべては単純なことだった。それはわれらの誰もが知っていることだった。そう、これは物質の解離だ。そう、これは人体の原子分裂だ。にもかかわらず、毎回それは奇跡のようだった。〈恩人〉の人ならざる力のしるしであるかのようだった。

上にいるあのお方の前には、十人の女性ナンバーの紅潮した顔、興奮してわずかに開いた唇、そして風にそよぐ花々[15]があった。

十人の女性は昔の習わしにしたがい、浴びたしぶきもまだ乾いていない〈恩人〉のユニファを花で飾った。祭司長の威厳に満ちた歩みでもって、あのお方はゆっくりと段を下り、ゆっくりと観覧席の間を歩く。それに続いて女性たちの柔らかい白枝のような腕が上がり、百万の声が一つになった歓声が吹き荒れる。その後、観覧席の列のどこかに人知れず存在する大勢の〈守護者〉に敬意を表して、再び同じ歓声が上がる。誰にわかるだろう、生まれたときから一人一人についているという、優しくも恐ろしい《大天使》を創り出した古代人の想像力は、まさに彼ら〈守護者〉を予見していた

15 [原注] もちろん〈植物館〉のもの。大昔に〈緑の壁〉の外に放逐された野生界に属するすべてのもの同様、私個人としては花に何の美も見出さない。機械、ブーツ、公式、食物、その他の理性的で有益なものだけが美しい。

のかもしれない。

そう、この祝祭全体に古代の宗教に由来する何かが、雷雨や嵐のように心を清めてくれる何かがあった。これを読むことになる諸君、諸君はそのような瞬間をご存じだろうか？　ご存じないとすれば、気の毒なことだ……。

記録10

要点　手紙・振動板・毛深い私

　昨日という日は私にとって、いわば化学者が溶液を濾過（ろか）するのに使うあの紙だった。浮遊粒子はすべて、余分なものはすべてその紙の上に残っている。そして翌朝、私はきれいに蒸留され、透き通った状態で下へ降りた。

　エントランスホールのデスクでは、一人の女性監視員が時計をちらちら見ながら入ってくる者たちの番号を記録していた。名前はЮ（ユー）……だが、彼女について何かよからぬことを書いてしまうおそれがあるので、数字は伏せておいた方がいいだろう。実際はとても立派な年輩の女性なのだが。唯一好きになれないのは、頬がまるで魚の鰓（えら）のように少しばかり垂れ下がっているところだ（だから何だと思われるかもしれないが）。

彼女がペンをキュキュッと軋ませ、私はページの上に自分の番号を見た。〈Ｉ－503〉。その横にはインクの染み。

私がそのことを注意しようとしたまさにそのとき、彼女が出し抜けに顔を上げた。そしてインクの笑みを私に滴らせた。

「お手紙です。そうです。受け取っていただけますよ。ええ、ええ、きっと受け取っていただけますとも」

知っている。手紙は彼女に読まれた後、さらに〈守護者局〉を通過しなければならない（この自然な手続きについては説明不要だと思う）。十二時までには私の手元に届くだろう。だが、この微笑には狼狽させられた。一滴のインクが私の透明な溶液を濁らせたのだ。おかげでその後〈インテグラル〉の建造現場でもどうしても集中できなかった。一度などは計算間違いをしでかしたが、以前には決してなかったことだ。

十二時、再びほのかにピンクに染まった茶色い魚の鰓、微笑、そしてようやく落手した手紙。なぜだかわからないが、その場では読まずにポケットに突っ込み、自分の部屋へ急いだ。手紙を広げ、さっと目を走らせ、腰を下ろす……。それはナンバーＩ－330が私に登録されたので、本日二十一時に彼女のもとへ出頭せよという公式の通知書だった。下には住所……。

まさか。あんなことがあった後だというのに。あれほどきっぱりと態度で示した後だというのに。おまけに、あの女は私が〈守護者局〉に行ったかどうかも知らないのだ。私が病気で——まあ要するに行けなかったことなど知る由もない……。にもかかわらず……。

頭の中でダイナモが回転し、唸っていた。仏陀——黄色——スズラン——ピンクの三日月……。そう、それからまだあのこともある。Oが今日私のところへ寄りたがっていた。彼女にこれを、I-330に関する通知書を見せるべきだろうか？ わからないが、信じてもらえないだろう（そうとも、実際どうやったら信じられる？）、私は無関係だと、私はまったく……。困難で、馬鹿げた、完全に非論理的な会話になるのはわかっている……。いや、それだけは避けたい。万事機械的に解決させる。単に通知書のコピーを送付するだけにしよう。

慌てて通知書をポケットに突っ込んだところ、自分のあのおぞましい猿の手が目に入った。あの日のウォーキングでIに自分の手をつかまれ、見られたことを思い出した。はたしてあの女は実際に……。

そして今は二十時四十五分。白夜。何もかもが青みを帯びたガラスでできている。だがそれは何か別のガラス、脆いガラスだ。われらの本物のガラスではない。それは薄いガラスの殻で、殻の下には回転し、疾走し、唸っているものがある……。もしも今、講堂の丸屋根が丸い煙となってゆるゆると立ち上り、年輩の月が今朝デスクに向かっていた彼女のようにインクの笑みを浮かべたとしても、私は驚きはしないだろう。もしもすべての建物のすべてのブラインドがいっせいに下がり、ブラインドの陰で……。

妙な感覚があった。自分の肋骨が鉄棒のように感じられ、それが心臓の邪魔を、文字通り邪魔をしていて、窮屈で、スペースが不足している。私は《I－330》と金の数字が記されたガラス扉の前に立っていた。Iはこちらに背を向け、机に向かって書き物をしている。私は中に入った……。

「ほら……」と私はピンククーポンを差し出した。「今日通知を受け取ったので、来ました」

「ほんと時間に正確なのね！　ちょっとお待ちいただけます？　座っていてください、すぐにすませますから」

そう言って彼女はまた手紙に目を落とした。あの下がったブラインドの内側には何があるのだろう？　彼女は何を言うだろう？　一秒後には何をするだろう？　彼女のすべてがあの野蛮な古代の夢の国から来ているとすれば、どうやってそれを突き止め、計算することができるだろう？

私は無言で彼女を見ていた。肋骨は鉄棒で、窮屈だ……。話しているときの彼女の顔は、まるで高速の光り輝く車輪だ。個々の輻（や）は見分けられない。だが今、車輪は静止している。そして私は奇妙な結合を目にした。こめかみに向かって高々と吊り上がった暗い眉が作る嘲笑的な鋭角三角形と、鼻から口角へ向かって延びる二筋の深い皺が作る上向きの三角形。この二つの三角形はどこか相矛盾しており、顔全体にあの不快で苛立たしいXが刻印されていた。まるで十字架だ。十字架でバッテンされた顔だ。

車輪が回りだし、輻が溶け合った……。

「〈守護者局〉には行かなかったのでしょう？」

「その……。行けなかった。病気だったので」

「そう。まあ、きっと何かがあなたの邪魔をするに違いないと思っていたわ。それが何かはともかくね（鋭い歯、微笑）。でもその代わり、今やあなたは私の手の中よ。覚えているでしょう、《四十八時間以内に当局に届け出なかったすべてのナンバーは……》」

鉄棒が曲がるほど心臓がドキッとした。私は子どもみたいに愚かで、子どもみたいに罠に掛かり、愚かに黙りこくっていた。体が何かにからまったように感じ、手も足も出ない……。

彼女は立ち上がり、物憂げに伸びをした。ボタンが押され、パチッと軽やかな音を立てて全方位のブラインドが下がった。私は世界から切り離され、彼女と二人きりになった。

Ｉは背後のどこか、クローゼットのそばにいた。ユニファが衣擦れの音とともに落ちる。私は聴いていた。全身を耳にして聴いていた。そしてあることが思い出された……いや、〇・〇一秒のうちに閃（ひらめ）いた……。

先日、私は新型の街頭振動板の曲率を算出することになった（現在それらの振動板は優雅に飾りつけられ、すべての大通りで〈守護者局〉のために街頭の会話を録音している）。ピンクの震える凹面膜を覚えている。これは耳というたった一つの器官のみから成る奇妙な生物だ。今の自分はまさにそんな振動板だった。

そして今、襟のスナップボタンがパチッと音を立てた。続いて胸、さらに下。ガラスのようなシルクが、肩で、膝で、床で、さらさら音を立てる。聞こえる。見るよりもはっきりとわかる。青みがかった灰色のシルクの山から片脚が踏み出し、もう片脚が……。

ぴんと張り詰めた振動板が震え、静寂を記録する。いや、無限の休止の合間に、ハンマーが鉄棒を叩く強烈な打撃音を記録する。そして聞こえる、見える。彼女は背後にいて、少し考えている。

ほら、クローゼットの扉だ。今度は何かの蓋がカタンと鳴った。そしてまたシルク、シルク……。

「はい、どうぞ」

私は振り向いた。彼女は古代風の軽やかなサフランイエローのドレスを身にまとっていた。それは全裸より千倍もたちが悪かった。薄い生地の下に覗く二つの尖った点は、灰の下でピンクにくすぶる二個の石炭だ。柔らかな丸みを帯びた二つの膝は……。

彼女はローチェアに座っていた。彼女の前にある四角い小さなテーブルには、何やら毒々しい緑色の液体が入った小瓶が一つと、脚つきの小さなグラスが二つ置いてあった。彼女の口の端から煙が立ち上っていた。ごく細い紙の管の中に古代の喫煙物質が詰められているのだ（名前はど忘れした）。

振動板はなおも震えていた。ハンマーが私の内側で赤熱した鉄棒を叩いていた。私にはその一打一打がはっきりと聞こえ、そして……そしてもしも、彼女にもそれが聞こえていたとしたら？

しかし彼女は悠然と煙をくゆらせ、悠然とこちらを眺めており、私のピンククーポンの上に灰をぞんざいに振り落とした。

できるだけ冷静に私は訊ねた。

「あの、そういうことならどうして私を登録したんですか？　なぜ私をここへ来させたんです？」

その声が聞こえていないかのように、彼女は小瓶からグラスに液体を注ぎ、口をつけた。

「素晴らしいリキュールですよ。いかが？」

それでやっとこれがアルコールだとわかった。昨日の出来事が稲妻のように閃いた。

〈恩人〉の石の手、耐えがたい光の刃、だがあそこには、〈立方体〉の上には、頭を仰(の)け反(ぞ)らせ、四肢を広げられた体……。私はぶるっと身震いした。

「いいですか、ご存じのはずですよ。ニコチンやとくにアルコールで自分の体を害する者は皆、〈単一国〉が容赦なく……」

暗い眉がこめかみへ向かって高々と上がり、嘲笑的な鋭角三角形が現れる。

「少数を速やかに滅ぼすことは、多数に自滅や退化およびその他の可能性を与えることよりも合理的である。それは卑猥なほど正しい」

「そう……卑猥なほど」

「そう、そんな頭の禿げた素っ裸の真理の小集団を表に放てば……。いいえ、想像してみてください……そう、たとえばあの私にいちばん忠実な崇拝者とか。ええ、彼のことはご存じですね。想像してみてください、彼が嘘という衣服をすべて脱ぎ捨て、真実の姿を公衆にさらけ出したら……。ああ！」

彼女は笑っていた。だが私には、彼女の顔の下の悲しげな三角形がはっきりと見えていた。口角から鼻へ延びる二筋の深い皺。そしてなぜかこの皺のおかげで明白になった。あの二度カーブした猫背で翼のような耳をした男、あいつが彼女を抱いたの言っておくが、今の私はあのときの自分の――異常な――感覚を伝えようとしているにすぎない。これを書いている今は素晴らしくよく自覚している。これはみんな当然のことで、あの男はすべての誠実なナンバー同様、悦楽の権利を等しく有しているのであり、それをやっかむのは不公平……まあ、それは明白だ。

Iはとても奇妙に長々と笑っていた。それからじっと私を見つめた。私の内側を。

「要は、あなたといるとすっかり安心するんです。あなたってとてもいい人だから。ええ、その点は自信があります。当局に出頭して私の飲酒喫煙を知らせようだなんて、あなたは考えもしない。病気になるとか、忙しくなるとか、とにかく何かしら理由ができるでしょうからね。それからもう一つ。きっとあなたはこれから私とこの魅力的な毒を仰ぐでしょう……」

なんとも不遜で、人を馬鹿にした口の利き方だ。今はまた自分がこの女を憎んでいると明確に感じた。しかしなぜ《今は》なのだ？　ずっと憎んでいたのではなかったか。

グラスに入った緑色の毒をすっかり口に空けると、彼女は立ち上がり、サフランイエローの布越しにピンクの点をちらちら覗かせながら数歩進み、私の椅子の後ろで立ち止まった……。

突然、私の首に片腕が巻かれ、唇が唇に……いや、もっと深いどこかに、もっと恐ろしいどこかに……。誓って言うが、これはまったく予期しなかったことで、たぶんそれだけが理由で……。だってあり得ない――今ならそのことが完全にはっきりと理解できる――その次に起きたことを私が自ら望むなど、あり得るはずがない。

耐えがたいほど甘い唇(あれは《リキュール》の味だったと思う)。そしてひりひりする毒の一口が私の中へ注ぎ込まれる。一口、また一口……。私は地球から遊離して独立した惑星となり、猛回転しながら、とある未算出の軌道に沿って下へ下へと飛んでいった……。

その後のことは、多少なりとも近い類比(アナロジー)のみによって、ざっとしか描けない。

なぜか以前は一度も頭に浮かばなかったことだが、これは確かにそうなのだ。地上にいる私たちは四六時中、ぶくぶくと沸き立つ深紅色の、地球の胎内に隠された火の海の上を歩いている。だが、それを意識することは決してない。ところが急に足元の薄い殻がガラスになり、急にそれが見えたとしたら……。

　私はガラスになった。私は自分自身の内側を見た。

　二人の私がいた。一人は以前の私、Д-503、ナンバーД-503で、もう一人は……。以前の彼は殻から毛深い手足をほんの少し突き出しているだけだったが、今や完全に這い出そうとしており、殻は罅（ひび）が入って今にも粉々に砕け散りそうで、そうなれば……そうなれば、いったいどうなる？

　藁（わら）にもすがる思いで、椅子の肘掛けに力いっぱいしがみついた。私は以前の自分の声を聞くために訊ねた。

「どこで……どこで入手したんですか、その……その毒を？」

「ああ、これ？　あるお医者さんからもらっただけだけど、彼は私の……」

「《私の》？　《私の》何なんですか？」

　するともう一人の私が急に飛び出してきて、喚きだした。

「許さん！　そばにいていいのは俺だけだ。言い寄るやつは誰だろうと殺してやる……。だって俺は君を、俺は君を……」

　私は見た。彼は毛深い両手で彼女の体を乱暴につかみ、薄いシルクを引き裂き、歯を食い込ませた。まさに歯をだ。これは正確に覚えている。

どうやったのか、とにかくIはするりと私の腕を逃れた。そしてあのいまいましい不透過のブラインドで目を覆い、クローゼットに背中を凭れさせて立っていた。私の喚き声に耳を傾けながら。

覚えている。私は床に這いつくばり、彼女の脚に抱きつき、膝にキスしていた。そして懇願していた。「今……今すぐ……この瞬間に……」

鋭い歯、眉の嘲笑的な鋭角三角形。彼女は身を屈め、無言で私のバッジを外した。《そう！　そうだ、愛しの……愛しの》私は慌てて自分のユニファを脱ぎ捨てようとした。しかしIはなおも無言のまま、バッジの時計を私の目の前に近づけた。二十二時半まで残り五分。

ひやりとした。二十二時半以降に外出することが何を意味するかはわかっていた。私の狂気はたちまち消え失せた。私は私だった。一つだけ明白なことがあった。私はこの女を憎む、憎む、憎む！

別れも告げず、振り返りもせず、私は部屋から飛び出した。走りながらどうにかバッジを留め、非常階段を数段飛ばしで駆け下り（エレベーターだと誰かと鉢合わせするおそれがあった）、人気の絶えた大通りへ飛び出した。

すべてがあるべき場所にあった。実に単純で、普通で、合法則的だった。明かりがともったガラスの建物、青ざめたガラスの空、緑がかった不動の夜。だが、この静かで冷たいガラスの下では、荒れ狂うものが、深紅色のものが、毛深いものが、音もなく走り回っているのだった。そして私は息を切らしながら猛ダッシュした。門限に遅れないように。

ふと、慌てて留めたバッジが外れそうになるのを感じた。そして実際に外れ、ガラスの歩道にチャリンと落ちた。拾おうとして身を屈める。その一瞬の静寂、背後に何者かの足音がした。振り向くと、小さくてカーブした何かが角を曲がろうとしていた。少なくとも、そのときはそう思えた。

私は一目散に走った。耳の中で風がひゅうひゅう唸る音以外は何も聞こえない。玄関で立ち止まった。時計は二十二時半まで残り一分。耳を澄ましたが、背後には誰の気配もない。すべては明らかに馬鹿げた空想、毒の作用だったのだ。

夜は苦痛だった。ベッドは体の下で上がり、下がり、また上がり、正弦曲線を描いて漂っていた。私は自己暗示をかけようとした。《夜間ナンバーはすべからく眠るべし。それは昼間の労働と同じく義務である。睡眠は昼間の労働に不可欠である。夜間眠らぬことは犯罪であり……》しかしそれでもだめだった、眠れなかった。私は破滅する。私は〈単一国〉に対して己の義務を果たせる状態にない……。私は……。

記録11

要点……いや、無理だ、要点なしのままとする

夕方。薄靄(うすもや)。空は金色のミルクのような織物に覆われ、はるか彼方の高みに何があるかは見えない。古代人はそこに自分たちのもっとも偉大で退屈した懐疑家が、神がいることを知っていた。われらはそこに、裸で卑猥なクリスタルブルーの無があることを知っている。今の私はそこに何があるかを知らない。あまりにも多くのことを知りすぎた。自らに誤りがないことを絶対に確信している知、それはすなわち信仰だ。私には自分への確固たる信仰があった。私は自分の内側のすべてを知っていると信じていた。それが今では……。

私は鏡の前にいる。そして生まれて初めて——まさにそう、生まれて初めて——はっきりと、明確に、意識的に、自分の姿を見ている。誰か《彼》でも見るように、

驚きをもって自分の姿を見ている。私は彼だ。直線を引いたような黒眉、眉間には傷痕のような縦皺（以前からあったかどうかはわからない）。鋼のような灰色の目の周りには昨夜の不眠のせいでくまができており、その鋼の向こうに……そこにあるものを、実はこれまで一度も知らなかった。そして《そこ》から（この《そこ》は同時にここでもあり、果てしなく遠くでもある）、《そこ》から私は自分自身を、彼を見ている。そして確かに知っている。彼は、直線を引いたような眉をしたこの男は、私とは無関係の他人であり、私は生まれて初めて彼と出会った。本当の私は——彼では——ない……。

いや、ピリオド。どれもこれもくだらない。こんな馬鹿げた印象はみんな譫言（うわごと）だ、昨日の毒の結果だ……。緑色の毒の一口にやられたのか、それともあの女に毒されたのか？　どうでもいい。わざわざこんなことを記しているのは、正確で鋭敏な人間の理性がどれほど奇妙に混乱し、狂ってしまうかを示すためにすぎない。理性は古代人を恐怖させたあの無限すらも消化できるようにしたが、その方法は……。

番号表示器がパチッと鳴り、数字が現れた。R-13。かまわない、嬉しいくらいだ。今一人きりでいたら……。

二十分後。

紙の平面上、二次元の世界ではこれらの行は隣り合っているが、別の世界では……。私は数の感覚を失っており、二十分は二百分かもしれないし、二十万分かもしれない。それに、あまりにも奇怪だ。私とRの間に起こった出来事を冷静かつ整然と、一つ一つ言葉を吟味しながら記すなどというのは。たとえるならそれは、自分自身のベッドのそばの椅子に足を組んで座り、自分が、まさに自分が、そのベッドの上で身もだえする様を、興味深く観察するようなものである。

R－13が入ってきたとき、私は完全に冷静で正常だった。そして私は嘘偽りない歓喜を覚えながら話しだした。君は見事に判決を強弱格（ホレイ）の詩にした、そして何よりもまさにあの強弱格（ホレイ）によって、あの狂人は切り刻まれ、葬り去られたのだと。

「……それどころか、もし〈恩人の機械〉の略図を描けと言われたら、きっと――きっとだよ――どうにかして図面に君の強弱格（ホレイ）を書き込むだろうね」そう私は話を結んだ。

　そこでふと気づく。Rの目が曇り、唇が灰色になっている。

「どうした？」

「どうしただって？　まあ……うんざりしただけだ。どこに行っても、みんなが判決、判決ってうるさいからね。もうこれ以上は聞きたくない、それだけのことさ。もういやなんだ！」

　彼は眉をひそめ、後頭部を、私には理解できない他人の荷物が詰め込まれたトランクを擦（こす）った。間があった。それから彼はトランクの中に何かを見つけ、それを引っ張り出し、広げはじめた。すっかり広げ終えると、目に笑いのニスが輝き、彼はさっと腰を上げた。

「それより、僕は君の〈インテグラル〉のために書いているんだが……これは捨てたもんじゃない！　なかなか立派な詩だよ！」

　それは以前のRだった。唇がぴちゃぴちゃ音を立て、唾が飛び、言葉が噴水となってほとばしる。

「いいかい、楽園（パラダイス）（《P》の噴水）に関する古代の伝説がある……。あれはわれらのことを、現在のことを言ってるんだ。そう！　よく考えてみてくれ。楽園のあの二人に選択肢が与えられた。自由なき幸福か、幸福なき自由か。第三の選択肢はなし。間抜けな二人は自由を選んだ。その結果はどうだ？　当然、それから何世紀も枷（かせ）を恋しがることになった。枷をだよ、わかるかい？　この枷を求める心が世界苦（ヴェルトシュメルツ）なのさ。何世紀にもわたるね！　そしてやっとわれらが再び幸福を取り戻す方法を思いついた……。いや、続きを、続きを聴いてくれ！　古代の神とわれらは隣同士で、同じテーブルに着いている。そう！　われらは神を助けて最終的に悪魔を倒した。人間に禁を破り破滅的な自由を味わうよう唆（そそのか）したのはやつだからね。やつは腹黒い蛇だ。われらはでっかいブーツでやつの頭を――ぐしゃり！　そして準備が整った。また楽園だ。われらは再びアダムとイヴのように純真無垢となった。もはや善悪の混乱はない。すべてが単純明快だ、楽園のように、子どものように単純だ。〈恩人〉、〈機械〉、〈立方体〉、〈ガスベル〉、〈守護者〉――それらはすべて善であり、すべてが壮大で、美しく、高潔で、高尚で、クリスタルのように澄んでいる。なぜならそうしたものはわれらの不自由を、すなわちわれらの幸福を守ってくれているのだから。古代人ならここで、あれでもないこうでもないと言って頭を砕いたことだろうね。やれ道徳だの、やれ不道徳だの……。まあいい。要するにだ、こんな楽園の叙事詩をどう思う？　おまけに、これでもかってくらい真剣な調子で……わかるかい？　なかなかのもんじゃないか？」

理解できないはずがない。《この男は馬鹿げた非対称な外見をしているが、正しく思考する頭脳を持っている》と思ったのを覚えている。だからこそ彼は私に——本当の私に——とても近いのだ（私は今なお以前の私こそ本当の私であり、今のこれはもちろん病気にすぎないと思っている）。

Rは私の顔から考えを読み取ったらしく、私の肩を抱いて大声で笑いだした。

「ああ、君ってやつは……アダムだね！　そうだ、ところでイヴのことだけど……」

彼はポケットの中をまさぐり、手帳を取り出してページをめくった。

「明後日……いや、明明後日（しあさって）か。Oのピンククーポンは君の番だ。どうする？　これまで通りに？　やはり彼女に……」

「まあそうだね、明白だ」

「ならそう言っておくよ。でないと彼女、わかるだろう、シャイだからね……。言っとくけど、これは厄介な話だぜ！　彼女にとって僕はただのピンククーポン的存在だが、君は……。彼女は僕たちの三角形に入り込んだその第四の人物が誰かは言わないがね。白状しなよ、罪な男め、誰なんだい？」

私の中でさっと幕が上がった。シルクの衣擦れ、緑色の小瓶、唇……。そして必要もないのに、思わず場違いな言葉が飛び出した（自制できていれば！）。

「ところで教えてくれ、これまでニコチンやアルコールを試してみたことはあるかい？」

Rは唇をぎゅっと結び、疑いの目を私に向けた。彼の心の声が極めてはっきりと聞こえた。《おまえは親友だ、親友だが……。だがやはり……》そして返事。

「何て言えばいいかな？　僕自身はない。だけどある知り合いの女性が……」

「Iか」私は叫んだ。

「どうして……君――君も彼女と？」彼の体に笑いがみなぎり、喉を詰まらせ、今にもほとばしりそうだ。

私の部屋の鏡は、机越しに覗かないといけない位置に掛かっていた。この椅子からは自分の額と眉しか見えなかった。

そして私――本当の私――は鏡の中に拗くれ飛び跳ねる眉の直線を目にし、本当の私は野蛮で不快な叫び声を耳にした。

「《も》って？　いいや、《も》っていったい何だ？　いいや、答えを要求する」
あんぐり開いた黒人風の唇。大きく見開かれた目……。私——本当の私——はこの
もう一人の私——野蛮で、毛深くて、息の荒い私——の襟首をがっしりつかんだ。
私——本当の私——は彼に、Rに言った。
「〈恩人〉に免じてどうか許してくれ。僕は完全に病気なんだ、眠れなくて。いった
いどうしたのか、自分でもわからない……」
束の間、厚い唇に薄笑いが浮かんだ。
「なるほどなるほど！　わかる、わかるとも！　僕も身に覚えがある……もちろん理
論上の話だがね。ではさらば！」
Rは玄関口で振り返ったかと思うと、黒いボールが跳ね返るように戻ってきて、机
の上に一冊の本をぽんと放り投げた。
「僕の最新詩集だ……。わざわざ持ってきたのに忘れるところだった。ではさら
ば……」《b》のしぶきを私に飛ばし、彼は転がるように出ていった……。
私は一人だ。あるいは、正確には、このもう一人の《私》と二人きりだ。私は椅子
に足を組んで座り、自分が——まさに自分が——ベッドの上で身もだえする様を《そ

こ》から興味深く観察している。

なぜ――ああ、なぜ、九三年も仲睦まじく暮らしてきた私とOが、今になって急に、たった一言あのIという女のことを口にしたばっかりに……。愛とか、嫉妬とか、こういった狂気は、愚かな古代の本の中だけのことではなかったのか？　問題はこの私だ！　方程式、公式、数字、そして……これ。何もわからない！　何も……。明日Rのところへ行って言おう……。

嘘だ。行かない。明日も、明後日も、もう二度と行かない。会えない、会いたくない。おしまいだ！　私たちの三角形は崩壊した。

私は一人だ。夕方。薄靄。空は金色のミルクのような織物に覆われている。もしもあの高みに何があるかを知ることができたら。そして自分が誰で何者かを知ることができたら。

記録12

要点　無限の限定・天使・詩に関する考察

それでも自分は回復する、回復できると思える。とてもよく眠れた。あの夢やその他の病的な現象は皆無だった。明日、私のところへかわいいOが来れば、すべてが円のように単純に、正確になり、限定されることだろう。私はこの《限定》という言葉を恐れない。人間のもっとも優れた性質である理性の働きは、結局はこの無限の絶え間ない限定に、無限を手頃で容易に消化可能な部分へと分割することにある。要するに微分だ。まさにそこに、私の本領である数学の神々しい美がある。そしてこの美の理解こそ、あの女に欠けているものだ。もっとも、これはただの偶然の連想だが。

こうした考えは地下鉄の車輪の規則的で韻律的な響きに合わせて浮かんだものだ。私は心の中で車輪の韻律とRの詩（彼の昨日の本）の韻律を分析している。すると、背後から肩越しに誰かがそっと身を屈め、広げたページを覗き込むのを感じる。振り向かず、目の端だけで見る。ピンクの大きく広がった翼の耳、二度カーブした……彼だ！　邪魔をしたくなかったので、気づかない振りをした。どうやってここに現われたのかはわからない。私が乗車したときはいなかったようだが。

それ自体は些細なこの出来事が、とりわけよい影響を私に及ぼした。力づけたと言ってもいい。どんな小さな誤りからも、どんな小さな踏み外しからも、愛を持って護ってくれる誰かの炯眼（けいがん）を感じることは、実にいい心地だ。やや感傷的に響くかもしれないが、古代人が空想した守護天使の類比（アナロジー）がまたしても頭に浮かぶ。彼らが空想するだけだったなんと多くのことが、われらの生活の中で実現したことだろう。

背後に守護天使を感じたちょうどそのとき、私は《幸福》と題された十四行詩（ソネット）を鑑賞していた。こう言っても間違いではないと思うが、これはその美しさと思想の深さの点で類い稀な詩だ。最初の四行を引用しよう。

永久（とわ）に恋する二かける二
永久（とわ）に情熱的な四に溶け

世界一おアツい恋人たち
引き離せない二かける二……

その後も内容はずっと同じで、九九表の賢明な永遠の幸福についてである。
真の詩人は誰しも必然的にコロンブスとなる。アメリカはコロンブス以前から何世紀も存在していたが、コロンブスだけがそれを発見することができた。九九表はR‐13以前から何世紀も存在していたが、R‐13だけが数の処女林の中で新たな黄金郷（エルドラド）を発見することができた。実際問題、この素晴らしい世界以外のどこに、より賢明で曇りない幸福が存在するというのか。鋼は錆びる。古代の神は古代人を、つまり誤り得る存在を創造した。よって神自身が誤った。九九表は古代の神よりも賢明で完全だ。それは決して――わかるだろう――決して誤らない。そして、九九表の整然たる永遠の法則に従って生きる数字より幸福なものなど存在しない。動揺することも、誤解することもない。真理は一つで、真理の道も一つだ。その真理とは二かける二であり、真理の道は四である。幸福に、理想的に掛け合わされたこの二たちが、自由とかいう明白な誤りについて考えだしたとしたら、それこそ不条理ではないだろうか？　私にとっては自明の理だが、R-13が的確に捉えたのは、もっとも基本的で、もっとも……。

　そこで私は再び、最初はうなじに、お次は左の耳に、守護天使の温かく優しい息吹を感じた。彼は明らかに気づいたのだ。私の膝の上の本がすでに閉じられ、私の思考が遠くをさまよっていることに。まあいい、今すぐ彼の前で自分の脳のページを開いてみたっていい。それは穏やかで喜ばしい感覚だった。わざわざ後ろを振り向いたのを覚えている。私は執拗に、懇願するように彼の目を見つめたが、彼は理解してはくれず――それとも理解したくなかったのか――私に何一つ訊ねなかった……。私に残されたのは、未知の読者よ、諸君にすべてを話すことだけだ（今の私にとって諸君は、あの時の彼と同じくらい大切で、身近で、到達しがたい存在なのだ）。

　部分から全体へ――これが私の思考が辿った道だ。R-13が部分で、われらの〈国家詩人作家研究所〉が堂々たる全体。思うに、古代人には自分たちの文学や詩の馬鹿馬鹿しさが目につかなかったわけだが、どうしてそんなことがあり得たのだろう。芸術の言葉が持つ絶大で素晴らしい力がまったく無駄に消費されたのだ。誰もが思いつくままに書いていたなど、滑稽と言うほかない。同じくらい滑稽で馬鹿馬鹿しいのは、古代人のもとでは海というものは昼夜を問わずただぼんやりと岸に打ち寄せるだけで、波に含まれる何百万キログラムメートル[16]が、ただカップルの恋心を掻き立てるためだけに費やされたということだ。われらは恋する波のささやきから電力を獲得し、狂暴な泡を飛ばす獣から家畜を作った。それとまったく同じように、かつては荒々しかった詩の自然力はわれらのもとで手なずけられ、鞍を置かれた。今や詩は、もはや厚かましいナイチンゲールのさえずりではない。詩は国務であり、詩は実益である。

われらの名高い《数学九行詩》。それなくして、学校で算数の四則を心から優しく愛することができるだろうか？《棘》は古典的なイメージだ。〈守護者〉はバラの棘であり、繊細な〈国歌の花〉を乱暴な接触から護っている……。無邪気な子どもたちの口がお祈りでもするように、《悪い子がバラをつかんだ／鋼の棘が針で手をちくり／いたずらっ子は驚いて／えーんえーんと逃げ帰る》等々とたどたどしく歌うのを見れば、たとえ石の心の持ち主だろうと無関心のままではいられない。《〈恩人〉に捧げる日々の頌詩(オード)》は？　これを読んで、この〈ナンバー〉の中のナンバーの献身的な労

16　エネルギーや仕事の単位。一キログラムメートルは、質量一キログラムの物体を一メートル引き上げるのに必要なエネルギー。

働に対して恭しくこうべを垂れないでいられる者がいるだろうか？　不気味に赤い《判決の花》は？　不朽の悲劇《仕事に遅刻した男》は？　座右の書《性衛生についての詩節（スタンザ）》は？

全生活が、まったき複雑さと美の内にあって、永遠に言葉の黄金に刻まれたのである。

われらの詩人はもはや天上界に遊んでなどいない。彼らは地上に降りてきた。〈音楽工場〉の厳密で機械的な行進曲に合わせ、われらと足並みをそろえて歩くのだ。彼らの竪琴となるのは、朝の電動歯ブラシのゴシゴシいう音、〈恩人の機械〉の中で散る火花の世にも恐ろしいバチバチいう音、〈単一国国歌〉の荘厳なこだま、クリスタルの輝きを放つ溲瓶（しびん）が立てる親密な響き、下がるブラインドの胸躍る音、最新の料理本の陽気な声、街頭振動板のかすかなささやき。

われらの神々はここに、下界に、われらとともにいる。役所に、台所に、作業場に、便所にいる。神々はわれらの如くなった、ゆえに（エルゴ）、われらは神々の如くなった。そしてわれらは、未知の異星の読者よ、諸君のもとへと赴く。諸君の生活をわれらの生活と同じように神々しいほど理性的で正確なものにするために……。

記録13

要点　霧・おまえ・まったく不条理な出来事

明け方に目覚め、ピンクの頑丈な天穹が見えた。すべてが丸くていい具合だ。晩には○が来る。私はもう間違いなく健康だ。微笑み、眠りに戻った。

朝のベル。起きると景色が一変していた。天井や壁のガラスの向こうはどこもかしこも一面の霧。狂った雲はますます重く――そして軽くなり、近くなり、天地の境はもはやなく、すべてが飛び、溶け、落ち、どこにもつかまるところがない。もはや建物もない。塩の結晶が水に溶けるように、ガラスの壁は霧に溶けてしまった。歩道から見上げれば、建物の中の暗い人影は幻覚的な乳白色の溶液に入った浮遊粒子のように見えるだろう。ある者は低く、ある者は高く、またある者はさらに高い十階に浮かんでいる。何もかもが煙っている。ひょっとして、音もなく燃え盛る火事か何かだろうか。

ちょうど十一時四十五分。わざと時計を見た。数字につかまるためだ。せめて数字くらいは私を救ってくれるだろうと。

十一時四十五分、〈時間タブレット〉に従って通常の肉体労働訓練に向かう前に、私は自分の部屋に立ち寄った。突然の電話の音。声が——長く緩慢な針が心臓に突き刺さる。

「あら、いらしたの？　とても嬉しいわ。角のところで待ってて。一緒に出かけましょう……まあ、行き先は後でわかります」

「よくご存じのはずですよ、私はこれから仕事に行くんです」

「よくご存じのはずですよ、あなたは私の言う通りにします。ではまた。二分後に……」

二分後、私は角に立っていた。私をコントロールしているのは〈単一国〉であって、あの女ではないと示す必要があったからだ。《私の言う通りに》……。自信があるのだろう。声でわかる。まあ、すぐにきっちり話をつけてやる……。

湿った霧で織られたようなグレーのユニファがいくつも、せかせかと私のそばに一瞬だけ現れたかと思うと、また不意に霧の中へ溶けた。私は時計から目を離さなかった。私は先の尖った震える秒針だった。八分、十分……。十二時三分前、二分前……。

その通り。仕事にはもう遅れてしまった。どれほどあの女が憎いか。しかし、私は示さなければならなかった……。

白い霧の片隅に血――鋭いナイフの切り口――唇。

「お待たせしたようですね。だけど同じことですわ。もう遅刻ですもの」

どれほどこの女が……だがそうだ、もう遅刻だ。

私は無言で唇を見つめていた。すべての女は唇だ、唇だけだ。ある唇はピンクで、弾むように丸い。輪、世界全体を切り離してくれる優しい囲い。そしてこの唇。ほんの一秒前まではなかったのに、たった今ナイフによって出現し、なおも甘い血を滴らせている。

彼女が近づいてきて、肩を寄せた。私たちは一つになり、何かが彼女から私に流れ込む。これは必要なことだとわかる。神経の一本一本で、髪の毛の一本一本で、痛いほど甘美な心臓の鼓動の一打ち一打ちでわかる。この《必要》に屈することの悦び。おそらくは鉄の破片も、不可避の正確な法則に同じように悦んで屈し、磁石にくっつくのだろう。投げ上げられた石は一瞬ためらい、それから真っ逆さまに地面に落下する。人間は断末魔の苦しみの後でついに息を引き取り、そして死ぬ。

私は茫然と微笑み、訳もなくこう言ったのを覚えている。

「霧が……。すごく」

「おまえは霧が好きなの？」

この忘れ去られて久しい古代の《おまえ》という言葉。主人の奴隷に対する《おまえ》。それは鋭くゆっくりと私の中に入ってきた。そう、私は奴隷であり、それもまた必要なこと、素晴らしいことなのだ。

「そう、素晴らしい……」と私は自分に向かって声に出して言い、それから彼女に向かって言った。「霧は嫌いだ。怖いんだ」

「それはつまり、愛しているのよ。怖いのはそれが自分よりも強いから、嫌いなのは怖いから、愛するのはそれを服従させられないから。服従しないものだけが愛せるのよ」

そう、その通りだ。だからこそ、だからこそ私は……。

私たちは歩いた——二人が一つとなって。霧の彼方のどこかから太陽の歌声がかすかに聞こえ、すべてにしなやかなもの、真珠色のもの、金色のもの、ピンクのもの、赤いものがみなぎっていた。全世界が単一の広大無辺な女であり、私たちはその胎内にいて、まだ生まれておらず、うきうきしながら熟している。そして私には明白だ、揺るぎなく明白だ。すべては私のためにある。太陽、霧、ピンクのもの、金色のもの――すべては私のために……。

行き先は訊ねなかった。どうだっていい。ただ歩いて、歩いて、熟して、よりいっそうしなやかにみなぎって……。

「ここよ……」Iは扉の前で足を止めた。「今日の当番はちょうど一人で……。彼のことは前に〈古代館〉で話したわね」

熟しつつあるものを用心深く守りながら、私は遠くから片目だけで看板の文字を読んだ。《医療局》。すべてが腑に落ちた。

黄金の霧で満たされたガラスの部屋。ガラスの天井、色のついた瓶や壺。電線。管の中の青みを帯びた火花。

そしてものすごく細い小男。まるで全身紙から切り抜いてきたかのように、どちらを向いても鋭く研がれた横顔しか見えない。鼻は光り輝く刃で、唇はハサミだ。

　Iがこの男に話していることは聞こえなかった。私は彼女が話す様を見ながら、おめでたい笑みが抑えがたくこぼれるのを感じた。ハサミ唇の刃がきらりと光り、医者が言った。

「なるほど、なるほど。わかりました。もっとも危険な病気ですね。それより危険な病気は一つも知りません……」そして笑いだし、薄っぺらな紙の手でさっと何かをしたため、用紙をIに渡した。さらにもう一枚書き、そちらは私に渡した。

　それは私たちが病気で出勤できない旨を記した証明書だった。私は〈単一国〉から自分の労働を盗んだ、私は泥棒だ、〈恩人の機械〉に掛けられても仕方がない。だが、それはまるで本の中の出来事のように遠く無関心な事柄だった……。私は一瞬たりとも躊躇せずに用紙をつかんだ。私は――私の目は、唇は、手は――私はそうすることが必要なのだと知っていた。

　街角のがら空きのガレージで私たちはアエロに乗った。前のようにIがまた運転席に座り、始動装置を《前進》に動かすと、アエロは離陸して飛びはじめた。すべてが私たちの後からついてくる。ピンクがかった金色の霧、太陽、がぜん親近感が湧いてきた愛すべき医者の薄っぺらな刃のような横顔。以前はすべてが太陽の周りを回っていた。しかし今はすべてが私の周りを回っていることを知っていた。ゆっくりと、たまらなく幸せそうに、目を細め……。

〈古代館〉のゲート前の老婆。草が生い茂ったような、光線皺に覆われた愛らしい口。おそらくはここ数日ずっと草に覆われていたのが、今ようやく開き、微笑んだ。

「ああ、お転婆娘かい！　だめじゃないか、みんなみたいに働かなくちゃ……でも、まあ、よしとしよう！　もし何かあったら駆けつけて知らせてあげるからね……」

ぎいぎい軋む重い不透明な扉が閉まるやいなや、痛みとともに心が大きく開いた。さらに大きく、目いっぱい。彼女の唇は私のものだ。私は飲んで、飲んで、離れ、私に向かって見開かれた目を無言で見つめ、そしてまた……。

部屋の薄闇、青色、サフランイエロー、暗緑色のモロッコ革、仏陀の金色の微笑、鏡のきらめき。そして私のいつかの夢が今なら理解できる。すべてに金色を帯びたピンクの汁が染み渡り、今にも縁を越えて溢れ、飛び散り……。

熟した。そして不可避的に、鉄と磁石のように、正確不変の法則への甘美な服従とともに、私は彼女に流れ込んだ。ピンククーポンもなく、計算もなく、〈単一国〉もなく、私もなかった。あったのはただ、優しく尖った、食いしばられた歯だけ、私に向かって見開かれた金色の目だけで、その目を通って私はゆっくりと中へ、どんどん深く入り込んでいった。そして静寂。数千マイル彼方の片隅で洗面台にしずくが垂れているだけで、私は宇宙であり、一滴と一滴の間にいくつもの時代が、年代が……。ユニファを引っ掛けると、私はIに向かって身を屈めた。そして最後に彼女を目で吸い込んだ。

「こうなるってわかってた……。おまえのことを知ってた……」Iはとても静かに言った。さっと起き上がり、ユニファといつもの鋭い咬む微笑を身につけた。

「いかがかしら、堕天使さん。これであなたは破滅しました。あら、怖くないの？じゃあさようなら！一人で帰ってくださいね。いい？」

彼女はクローゼットの壁にはめ込まれた鏡の扉を開けた。肩越しにこちらを見ながら待っている。私はおとなしく外へ出た。しかし敷居をまたいだ途端、急に彼女に肩を寄せてほしくなった。ほんの少し肩を、それだけでいい。

急いで舞い戻った。彼女が（おそらくは）まだ鏡の前でユニファのボタンを留めているであろうあの部屋に駆け込み、立ち止まった。クローゼットの扉の鍵の古風な輪がまだ揺れているのがはっきりと見えるが、Iはいない。部屋の出口は一つだけで、どこにも出られないはずなのに、彼女はいない。あちこち捜した。クローゼットを開け、雑多な色の古代の服を触りまでした。誰もいない……。

異星の読者よ、諸君にこのような到底信じがたい出来事を話すのはなんとなくばつが悪い。だが、何もかもありのままなのだから仕方がない。そもそも今日は、朝からずっと信じがたいことの連続ではなかったか、何もかもあの古代の夢見病のようではないか？　もしそうなら、不条理が一つくらい増減したところで、どうでもよくはないか？　さらに、私には確信がある。遅かれ早かれ、すべての不条理を何らかの三段論法に組み込むことができるだろうという確信が。それで私は安心するのだが、願わくは諸君も安心してほしい。

……私は満たされている！　わかってほしいものだ、私がどれほど満たされているかを！

記録14

要点《私の》・すべきでない・冷たい床

引き続き昨日の出来事について。就寝前の〈個人時間〉は忙しく、昨日のうちに記しておくことができなかった。しかしすべては私の中に刻みつけられたかのようで、だからこそとりわけ──きっと永久に──あの耐えがたいほど冷たい床の感触は残るだろう……。

夜にはOが私のところへ来ることになっていた。彼女の日だったのだ。私はブラインド権をもらいに当直のところへ下りていった。

「どうかしましたか？」当直が訊ねる。「今日は何だか……」

「その……実は病気で……」

実際、それは本当だった。もちろん私は病気だ。これはみんな病気のせいだ。そして即座に思い出した。そうだ、証明書が……。ポケットの中をまさぐった。ガサッと音がする。ということは、何もかもあったのだ、現実に起こったのだ……。当直が驚きの目を私に向けているのは見なくてもわかった……。私は当直に紙を渡した。頬が火照るのを感じた。

そして二十一時半。部屋の左側はブラインドが下りている。部屋の右側には隣人が見える。瘤(こぶ)のあるごつごつした禿げ頭と、巨(おお)きな黄色い放物線を描く額が、本の上に覆いかぶさっている。私は苦しみながら歩き回る。あんなことがあった後で、彼女に、Oに、どう接すればいい？　右からの視線をまざまざと感じ、額に寄った皺がはっきりと見える。それは判読不能な黄色い文字列で、なぜかこの文字列は私について書かれたものだという気がする。

二十二時十五分前の私の部屋。悦びのピンクの旋風、私の首に巻かれたピンクの両腕が作る頑丈な輪。そして感じる。輪はどんどん弱まり、弱まり、ついにはほどけ、両腕が落ちる……。

「あなたは以前のあなたじゃない、私のあなたじゃない！」

「《私の》とは、またずいぶん野蛮な用語じゃないか。僕は一度も……」と言いかけて口ごもった。ふと頭に浮かんだのだ。以前なら確かにそう言えたが、今は……。だって今の私は、われらの理性的な世界にではなく、古代の譫言の世界に、$\sqrt{-1}$の世界に住んでいるのだ。

ブラインドが落ちる。右側の壁の向こうで隣人が机から床に本を落とし、ブラインドと床の間にできた最後の一瞬の狭い隙間に、黄色い手が本をつかむのが見える。心の中で、私は全力でその手につかまりたかった……。

「今日のウォーキングで会いたいと思ってたの。話さなきゃならないことがたくさん、うんとたくさんあって……」

かわいくてかわいそうなO！　ピンクの口は角が下を向いたピンクの三日月だ。だが、あったことをすべて話すわけにはいかない。少なくとも、そんなことをすれば彼女は私の共犯者になってしまう。私にはわかるが、彼女に〈守護者局〉に出頭する力はない。したがって……。

Oは横たわっていた。私はゆっくりと彼女にキスをした。無邪気でふっくらした手首のくびれにキスをすると、青い目は閉じられ、ピンクの三日月はゆっくりと咲き、花開き、そして私は彼女の体中にキスをした。

ふとまざまざと、何もかもがひどく荒廃し、捧げ尽くされてしまったように感じる。できない、すべきでない。すべきだが、すべきでない。私の唇はたちまち冷たくなった……。

ピンクの三日月が震えだし、輝きを失い、引き攣った。Оはベッドカバーを引っかぶり、枕に顔を埋めて包まった……。

私はベッド脇の床に座っていた。なんて絶望的に冷たい床だろう。無言で座っていた。たまらない冷たさが下からやってきて、どんどん上がっていく。たぶんあの紺碧のもの言わぬ惑星間空間にも、同じ沈黙の冷たさがあるのだろう。

「わかってくれ、そんなつもりは……」私はつぶやいた……。「僕は精一杯……」それは本当だ。私は、本当の私は、そんなことを望まなかった。だとしても、それをどうやって言葉にすればいい？　鉄が望まなくても法則は不可避で正確だなどと、いったいどうやったら説明できる？

Оは枕から顔を上げ、目を閉じたまま言った。

「出ていって」しかし涙のためにそれは《出てて》となり、なぜだかその馬鹿らしい些細なことが記憶に刻まれた。

私は骨の髄まで冷え切り、麻痺したようになって廊下へ出た。ガラスの向こうにうっすらと、かろうじてそれとわかる霧が煙っていた。だが夜が更ける頃には、きっとまたこの霧が垂れ込めてきて、すべての上にのしかかるに違いない。夜の間に何が起こるのだろう？

Oは無言で私の脇をすり抜け、エレベーターへ向かった。ドアがガチャンと音を立てた。

「ちょっと待って」私は叫んだ。恐ろしくなったのだ。

だがエレベーターはすでに唸りながら下へ、下へ、下へ……。

あの女は私からRを奪った。

あの女は私からOを奪った。

それなのに、それなのに……。

記録15

要点　鐘・鏡の海・私は永遠に焼かれる

〈インテグラル〉を建造中の造船台に足を踏み入れるやいなや、〈第二建造技師〉がこちらに向かって歩いてきた。その顔はいつも通りだ。丸くて白い陶器の皿。そして話し方ときたら、皿の上にある何かたまらなく美味しいものでも勧めるといった調子である。

「体調を崩されていたそうですね。実は昨日、主任が不在のときに、事件と言ってもいいようなことが起きまして」

「事件？」

「そうなんです！　ベルが鳴り、仕事を終わりにして全員を造船台から出しているとですね、なんとその作業に当たっていた者が無ナンバーの人間を捕まえたのです。

いったいどうやって忍び込んだのか、理解できません。〈オペレーション局〉へ連行されました。そこであの愛すべき同僚から侵入方法と動機が聞き出されるでしょう……(美味しそうな微笑……)」

〈オペレーション局〉では、われらのもっとも優秀で経験豊富な医者たちが〈恩人〉の直接の指導のもとで働いている。そこには様々な機器があるが、とくに重要なのは名高い〈ガスベル〉である。これは本質的には昔ながらの学校の実験と変わらない。鼠をガラスの鐘の中に入れ、エアポンプで鐘の中の空気をどんどん薄めていく……。とまあ、そんな感じだ。だがもちろん、〈ガスベル〉ははるかに完全な装置であって、多種多様なガスを使用するし、もはや無力な小動物に対する虐待でないことはもちろん、そこには〈単一国〉の安全保障、言い換えれば数百万人の幸福についての配慮という崇高な目的がある。約五百年前、〈オペレーション局〉の仕事がまだ軌道に乗りはじめたばかりの頃、〈オペレーション局〉を古代の異端審問になぞらえた愚か者たちがいたが、それは気管切開を行う外科医と追い剝ぎを同列に置くくらい馬鹿げている。どちらも手に同じナイフを握り、どちらも同じことをするかもしれない。つまり生身の人間の喉を切り裂くわけだが、それでもやはり一方は恩人で、他方は犯罪者、一方には+記号が、他方には−記号がつく……。

こうしたことはどれもあまりに明白で、たった一秒のこと、論理機械の一回転にすぎなかったが、そのすぐ後に歯車がマイナスに引っ掛かってしまい、別のものが上がってきた。クローゼットの輪はまだ揺れている。扉は閉まったばかりのようなのに、彼女は、Iはいない。消えた。機械はどうしてもこの事象を処理できなかった。夢だったのか？ しかし今なお、右肩に不可解な甘い痛みを感じる。この右肩に身を寄せたIは、霧の中で私の隣にいた。《おまえは霧が好きなの？》そう、そして霧……すべてが好きだ。すべてがしなやかで、新しくて、不思議で、何もかも素晴らしい……。

「何もかも素晴らしい」と私は声に出して言った。

「素晴らしい？」陶器の目が丸々と見開かれた。「つまり、これのどこが素晴らしいんです？ この無ナンバーがまんまと侵入できたということは……つまり、彼らは周囲の至るところに、四六時中いるということですよ。ここにも、〈インテグラル〉のそばにも、彼らが……」

「彼らとは誰だ？」

「私が知ってるわけないじゃないですか、誰かなんて。でも彼らを感じるんですよ、わかりますか？　四六時中」

「ところで、聞いたか？　何かの手術が発明されたそうだが。想像力を摘出するとか」（数日前、私は実際に何かそのようなことを耳にした）

「ええ、知っています。それとこれとに何の関係が？」

「それはね、もし私が君の立場だったら、その手術を受けさせてくれと頼みに行くだろうということさ」

皿の上にレモンのように酸っぱい何かがありありと現れた。愛すべき男め、自分に想像力があるかもしれないと婉曲に仄めかされたことが癪に障ったのだ……。もっとも、一週間前ならきっと私も腹を立てたことだろう。だが今は――今は違う。私は自分にそれがあると、自分が病気だと知っている。加えて、回復したくないことも知っている。回復したくない、それだけだ。私たちはガラスの段を上がった。下にあるものがすべて手に取るようにはっきりと見える……。

この記録を読んでいる諸君が何者だろうと、諸君の頭上には太陽がある。そしてもし諸君も今の私のように病気だったことがあるなら、朝日がどうなるかを、どうなり得るかを知っているだろう。あのピンクで、透明で、温かい黄金を知っているだろう。そして空気自体がほんのりピンクで、全体に優しい太陽の血が染み渡り、万物が息づいている。石は生きていて柔らかい。鉄は生きていて温かい。人々は生きていて、一人残らず微笑んでいる。一時間後にはすべてが消え失せ、一時間後にはピンクの血が滴り落ちるかもしれないとしても、今のところは生きている。そして〈インテグラル〉のガラスの体液の中で何かが脈打ち、流れていくのが見える。〈インテグラル〉が己の偉大で恐ろしい未来に、必然的幸福という重荷に思いを巡らせているのが見える。その荷は宇宙（そら）へ、未知の諸君のもとへ、永遠に探し求めるが決して見つけられない諸君のもとへ運ばれる。諸君は見つけ、諸君は幸福になる。幸福になる義務がある。もうそれほど長く待たせはしない。

〈インテグラル〉のボディはほぼ完成している。黄金のように永遠で、鋼鉄のようにしなやかなわれらのガラスでできた、優雅で細長い楕円体。ガラスの体を内側から横向きの肋材（ろくざい）と縦向きの梁受け材が補強しているのが見えた。船尾では巨大なロケットエンジンの基部が設置されていた。燃焼は三秒間隔。〈インテグラル〉の強力な船尾は三秒ごとに炎とガスを宇宙空間に噴き出す。そしてひたすら疾走するだろう——幸福をもたらす炎のティムールが[17]……。

〈テイラー〉に従い、下にいる人々が整然かつ迅速に、テンポを合わせ、さながら一つの巨大な機械のいくつものレバーのように、体を曲げたり、伸ばしたり、回したりしているのが見えた。彼らの手の中でパイプが光っていた。ガラスの壁面やL字金具や肋材や肘材を火で切断し、火で接合している。ガラスのレールの上を透明なガラスの怪物クレーンがゆっくり動いているのが見えた。人間そっくりにおとなしく回転し、体を曲げ、内部に、〈インテグラル〉の胎内に積み荷を押し込んでいる。そしてこれらは一つだった。人間化された機械、完全な人間。それはこの上なく崇高で感動的な美であり、調和であり、音楽であった……。早く彼らのもとへ降りていき、彼らに混ざりたい！

そしてもう肩を並べ、彼らと融合し、鋼のリズムに捕らえられる……。規則的な運動。弾むように丸い紅潮した頬。鏡のような、無分別な思考に曇らされていない額。私は鏡の海を泳いでいた。それは休息だった。

するると突然、一人の男が穏やかにこちらを振り向いた。

「あの、大丈夫ですか、今日はよくなりましたか？」

「よくなったとは？」

「いえ、昨日はいらっしゃらなかったものですから。僕たち、てっきり主任に何か危険なことでも……」額は輝き、微笑みは子どものように無邪気だ。

血がどっと顔に上った。できない。この目に向かって嘘をつくことなどできはしない。私は黙り、沈んでいった……。

上のハッチから、陶器の顔がまん丸い白を輝かせながら突き出た。

「おーい、Д-503！ どうかこちらへ！ あのですね、ここのフレームと片持ち梁（キャンティレバー）のつなぎ目が固くなって、四角の部分で格点モーメントによる応力が発生しているんですが」

みなまで聞かず、私は一目散に上にいる彼のもとへと急行した。私は逃走という恥ずべき手段によって救われたのだ。目を上げる気力もなかった。足元の光り輝くガラスの段に目がちかちかし、一段ごとに絶望が深くなった。私の居場所は、毒された犯

17 ティムール（一三三六～一四〇五）。中央アジアから西アジアにまたがる広大なティムール帝国の創始者。

罪者の居場所は、ここにはない。私はもう二度と、正確で機械的なリズムに加わることも、穏やかな鏡の海を泳ぐこともできない。私は永遠に焼かれ、のたうち回り、目を隠すことのできる片隅を探し求めなければならない。永遠に、ようやくたどり着く力を見出すまでは、そして……。

そして氷の火花に貫かれる。私のことはかまわない。私のことはどうでもいい。だが、彼女のことはどうにかしなければ、彼女もまた……。

私はハッチから甲板に出て立ち止まった。これからどこに行けばいいのかもわからなければ、なぜここに来たのかもわからない。空を見上げた。そこには昼の盛りで疲れ果てた太陽が虚ろに昇っていた。下には灰色のガラスの死んだ〈インテグラル〉がある。ピンクの血は流れ出てしまった。あれは私の想像にすぎず、すべてはもとのままだということは明白で、それと同時に明白なのは……。

「どうしたんです、503、耳が聞こえないんですか? ずっと呼んでいるのに……。大丈夫ですか?」それは〈第二建造技師〉で、私の耳の真上にいた。きっとさっきから叫んでいたのだろう。

いったいどうしたのだ? 私は操縦桿を失った。エンジンはフルスロットルで唸り、アエロは振動しながら飛んでいるというのに、操縦桿がない。そしてどこへ飛んでいくのかもわからない。降下して今にも地面に激突するか、はたまた上昇して太陽に、火の中に……。

記録16

要点　黄色・二次元の影・不治の魂

何日か記録をつけなかった。日数はわからない。どの日も同じだ。どの日も乾涸(ひから)びて灼熱した砂のように黄一色で、一片の影も、一滴の水もなく、黄色い果てのない砂の上を歩いている。彼女なしではいられないのに、肝心の彼女はあのとき〈古代館〉で不可解な失踪を遂げて以来……。

あれ以来、一度だけウォーキング中に彼女を見かけた。二日前だったか、三日前だったか、四日前だったか……わからない。どの日も同じだ。彼女はちらっと姿を現し、黄色い空虚な世界を一瞬だけ満たした。彼女と手をつないでいたのは、彼女の肩ほどしかない二度カーブしたSで、それに紙のように薄っぺらな医者がいて、四人目は誰か知らない男だった。指だけが記憶に残っている。それはユニファの袖から光線の束のように飛び出しており、異様なほど細く、白く、長かった。Iは片手を上げ、こちらに向かって振った。それからSの頭越しに、Iが光線指男の方へ身を屈めた。〈インテグラル〉という言葉が聞こえた。四人全員がこちらを振り返った。そしてもう灰青色の空に紛れて見えなくなり、再び黄色い乾涸びた道が現れた。

その日の夜、彼女のピンククーポンは私の番だった。私は番号表示器の前に立ち、愛憎を込めて懇願した。どうかパチッと鳴りますように、どうか一刻も早く白い枠の中にI-330が現れますように。ドアがガチャンと音を立て、エレベーターから青白い人や、背が高い人や、ピンクの人や、浅黒い人が出てきた。周囲でブラインドが落ちた。彼女はいなかった。来なかった。

ちょうど二十二時、これを書いているまさにこの瞬間も、彼女は目を閉じて同じように誰かに肩を寄せ、同じように誰かに《おまえは好きなの?》と言っているのかもしれない。誰に? そいつは何者だ? あれか、あの光線指男か、それとも厚い唇からしぶきを飛ばすRか? それともSか?

S……。なぜ来る日も来る日も、あの男の水溜まりを歩くような浅い足音が背後に聞こえるのだろう? なぜ来る日も来る日も、あの男は影のように私の後をつけ回すのだろう？　前後左右に灰青色の二次元の影。通り抜けても、踏みつけても、それは相変わらずそこに、すぐそばにある。まるで見えない臍の緒で結ばれているかのように。ひょっとして、この臍の緒が彼女、Iなのだろうか？　わからない。あるいは彼らには、〈守護者〉には、もう知られているのかもしれない、私が……。

　あなたの影があなたを見ている、ずっと見ている。そう言われたとする。おわかりだろうか？　すると突然、ある奇妙な感覚が生じる。手は自分のものではないようで、邪魔になる。そしてふと気がつくと、歩調に合わせず馬鹿みたいに手をぶんぶん振り回している自分がいる。あるいは急に、是が非でも振り向かなければならないのだが、振り向くことができない、どうしてもできない。首には枷がはめられている。そして私は走る、どんどんスピードを上げて走るが、それでも背後に感じる。さらに速く影が追いかけてくるのを。影からはどこにも逃げられない、どこにも……。

　自分の部屋でようやく一人になる。しかしここには別のものがある。電話。また受話器を取る。「ええ、I-330を、お願いします」またもや受話器にはかすかな音、廊下を歩く誰かの足音、彼女の部屋の扉の前を通り過ぎ、そして沈黙……。受話器を放り投げる。無理だ、これ以上は耐えられない。あそこへ、彼女のところへ行こう。

それは昨日のことだった。あそこへ駆けつけ、十六時から十七時までの丸一時間、彼女が住んでいる建物のそばをうろついた。脇をナンバーたちが列を組んで通り過ぎる。数千本の足が拍子を合わせて降り注ぎ、百万足の大海獣（レヴィアタン）が脇をゆっさゆっさと泳いでいく。しかし私は一人、嵐で無人島に打ち上げられ、灰青色の波の中を血眼になって探している。

ほら、今にもどこかから現れるかもしれない。こめかみに向かって吊り上がった眉の嘲笑的な鋭角、目の暗い窓。その内側では暖炉が燃え、誰かの影が動いている。私はまっすぐその中へ入っていき、彼女に向かって言うのだ。《おまえ》と。必ず《おまえ》と。《知ってるくせに、おまえがいなくちゃだめなんだ。なのになぜ？》

しかし彼女は黙っている。ふと静寂が聞こえる。ふと〈音楽工場〉の音が聞こえる。それでもう十七時を回ったのだとわかる。皆とうの昔に立ち去り、私は一人だ。私は遅れてしまった。周囲には黄色い陽光溢れるガラスの砂漠が広がっている。まるで水面に映ったように、逆さまにひっくり返った光り輝く壁が滑らかなガラス面にぶら下がっているのが見える。私も逆さまにひっくり返った滑稽な姿でぶら下がっている。早く、今すぐ〈医療局〉へ行き、病気の証明書をもらわなければ。さもないと逮捕されて……。あるいは、それがいちばんいいのかもしれない。いっそここに留まって、誰かに見られて〈オペレーション局〉へ送られるのを心安らかに待つとしようか。そうすれば、すぐにすべてを清算できる。すぐにすべてを贖(あがな)える。

軽い衣擦れの音、そして私の前に二度カーブした影が現れた。素早く二本のスチールグレーのドリルが自分の中にねじ込まれるのを、私は見るまでもなく感じ、そして全力で笑みを浮かべ、口を開いた。とにかく何か言わなければならなかった。

「その……〈医療局〉へ行かないと」

「いったいどういうことですか？　なぜこんなところに突っ立っているのです？」

逆さまにひっくり返った馬鹿げた姿でぶら下がっている私は、恥ずかしさのあまり全身真っ赤になりながら黙っていた。

「ついてきなさい」厳しくSが言った。

私は他人のもののように不必要な手を振りながらおとなしく歩きだした。目を上げることはできず、奇怪な逆立ちした世界をひたすら歩いた。土台が上にある何かの機械、足があべこべに天井にくっついた人々、そしてさらに下の方には、舗道の厚いガラスにはめ込まれた空。人生の最後に目にするものが、よりによってこんな逆さまのふざけた世界なのかと、それが何より悔しかったのを覚えている。だが、目を上げることはできなかった。

立ち止まった。私の前には段があった。一歩上がれば見えるだろう。医者の白衣を身につけたいくつもの人影が、もの言わぬ巨大な〈ガスベル〉が……。螺旋状のギアでも動かすように力を込め、私はついに足元のガラスから目を離した。

突然、《医療》の金文字が私の顔に飛び散った……。なぜ〈オペレーション局〉ではなくここへ連れてこられたのか、なぜ見逃されたのか、そのときは考えもしなかった。段をひとつ飛びで上がり、扉をしっかりと閉め、ほっとため息をついた。まるで今朝からずっと呼吸しておらず、心臓の鼓動も止まっていたのが、今やっと初めて息を吐き、今やっと胸の水門が開いたかのようだった……。

二人の男。一人は背が低く、係船柱のような脚をしており、目を牛の角のようにして患者たちを突き上げていた。もう一人はものすごく細く、きらきら光るハサミ唇に、刃のような鼻……。前に会った男だ。

まるで親類でも見つけたように、私は一目散にその刃に飛びつき、不眠や、夢や、影や、黄色い世界について何かしら話した。ハサミ唇がきらりと光り、微笑んだ。

「困ったことになりましたね！　きっと魂が形成されたのでしょう」

魂？　あの忘れられて久しい奇妙な古語。今でもたまに《精魂込めて》とか《魂が抜ける》とか《魂（タマ）を取る》とか言うが、魂そのものは……。

「それは……実に危険ですね」私は言いよどんだ。

「不治です」ハサミはばっさり言ってのけた。

「しかし……実際、要点は何なのですか？　どうも……うまく想像できなくて」

「そうですね……何と言えばいいか……。あなたは数学者でしたね？」

「はい」

「では、平面や表面を例に取りましょう。ああ、この鏡がいいですね。表面には私とあなたがいます。いいですか、私たちは日差しに目を細めます。管の中の青い電気の火花、そして今度はアエロの影がちらっと映りました。表面でだけ、一瞬の間だけです。ですが想像してみてください、何らかの火で熱せられたことにより、この不透過の表面が急に柔らかくなったとします。もはや何ものもその上を滑ることはなく、すべてが内側へ、あそこへ、子どもだった私たちが興味津々で覗き込んだあの鏡の世界の中へと入り込みます。なかなかどうして、子どもも馬鹿にできたものではありませんよ。平面は体積に、物体に、世界になり、今や鏡の内側はあなたの内側だ。太陽も、アエロのプロペラが起こす旋風も、あなたの震える唇も、他の誰かの震える唇も。いいですか、冷たい鏡は反射して跳ね返すのに対し、こちらは吸収し、あらゆる痕跡を永久に留める。誰かの顔にほんのかすかな皺を一度でも見てとれば、それはもはや永久にあなたの中に残る。静寂にしずくが垂れる音を一度でも聞けば、その音は今でもあなたの耳に残っている……」

「そう、そうです、まさに……」私は彼の手をつかんだ。洗面台の蛇口からしずくがゆっくりと静寂に垂れる音が今も聞こえていた。そして私はそれが永久に続くと知っていた。だがそれにしても、なぜまた急に魂が？　今まではなかった、なかったのに、それがいきなり……。誰にもないのに、なぜ私に……。

私は薄っぺらな手をさらに強く握りしめた。救命浮輪を失うことが怖かったのだ。

「なぜ？　では、なぜわれらには羽や翼がなく、翼の土台となる肩甲骨しかないのでしょう？　なぜなら、翼はもはや不要だからです。アエロがあるのに、翼など邪魔なだけでしょう。翼は飛ぶためのものですが、われらにはもはや飛んでいく場所がない。われらは飛来し、われらは見つけた。違いますか？」

私は茫然としてうなずいた。それを見た医者はランセットのように鋭く笑いだした。もう一人の医者は笑い声を聞きつけると、係船柱のような脚をどしどし踏み鳴らしながら自分の診察室から出てきて、目を牛の角のようにして薄っぺらな医者を突き上げ、私のことも突き上げた。

「どうしたのかね？　何、魂？　魂と言ったか？　呆れたものだ！　この分じゃじきにコレラも流行するぞ。だから言っただろう（角で薄っぺらな医者を突き上げ）、だから言っただろう、皆から、皆から想像力を……想像力を摘出せねばならないと。外科手術しかないのだよ、外科手術しかね……」

彼は巨大なレントゲン眼鏡を掛け、私の周りを長々と歩き回っては、頭蓋骨を透かして私の脳を覗き込み、手帳に何か書き込んでいた。

「極めて、極めて興味深い！　いいかね、異存があるかもしれんが……アルコール保存される気はないかね？〈単一国〉にとって極めて有用だろう……疫病予防としてね……無論、特段反対の理由がなければだが……」

「あのですね」もう一人の医者が言った。「ナンバーΠ-503は〈インテグラル〉の建造技師でして、そんなことをすればきっと違反に……」

言われた方は「ううむ」と牛のように唸り、自分の診察室にどしどし戻っていった。

私たちは二人きりになった。紙の手がふわりと優しく私の手に重ねられ、横顔しかない顔がこちらに近づけられた。彼はささやいた。

「こっそり教えてあげましょう。実はあなただけではないのです。同僚が疫病のことを口にしたのには訳があります。思い出してください、あなた自身も他の誰かに似たような症状が現れたことに気がついたのではありませんか。とてもよく似た、とても近い……」彼は食い入るように私を見つめた。何を、誰のことを仄めかしている?

まさか……。

「あの……」私はさっと椅子から立ち上がった。しかし彼はすでに大声で別の話を始めていた。

「……不眠に関しては、あなたの夢に関しては一つ助言を差し上げられます。もっとたくさん歩くことです。明朝からでもウォーキングを始めてみてください……そうですね、たとえば〈古代館〉の辺りとか」

彼は再び私を視線で突き刺し、薄っぺらな笑みを浮かべた。この微笑の薄布に包まれた言葉を、文字を、名前を、たった一つの名前を、私はこの上なくはっきりと見たような気がした……。それとも、これもただの想像なのだろうか？

医者が今日と明日の分の病気証明書を書いてくれるのをやっとの思いで待ち、今一度無言で彼の手を堅く握ってから、私は外へ駆け出した。

心臓はアエロのように軽く、速く、私を上へ上へと運んでいく。私は知っていた。明日には何かしらの悦びが待っている。それはいったいどんな悦びだろう？

記録17

要点　ガラス越し・私は死んだ・廊下

私は完全に当惑している。昨日すべてが明らかになり、すべてのXが見出されたと思ったまさにそのとき、私の方程式に新たな未知数が現れたのだ。この出来事全体の座標原点はもちろん〈古代館〉だ。この点からX軸、Y軸、Z軸が延びており、ここ最近の私の世界はすべてそれらの軸上に組み立てられている。私はX軸（59番大通り）に沿って座標原点へ徒歩で向かった。内側では昨日の出来事がまだら色の旋風となっていた。逆さまになった建物や人々、苦痛な他人の手、光り輝くハサミ、洗面台から鋭い音を立てて垂れるしずく——それらは確かにかつてあったことだ。それらすべてが肉を引き裂きながら猛烈に渦を巻いている。火で溶かされた表面の裏側で、《魂》がある場所で。

医者の指示を実行するため、私はわざと直角三角形の斜辺ではなく、直角を挟む二辺をルートに選んだ。そしてもうすでに二つ目の辺まで来た。〈緑の壁〉の足元の環状道路。〈壁〉の向こうの果てしない緑の大海原から、根やら花やら枝葉やらが野生の大波となって押し寄せ、後ろ脚で立ち上がり、今にも私を呑み込もうとする。そして私は最高に精巧で精密なメカニズムである人間から変身して……。

だが幸いなことに、私と野生の緑の大海原の間には〈壁〉のガラスがある。ああ、壁や遮蔽物の、神のように空間を区切る偉大な知恵よ！　それはあらゆる発明の中でもっとも偉大な発明かもしれない。最初の壁を建てたとき、人間はようやく野生動物ではなくなった。われらが〈緑の壁〉を建て、この〈壁〉によって自分たちの機械的で完全な世界を、木や鳥や動物の非理性的で醜い世界から隔離したとき、人間はようやく未開人ではなくなったのだ……。

ガラス越しに、霧のようにぼんやりと、ある獣の間抜けな鼻面がこちらを向いているのが見え、その黄色い目は私には理解不能な同じ思考を執拗に繰り返していた。私たちは長いこと互いの目――表面の世界から別の表面下の世界へと通じる坑道――を覗き込んでいた。私の中で蠢（うごめ）くものがある。《無意味で汚れた木の葉の山に囲まれ、

計算できない生活を送るこの黄色い目をした獣が、もしもわれらより幸福だとしたら？》

私が手を振ると、黄色い目は瞬いて後ずさり、茂みの中に姿を消した。憐れな生き物め！　こんなやつがわれらより幸福だなどとは、まったく戯言もいいところだ！

まあ私よりは幸福かもしれない、それはそうだ。だが私は例外にすぎない。私は病気なのだ。

それに私は……。すでに〈古代館〉の暗赤色の壁が、草が生い茂ったような老婆の愛らしい口が見えている。私は一目散に老婆のもとへ駆け寄る。

「彼女はあそこに？」

草が生い茂った口がゆっくりと開いた。

「彼女って誰だね？」

「え、誰――誰ですって？　そりゃIですよ、もちろん……。あのとき一緒に来たじゃないですか、アエロで……」

「ああ、はいはい……はいはいはい……」

唇の周りの皺は光線で、黄色い目からも狡猾な光線が出て、私の内側にどんどん深く入り込む……。そしてようやく老婆は言った。

「まあいい……あの娘ならついさっきそこを通ったよ」

そこを。私は老婆の足元で銀色に光るニガヨモギの茂みを見た〈〈古代館〉の庭も博物館の一部で、先史時代の状態で入念に保存されている)。ヨモギは枝を老婆の手に伸ばし、老婆は枝を撫で、彼女の膝には日差しで黄色い縞ができていた。そして一瞬だけ、私、太陽、老婆、ヨモギ、黄色い目――私たちは皆一つで、私たちは何らかの血管で固く結ばれており、その血管をある共通の荒れ狂う素晴らしい血が流れている……。

今さらこんなことを書くのは恥ずかしいが、私はこの記録で絶対に隠し事をしないと約束した。だからありのままに書く。私は身を屈め、草の生い茂る柔らかく苔むした口にキスをした。老婆は口を拭って笑いだした……。

薄暗くてよく反響する見慣れた部屋部屋を駆け抜け、なぜかまっすぐあそこへ、寝室へと向かった。すでにドアノブをつかんでから、ふと思った。《もし一人じゃなかったら?》私は立ち止まり、聞き耳を立てた。だが聞こえるのは、近くで――私の中ではなく、私の近くのどこかで――自分の心臓がどきどき鳴っている音だけだった。

中に入った。乱された形跡のない広いベッド。鏡。クローゼットの扉に鏡がもう一枚、その鍵穴には古風な輪のついた鍵。誰もいない。

私はそっと呼んでみた。

「I！　ここにいるのか？」それからさらに声を落とし、目を閉じ、息を止め、すでに彼女の前にひざまずいているつもりで言った。「I！　愛しのI！」

静かだ。ただ洗面台の白い器に蛇口から水が忙しなく滴っている。今その理由は説明できないが、とにかくそれだけが不快だった。私は蛇口をぎゅっと閉め、寝室を出た。ここに彼女がいないのは明白だ。ということはつまり、どこか別の《アパート》にいるはず。

広くて薄暗い階段を駆け下り、扉を、別の扉を、また別の扉を引っ張った。閉まっている。あの《私たちの》アパート以外はどこも鍵が掛かっているのに、あそこには誰もいない……。

やはりまたあそこへ戻った。理由は自分でもわからない。ゆっくり、苦労して歩いた。靴底が急に鋳鉄になったのだ。こう考えたのをはっきりと覚えている。《重力が不変だというのは誤りだ。したがって私の公式はすべて……》

そこで思考が破られた。建物のいちばん下で扉がバタンと閉まり、誰かが敷石を足早にばたばた通り過ぎた。私は再びふわっと軽く、この上なく身軽になり、手すりに駆け寄り、身を乗り出し、《おまえ!》という一言で、一つの叫びで、思いの丈をぶちまけようと……。

そして心臓が止まりそうになった。下で、窓枠の影の暗い正方形に内接し、ピンクの翼の耳を大きく広げながら、Sの頭が走っていったのだ。

稲妻のように、裸の結論だけが前提なしで導かれた(前提は今も不明)――《決してあの男に見つかってはならない》。

爪先立ちになり、体を壁に押し込むようにしながら、私は滑るように上へ、あの鍵の掛かっていない部屋へと向かった。

扉の前で一瞬立ち止まった。あの男が虚ろに靴音を響かせながら、上へ、こちらへやって来る。せめて扉が! 私は懇願したが、扉は木製で、ぎいっと軋み、金切り声を上げた。緑、赤、黄色の仏陀が旋風となって通り過ぎる。そして私はクローゼットの鏡の扉の前にいた。自分の青ざめた顔、聞き耳を立てる目、唇……。聞こえる、血液のノイズを通して、また扉が軋むのが……。これはやつだ、あの男だ。

私はクローゼットの扉の鍵をつかんだ。鍵の輪が軽く揺れる。それが私に何かを思い出させ、またも瞬時に、裸の前提なしの結論が、正確には結論のかけらが導かれる。《あのときIは……》私は素早くクローゼットの扉を開けて中に入り、暗闇の中で扉をしっかり閉める。一歩動くと、足元の床が揺れた。ゆっくりと、柔らかく、私はどこかへ漂い落ちていき、目の前が暗くなり、私は死んだ。

――――

後にこの奇妙な出来事を残らず記す段になって、私は記憶をたぐり、本を引っかき回した。おかげで今はもちろん理解している。あれは古代人にはお馴染みの――そして私が知る限りわれらにはまったく未知の――仮死状態だったのだ。

どれくらい死んでいたかはわからない。おそらく五～十秒だろうが、とにかくしばらくして私は蘇り、目を開けた。暗い。下へ下へ降りていく感じがする……。手を伸ばして何かにつかまろうとしたが、急速に逃れ去っていくざらざらした壁に引っ掻かれた。指が出血している。これが私の病的な想像力の戯れでないことは明白だ。だが、それならいったい何なのだろう？

点線のように震える自分の呼吸が聞こえていた（こんなことを認めるのは恥ずかしいが、それほどまでにすべてが予想外で、理解不能だったのだ）。一分、二分、三分。まだ下がっている。ついにソフトな振動があった。足の下で落下していたものは、今はもう止まっていた。暗闇でドアノブらしきものを探り当て、それを押した。扉が開いた。おぼろげな光。背後で小さな正方形の台座が素早く上がっていくのが見えた。飛びついたが、時すでに遅し。私はここに取り残された……《ここ》がどこかは知らないが。

廊下。千プード[18]の静寂。丸天井には小さなランプがいくつも灯っていた。瞬き震える無限の点線。われらの地下鉄の《チューブ》に少し似ているが、ただしはるかに狭く、われらのガラスではない何か別の古めかしい素材が用いられている。〈二百年戦争〉のときに人々が逃れたという洞窟がちらっと頭をよぎった……。いずれにせよ、進むしかない。

二十分ほど歩いただろうか。右へ曲がると廊下が広くなり、ランプも明るくなった。何やら不明瞭な唸りがしていた。機械の音かもしれないし、人の声かもしれないが、よくわからない。ただ私は重い不透明な扉のそばにいた。音の出所はそこだ。

ノックしてみた。もう一度、今度はもっと強く。扉の向こうが静かになった。ガチャガチャ音がして、扉がゆっくり、重々しく開いた。

二人のうち、どちらがより大きなショックを受けて棒立ちになったかはわからない。私の前にいたのは、あの刃のような鼻をした薄っぺらな医者だったのだ。

「あなたが？　ここに？」それっきり彼のハサミはぱたんと閉じられた。一方私は――私は、まるでこれまで人語を一言も解したことがなかったかのように、無言で相手を眺めながら、彼が話すことをまったく理解できずにいた。きっと私はここから立ち去るべきなのだろう。というのも、それから私は彼の平べったい紙の腹で廊下のもっと明るいところの端まで押し出され、背中を突かれたからだ。

「すみません……私はてっきり……彼女が、I－330が……。でも後をつけられて……」

「そこにいてください」医者は私の言葉をチョキンと切り取り、姿を消した……。

ついに！　ついに彼女が隣に、ここにいる。もはや《ここ》がどこかなど、どうで

18　ロシアの旧重量単位で、一プード＝一六・三八キログラム。

もいことだ。見覚えのあるサフランイエローのシルク、咬む微笑、ブラインドの下りた目……。私の唇が、手が、膝が震え、愚にもつかない考えが頭に浮かぶ。

《振動は音だ。震えは音を出すはず。なのにどうして聞こえない？》

彼女の目が私に向かって開け放たれ、私はその中へ入った……。

「もう我慢できない。どこにいたんだ？　どうして……」片時も彼女から目を逸らすことができず、私はまるで熱に浮かされたように、早口で支離滅裂に話した（あるいは、心の中で言っただけかもしれない）。「影に後をつけられて……僕は死んだ……クローゼットから……。だってあの君の……ハサミで言うんだ……僕には魂がある……。不治だって……」

「不治の魂！　かわいそうな人！」Iはけらけら笑いだし、笑いのしぶきを私に浴びせた。錯乱はすっかり収まり、そこら中で小さな笑いが輝き、きんきんと鳴り響き、そしてなんて――なんてすべてが素晴らしいのだろう。

曲がり角からまた急にあの医者が現れた。奇跡をもたらす立派で薄っぺらな医者。

「それで……」彼はIのそばで立ち止まった。

「平気よ、何でもないわ！　後で話すから。この人は偶然……。すぐに戻ると言って……そうね、十五分くらいで……」

医者は曲がり角の向こうにぱっと消えた。彼女は待っていた。扉が鈍い音を立てた。するとIは、ゆっくり、ゆっくり、どんどん深く、私の心臓に鋭く甘い針を突き刺しながら、肩を、手を、全身を押しつけた。そして私たちは一緒に歩きだした。二人一緒に、二人が一つになって……。

どこで暗闇に曲がったかは記憶にない。闇の中、階段をいつ果てるともなく無言で上る。見えなかったが、それでもわかっていた。彼女は私と同じように歩いていた。目を閉じて、何も見えずに、頭を反らせ、唇を噛んで。そして音楽を、かすかに聞こえる私の震えを聞いている。

気がつくとそこは、〈古代館〉の庭に無数にある人目につかない場所の一つだった。塀らしきものがあり、地面からは剝き出しの石の肋骨と崩れた壁の黄色い歯が突き出していた。彼女は目を開けて言った。「明後日、十六時」そして立ち去った。

これはすべて実際にあったのだろうか？　わからない。明後日になればわかるだろう。現実の痕跡はただ一つ、右手の指先の皮が剝けていることだ。しかし今日〈インテグラル〉で〈第二建造技師〉が断言したところでは、私がうっかりその指で研磨ホイールに触るところを彼自身が目撃しており、それだけのことだそうだ。実際、そうなのかもしれない。大いにあり得ることだ。わからない。何もわからない。

記録18

要点　論理の密林・傷と絆創膏・もう二度と

昨日は横になるなり眠りの底に沈んだ。まるで荷を積みすぎて転覆した船のようだった。虚ろに揺らめく緑色の水の層。そしてゆっくり底から浮かび上がり、どこか半ばで目を開ける。私の部屋、いまだ緑色の凍りついた朝。クローゼットの鏡の扉に映った太陽の破片が目に入る。おかげで〈タブレット〉により定められた睡眠時間の正確な履行が妨げられる。いちばんいいのはクローゼットを開けることだ。しかし全身に蜘蛛の巣が張っているかのようで、蜘蛛の巣は目をも覆い、起き上がる力がない……。

それでも起き上がって開けた。すると突然、鏡の扉の裏に、ドレスを脱ぎ捨てようとしている全身ピンクのIがいた。今やどんなあり得ないことにも慣れきってしまった私は、記憶の限りでは少しも驚かず、何も訊ねなかった。さっさとクローゼットの中に入り、鏡の扉を勢いよく閉め、そして喘ぎながら、急いで、無闇に、貪欲に、Iと一つになった。今でも目に浮かぶ。扉の隙間から暗闇に射し込む鋭い太陽の光が、稲妻のようにクローゼットの床で、壁で、その上で折れ、その残酷な光り輝く刃が、Iの反り返った裸の首に落ちた……そこには自分にとってあまりに恐ろしい何かがあり、私は耐えきれずに叫んだ。そしてもう一度目を開けた。

私の部屋。いまだ緑色の凍りついた朝。クローゼットの扉には太陽の破片。私はベッドの中にいる。夢か。しかし心臓はまだ激しく打ち、震え、ほとばしっており、指先や膝が疼く。あれは確かにあったのだ。今ではもう、何が夢で、何が現かわからない。堅固で習慣的で三次元的なすべてを貫いて無理数が芽吹き、磨かれた固い平面の代わりに、何かごつごつして毛深いものが周りに……。

ベルまではまだ時間がある。私は横になりながら考える。そして奇妙きてれつな論理の鎖が解けていく。

表面の世界のあらゆる方程式、あらゆる公式には、それに対応する曲線あるいは立体が存在する。無理数式、私の$\sqrt{-1}$については、私たちはそれに対応する立体を知らないし、一度も見たことがない……。だがまさにその点にこそ恐怖がある。つまり、その目に見えない立体は存在する、必然的かつ不可避的に存在するはずなのだ。なぜなら数学では、スクリーンで見るように、無理数式という風変わりで棘のある影が私たちの前を通り過ぎていくからだ。数学も死も決して誤らない。この立体が私たちの世界では、表面では見えないとすれば、それ用に巨大な世界が表面の向こうに丸ごと存在する、不可避的に存在するはず……。

私はベルを待たずに飛び起き、部屋の中を駆け回りだした。私の数学はこれまで自分の正道を外れた全生活の中で唯一堅固で揺るぎない島だったが、それもまた遊離し、漂い、回転しはじめた。つまりどういうことだ、あの馬鹿げた《魂》も現実だと？ あの私のユニファやブーツと同じように（今はクローゼットの鏡の扉の向こうにあってどちらも見えないが）？ ブーツが病気でないとしたら、なぜ《魂》は病気なのだ？

野生の論理の密林からの出口は探しても見つからなかった。それは〈緑の壁〉の外にあるのと同じような未知の不気味な密林であり、言葉抜きで話す異常で理解不能な生き物でもあった。厚いガラスのようなものの向こうに見える気がした。無限に巨きいと同時に無限に小さく、サソリのような形をしており、隠されてはいるが絶えずその存在が感じられるマイナスの針を持つもの。$\sqrt{-1}$……。ひょっとしたら、これこそが私の《魂》に他ならないのかもしれない。古代人の伝説的なサソリのように自発的に己を刺し……。

ベル。一日が始まる。このすべては死にもせず、消えもせず、ただ昼の光に覆われている。可視対象が死なずに夜には夜の闇に覆われるように。頭の中には揺らめく霧がうっすらとかかっている。霧の向こうにガラスの長テーブルが見える。ゆっくり、黙々と、拍子をそろえて口を動かすボール頭たち。霧の彼方でメトロノームがカチカチ鳴り、この聞き慣れた心地よい音楽に合わせ、私は機械的に皆と一緒に五十数える。法で定められた一口五十回の咀嚼(そしゃく)運動。そして機械的に拍子を取りながら下へ降り、皆と同じように外出簿に自分の名前を記入する。それなのに、皆と離れて生きているように感じる。一人だけ柔らかい防音壁に囲まれ、その壁の中に私の世界がある……。

だが、問題はそこだ。この世界が私だけのものなら、なぜそんなものがこの記録に出てくるのだ？　あんな馬鹿げた《夢》やら、クローゼットやら、無限の廊下やらがなぜここに？　これを認めるのは残念でならないが、できあがりつつあるのは、〈単一国〉を讃える厳格で整然とした数学的叙事詩ではなく、一種の荒唐無稽な冒険小説だ。ああ、もしもこれが実際にただの小説で、Xや$\sqrt{-1}$や堕落に満たされた現在の私の生活でなかったとしたら……。

とはいえ、すべてはよい方向に進んでいるのかもしれない。未知の読者よ、諸君がわれらに比べて子どもだということはほぼ間違いない（何しろわれらは〈単一国〉に育てられたのであり、つまりは人間に可能な最頂点を極めたのだ）。だから子どもと同じように、私が与える苦いものを諸君に泣かずに全部呑み込んでもらうためには、それを濃密な冒険のシロップで念入りに包んでやるしかないのである……。

夜。

こんな感覚をご存じだろうか？　アエロで青い螺旋を描きながら空高く舞い上がり、窓は開いていて、顔に旋風がびゅんびゅん吹きつける。地面はなく、地面のことは忘れ、地面は土星や木星や金星と同じように遠くの存在となる。これが最近の私の暮らしぶりであり、顔には旋風が吹きつけ、地面のことも忘れ、かわいいピンクのOのことも忘れた。だが依然として地面は存在しており、遅かれ早かれ着陸しなければならない。それなのに私は、自分の〈セックス表〉に彼女の名が、O－90の名が記されている日を前にしながら、ただ目をつむっているだけだ……。

今夜、遠く離れた地面が自らの存在を思い出させた。

私は医者の指示を実行するため（心から、心から回復したいのだ）、まるまる二時間、ガラスでできたまっすぐに延びる大通りの砂漠をぶらついた。皆は〈タブレット〉に従って講堂にいたのに、私一人だけ……。これは本質的に不自然な光景だった。手という全体から切り離された人間の指を想像してみてほしい。独立した人間の指が背を丸め、ガラスの歩道をぴょんぴょん飛び跳ねながら走っている。この指が私だ。そして何よりも奇妙で不自然なことに、指には手に戻って他の指たちと一緒にいる気などさらさらない。こうして一人でいるか、さもなければ……。そう、もはや隠す必要などないだろう。さもなければ、彼女と二人でいたいのだ。またあの時のように、肩を通して、絡み合った指を通して、自分のすべてを彼女に注ぎ込みたい……。

帰宅したときにはもう日が暮れかけていた。壁のガラスに、蓄電塔の尖塔の黄金に、すれ違うナンバーたちの声や笑みに、黄昏時のピンクの灰が降り積もる。妙といえば妙だ。消えゆく太陽の光は朝に輝きはじめる太陽の光とまったく同じ角度で落ちていくのに、何もかもすっかり違っている。ピンクの色合いも違っていて、今はとても静かでかすかにほろ苦いのが、朝にはまた泡立ち響きわたる色合いになる。

階下のエントランスホール。ピンクの灰に覆われた封筒の山の中から、監視員のIOが一通の手紙を引き抜いて私に渡した。繰り返すが、これは非常に立派な婦人であり、彼女は私にとても好感を抱いていると確信している。

それでもこの垂れ下がった魚の鰓に似た頬を見るたびに、私はなぜか不快感を覚えた。節くれ立った手で私に手紙を差し出しながら、IOはため息をついた。けれどもこのため息は、私と世界とを隔てる帳（とばり）をほんの少し揺らしたにすぎなかった。私の全存在が自分の手の中で震えている封筒に投影されていた。封筒の中身がIからの手紙であることを、私は疑わなかった。

そこで第二のため息。二重のアンダーラインが引かれたようにあまりに露骨だったので、私は封筒から目を離した。二つの鰓の間に、伏せられた目の内気な鎧戸越しに、すっぽり包み込んで眩惑させるような優しい微笑が見えた。

「かわいそうに、かわいそうに」三重のアンダーラインが引かれたため息。そしてほんのかすかに手紙を顎で示した（当然、彼女は義務として手紙の内容を知っていたのだ）。

「いえ、本当に私は……。ですがどうして？」

「いいえ、違います。私はあなた自身よりもよくあなたのことを知っていますからね。前々から観察していたのでわかります。あなたに必要なのは、長年にわたって人生の研鑽を積んできた誰かと、手を取りあって人生を歩んでいくことです……」

全身に彼女の微笑が貼りつけられたように感じる。この手の中で震えている手紙に今にも傷だらけにされそうになっていた私だが、これはその傷につける絆創膏だった。そしてとうとう、内気な鎧戸越しに、Юはとても小さな声で言った。

「考えておきます、あなた、考えておきますから。だから安心なさって。もしも自分に充分な力があると感じたら……いえいえ、まずはもっと考えてみないと……」

偉大なる〈恩人〉よ！　まさか私の運命は……まさか彼女の言いたいことは……。

目がチカチカし、何千もの正弦波が見え、手紙が飛び跳ねる。私は明るい方へ、壁の方へ近づく。彼方で太陽は輝きを失い、そこから私に、床に、私の手に、手紙に、暗いピンクの悲しみの灰がますます厚く降り積もる。

封筒を破る。真っ先に署名を確認する。そして傷つく。これはⅠではない、Ⅰではない、これは……Oだ。そしてさらに傷つく。手紙の右下の隅にインクの染みが滲んでいる。何かがここに滴ったのだ……。私は染みというものが我慢ならない。インクの染みか、それとも別の何かの染みかはどうでもいい……何の染みだろうと同じことだ。以前はただ不快なだけだった、こういう不快な染みを目にすることが不快なだけだった。それはわかっている。ところが今、このねずみ色の染みは黒雲のようで、そのせいですべてがますます鉛色になり、ますます暗くなっていくのはどうしたことだ？　あるいは、これもまた《魂》なのか？

手紙。

ご存じでしょう……それとも、ひょっとしてご存じないのかしら。ちゃんと書けませんけど、べつにいいわ。今はご存じでしょう、あなたなしでは一日が始まらないし、朝も春も訪れないの。だってRは私にとってただの……まあ、これはあなたにとっては些細なことですね。とにかくあの人にはとても感謝しています。

この数日というもの、あの人がいなくて一人ぼっちだったらどうなっていたことか……。この幾昼夜で私は十年も、あるいは二十年も生きてしまいました。自分の部屋が四角ではなく円になったかのようでした。果てがなくて、丸くて丸くて、どこも同じで、どこにも扉がないのです。

あなたなしではいられません。だって、あなたを愛しているから。だって、わかるから、理解できるから。今のあなたには誰も、この世の誰も必要ないのだと。あの別の女以外は。ですから、おわかりでしょう、あなたを愛しているからこそ、私は必ず……。

私のかけらをどうにか貼り合わせて、以前のO－90に少しでも似た女に戻るには、まだ二、三日かかります。それから自分であなたへの登録を解除する申請をしに行きます。きっとその方があなたには好都合でしょうし、気分もいいでしょう。もう二度とお目に掛かりません、さようなら。

O

もう二度と。無論その方が好都合だ。彼女は正しい。しかしなぜ、どうして……。

記録19

要点　三次の無限小・ひそめた眉の男・手すり越しに

仄暗いランプが震える点線となって延びていたあの奇妙な廊下で……あるいは、いやいや、あそこではなく、その後で私たちがすでに〈古代館〉の庭のうち捨てられた一隅にいたとき、彼女は言った。《明後日》と。その《明後日》は今日だ。すべてに翼が生え、一日が飛ぶように過ぎていく。われらの〈インテグラル〉にもすでに翼がついている。ロケットエンジンの設置が完了し、今日はアイドリング試験をした。なんと見事で強力な一斉噴射だろう。私にとっては一回一回の噴射がかけがえのない彼女に捧げる、今日という日に捧げる祝砲だ。

初運転（＝噴射）の際、エンジンの噴射口の下ではわが造船台の約十名のナンバーがぼんやりしていたが、彼らはわずかな肉片と煤(すす)だけを残して跡形もなく消え去った。

誇りをもってここに記す——そのためにわれらの労働のリズムが乱れることは一瞬たりともなく、身震いする者は一人もいなかったと。まるで何事もなかったかのように、われらも、われらの工作機械も、まったく同じ正確さで自分たちの直線運動や円運動を継続した。十名のナンバーといえば、〈単一国〉全体の一億分の一にすら満たず、実用計算では三次の無限小である。算数に無知な憐れみを知っていたのは古代人だけで、われらには滑稽だ。

だから昨日、憐れな灰色の汚点だの何かの染みだのについて考え込み、あまつさえそれをこのページに書き込むことができたということが、私には滑稽だ。これは《表面軟化》とまったく同じことで、表面はわれらの壁のようにダイヤの硬度を有しているはずなのである（《壁にエンドウ豆をぶつける》[19]という古代の諺もある）。

十六時。追加のウォーキングには行かなかった。すべてが日の光に鳴り響くこの今、彼女がふとその気にならないとも限らない……。

建物の中にほぼ一人。陽光が射し込む壁越しに右も左も下も遠くまで見渡せる。宙に浮かんだ、鏡のように互いを映し出す空っぽの部屋また部屋。そして太陽の墨でうっすらと線を引かれた空色の階段を、痩せ細った灰色の影が滑るように上ってくる。

ほら、もう足音が聞こえる。扉越しに見える。絆創膏スマイルが貼りつけられるのを感じる。それから通り過ぎ、別の階段を下りていく……。

番号表示器がパチッと鳴った。私は全身を細い白枠に振り向け、そして……そして見知らぬ男性の（子音の文字で始まる）番号。エレベーターが唸り、ドアがガチャンと音を立てた。私の前に現れたのは、帽子をいい加減に目深に斜めかぶりしたような額で、目の方は……とても奇妙な印象だった。まるでひそめた眉の下の目がある辺りから話しているかのようなのだ。

「彼女からあなたに手紙です（眉の下から、庇(ひさし)の下から）……。必ず全部そこに書いてある通りにしてほしいとのことです」

眉の下から、庇の下から辺りを見回す。ほら、誰も、誰もいやしない、さあよこせ！　もう一度辺りを見回してから、男は私の手に封筒を握らせて立ち去った。私は一人だ。

いや、一人ではない。封筒から出てきたのはピンククーポン、そしてほのかに漂う

19　手応えがないこと。暖簾(のれん)に腕押し。

彼女の香り。これは彼女だ、彼女が来る、私のところへ来るのだ。早く手紙を。この目でそれを読み、すっかりそれを信じるために……。

何？　あり得ない！　読み返す。飛ばし読みする。《クーポンを……そして必ずブラインドを下ろして、私が実際にあなたの部屋にいるみたいに……必ずそこにいると思われないといけない……すごく、すごく残念だけど……》

手紙はずたずたにしてやった。鏡に一瞬、歪められへし折られた自分の眉が映る。私はクーポンをつかみ、手紙と同じように——

《必ず全部そこに書いてある通りにしてほしいとのことです》

手から力が抜け、拳が開いた。クーポンが机の上に落ちた。彼女は私より強い。そしてどうやら、私は彼女の望み通りにするだろう。だが……だが、わからない。まあ見てみよう。夜まではまだかなり時間がある……。クーポンは机の上にある。

鏡には歪められへし折られた自分の眉が映っている。なぜ今日の分も医者の証明書をもらってこなかったのだろう？　あれがあれば〈緑の壁〉に沿って果てしなく歩いて、歩いて、それからベッドに倒れ込み、眠りの底に沈めるのに……。だが私は13番講堂へ行かなければならない。自分の全身のネジを固く締めなければならない。二時間――二時間じっとしているために……たとえ叫んで地団駄を踏みたくなったとしても。

講義。とても奇妙なことに、きらきら輝く装置から聞こえてきたのは、いつもの金属的な声ではなく、柔らかくてもさもさした、何だか苔むしたような声だった。女性の声だ。声の主がかつて生きていた頃の姿が脳裏をよぎった。小柄な鉤形に曲がった老婆。そう、〈古代館〉にいたあの老婆のような。

〈古代館〉……するとすべてが一気に噴水となって下から噴き上げてきそうになり、講堂全体を叫び声に沈めてしまわないよう、私は全力で自分のネジを締めなければならない。柔らかくてもさもさした言葉は右から左へ抜けていき、覚えているのは講義の内容が子どもや養児法についてということだけ。私はまるで写真の乾板だ。異質で第三者的な無意味な正確さでもって、すべてを自分の中に焼きつける。黄金の鎌はスピーカーの光の反射。その下には生きた実例である幼児が一人。鎌に手を伸ばしている。ミクロサイズのユニファの裾を口に押し込んでいる。ぎゅっと握りしめられた小さな拳。親指（というより子指）を拳の中に入れている。薄いふっくらした影は手首のくびれ。写真の乾板のように私は焼きつける。今度は裸の片足が端から垂れ下がった。ピンクの扇のような足の指が宙に踏み出した。そして今にも、今にも床に……。そこで女の叫び声。ユニファの透明な翼を振って演壇に駆け登り、子どもをキャッチした。ふっくらした手首のくびれにキスをし、テーブルの真ん中に移動させてから演壇を降りる。私の中に焼きつけられる。角が下を向いたピンクの三日月の口、縁まで満たされた青い小皿の瞳。これは〇だ。そして私は、まるで理路整然たる公式でも読んでいるかのように、突如としてこの些細な出来事の必然性、合法則性を感じ取る。

彼女は私のほんの少し左後ろに座っていた。私は振り向いた。彼女は素直に赤ん坊がいるテーブルから目を離し、その目を私に、私の中に向け、そしてまたも〇と私と演壇のテーブルが三つの点になり、これらの点が線で結ばれ、不可避だがまだ目には見えない出来事の投影となった。

すでに灯火の大きな目が開いている緑の黄昏時の街路を通って帰宅する。全身が時計のようにチクタク音を立てているのが聞こえる。私の中の針が今にもある数字を越えようとしており、私はもはや後戻りできない何かを行う。Ｉに必要なのは、彼女が私の部屋にいると誰かに思わせることだ。だが私に必要なのは彼女であって、彼女の《必要》などどうでもいい。私は他人のブラインドになどなりたくない。なりたくない、ただそれだけのことだ。

背後に、水溜まりを歩くような聞き覚えのある足音がした。もはや振り向くまでもなくわかる。Sだ。扉の前までついてきて、その後はおそらく下の歩道に立って、上の私の部屋にドリルをねじ込むのだろう。誰かの犯罪を隠すためにブラインドが下りるまで……。

彼が、〈守護天使〉がピリオドを打った。私はしないと決めた。決心した。

部屋に上がってスイッチを捻ると、私は目を疑った。机のそばにOが立っていたのだ。正確には、ぶら下がっていた。まるで空っぽの脱ぎ捨てられた服がぶら下がっているかのようだった。服の下の彼女はもはやバネを残らず失ったかのようで、手足にバネはなく、だらんと垂れた声にもバネはなかった。

「その……手紙のことで。受け取った？　そうなのね？　返事を知りたいの、今日知りたいの」

私は肩を竦めた。愉悦を覚えながら、まるで何もかも彼女のせいだというように、縁までいっぱいになった彼女の青い目を見つめ、返事を長引かせた。そして愉悦を覚えながら、一言一言突き刺すように言った。

「返事？　いいとも……。君は正しい。完全に。すべての点で」

「それじゃ……（微笑で小刻みな震えが隠されるが、私には見える）。そ、とてもよかった！　じゃあ今すぐ――今すぐ帰るわ」

そして机の上にぶら下がっていた。伏せられた目、足、手。机の上にはまだあの女のくしゃくしゃになったピンククーポンが置いてある。私は素早く『**われら**』の原稿を広げ、そのページでクーポンを隠した（おそらく〇にというよりも、自分自身に）。

「ほら、ずっと書いてるんだ。もう百七十ページも……。何か意外なものになりつつあるけど……」

声が――声の影が言う。

「覚えているかしら……私、あのとき七ページに……涙をこぼして……するとあなたは……」

青い小皿があふれ、せっかちなしずくが音もなく頬を伝い落ち、せっかちな言葉があふれる。

「もうだめ、今すぐ帰る……もう二度と来ない、それでもいいわ。だけど一つだけ、あなたの子どもが欲しいの。子どもをちょうだい、そしたら帰る、帰るわ！」

ユニファの下で彼女が全身を震わせているのを見て、自分も今にも……。私は手を後ろに組み、微笑んだ。

「何だって？〈恩人の機械〉がお望みなのか？」

そして先ほどと同じように、私に向かって言葉が堰を切って流れてきた。

「それでもいいわ！　だけど感じられるもの、自分の中に赤ちゃんを感じられるもの。たとえ数日でも……。見たいの、ひと目だけでも、赤ちゃんのちっちゃなくびれが見たいの。あそこの、あのテーブルの上にいた赤ちゃんみたいな。たった一日だけでも！」

三つの点。О、私、そしてあのテーブルの上のふっくらしたくびれのある小さな握り拳……。

子どもの頃に一度、蓄電塔に連れていかれたときのことを覚えている。吹き抜けになっている階段の最上部で、ガラスの手すりから身を乗り出して下を見た。人々は点のようで、胸が甘くときめいた。《もしここから……》そんなことを考えながら、あの時の私は手すりをさらに強く握りしめただけだった。しかし今度は——飛び降りた。

「そうしたいのか？　それがどういうことか完全に自覚して……」

まるで太陽にまともに顔を向けているかのように閉じられた目。濡れて輝く微笑。

「ええ、そうよ！　そうしたいの！」

私は原稿の下からピンククーポン――あの女のもの――をさっと引き抜き、階下の当直のもとへ駆けだした。Ｏは私の手をつかんで何か叫んだが、わかったのは戻ってからだった。

彼女はベッドの端に腰かけ、膝の間で両手をぎゅっと握りしめていた。

「それ……それって、あの女（ひと）のクーポン？」

「どうでもいいじゃないか。まあそうだ、彼女のだよ」

何かが割れた。いや、おそらくＯが身じろぎしただけのことだろう。膝の間に両手を入れたまま、黙りこくって座っている。

「おい？　早く……」私が乱暴に手を握ったので、彼女の手首の、幼児のようにふっくらしたくびれがあるところが赤く腫れた（明日には痣（あざ）になるだろう）。

それが最後だった。その後スイッチが切られ、思考は消え失せ、闇、火花――そして私は手すりを越えて下へ……。

記録20

要点　放電・思想の素材・ゼロの断崖

放電——それがもっとも相応しい定義だ。今ならわかるが、あれはまさに電気の放出のようなものだった。ここ数日の私の脈拍はますます乾燥と加速と緊張の度を高め、両極はどんどん接近していた。バチバチと乾いた音がして、あと一ミリで爆発が起き、その後は静寂が訪れる。

私の中は今、とても静かで空っぽだ。皆が出払って一人病床に臥せっている建物の中のように、思考のカチカチいう明晰で金属的な音がはっきりと聞こえる。

この《放電》がついに私の苦痛な《魂》を治療し、そして私は再び皆と同じになったのかもしれない。少なくとも今の私は、何の痛みもなく〈立方体〉の段に立つОを、〈ガスベル〉の中に入れられた彼女を思い描くことができる。もし〈オペレーション局〉で彼女が私の名前を告げたとしてもかまわない。最期の瞬間、私は罰を下す〈恩人〉の手に感謝を込めて恭しく接吻するだろう。〈単一国〉に対して私はこの権利を、罰を受ける権利を有しており、その権利を譲り渡しはしない。われらナンバーの誰一人として、この唯一の自分の——だからこそもっとも貴重な——権利を放棄すべきではないし、あえて放棄する者もいない。

……静かに、カチカチと、思考が金属的に明晰な音を立てている。不思議なアエロが愛しい抽象の青い高みへと私を連れ去る。この上なく澄んだ希薄な空気の中で、《有効な権利》に関する私の考察が、空気タイヤのように軽くパンと音を立てて破裂するのが見える。そしてそれが古代人の馬鹿げた迷信、すなわち彼らの《権利》の思想の残滓(ざんし)にすぎないことがはっきりとわかる。

粘土の思想があり、黄金あるいはわれらの貴重なガラスに永遠に刻み込まれた思想がある。思想の素材を判定するには、強力な酸をその上に垂らしてみるだけでいい。そんな酸の一つを古代人も知っていた。帰終法(レドゥクチオ・アド・フィネム)[20]。当時はそう呼ばれていたらしい。しかし彼らはこの毒を恐れ、青い無を見るよりは、粘土の空であれ、玩具の空であれ、とにかく何かしら空を見ることを選んだ。われらは——〈恩人〉に栄えあれ——大人なので、玩具は必要ない。

では、《権利》の思想に酸を垂らせばどうなるか。古代人ですら、もっとも成熟した者は権利の源が力であり、権利が力の関数であることを知っていた。ここに二枚の秤皿がある。一方には一グラム、他方には一トン、一方には《私》、他方には《われら》、〈単一国〉。明白ではないだろうか？《私》が〈国家〉に対して何らかの《権利》を持ち得ると仮定することと、一グラムと一トンが釣り合うと仮定すること、これはまったく同じことである。このことから、一トンに権利が、一グラムに義務が割り当てられる。無から偉大へと至る自然な道は、自分が一グラムだということを忘れ、一トンの百万分の一だと感じることである……。

ふくよかで頬の赤い金星人の諸君、鍛冶屋のように煤にまみれた天王星人の諸君、青い静寂の中に諸君の不満のつぶやきが聞こえる。だが理解してほしい、偉大なものはすべて単純なのだ。理解してほしい、算数の四則だけが不動で永遠なのだ。そして四則に基づく道徳だけが、偉大で、不動で、永遠でありつづけるだろう。これは究極

20　文字通りには「終わりまで還元」を意味する。帰謬法（きびゅうほう）（reductio ad absurdum）のもじり。

の知恵だ。これは人々が汗で赤くなり、足で蹴りつけ、ぜいぜい喘ぎ、何世紀もかけてよじ登ったピラミッドの頂上なのだ。この頂上から見下ろせば、先祖の野性からわれらの中に生き残った何かしらが底の方でまだちっぽけな蛆虫のように蠢いているのが見える。この頂上から見下ろせば、違法な母親〇も、殺人犯も、大胆にも〈単一国〉に詩を投げつけたあの狂人も同じだ。彼らに下される裁きも同じだ。すなわち、時期尚早の死。これはまさに、歴史の黎明の素朴なピンクの光に照らされながら、石造りの家に住んでいた人々が夢見た神の裁きと同じものである。彼らの《神》は、〈聖なる教会〉に対する非難を殺人と同等に罰した。

天王星人の諸君——賢くも焚刑のやり方を心得ていた古代スペイン人のように厳格で色黒の諸君——が黙っているところを見ると、どうやら私と同意見らしい。だが、ピンクの金星人が、拷問だの、処刑だの、野蛮時代への逆行だのとぶつぶつ言っている声が聞こえる。親愛なる諸君、私は気の毒でならない。諸君には哲学的・数学的に思考する能力がないのだ。

人類史はアエロのように円を描きながら上昇する。黄金の円、血みどろの円など、円は様々だが、どれも同じように三百六十度に分割される。ゼロから出発し、十度、二十度、二百度、三百六十度、そしてまたゼロ。そう、われらはゼロに戻ったのだ。そう。だが、数学的に思考する私の頭脳には明白なことだが、このゼロはまったく別の新しいゼロだ。われらはゼロから右へ歩きだし、左からゼロに戻った。よってこれは+0ではなく−0だ。おわかりだろうか？

この〈ゼロ〉は私には、寡黙で、巨大で、狭くて、まるでナイフのように切れ味鋭い断崖に見える。獰猛（どうもう）で毛深い闇の中で息を潜め、われらは〈ゼロの断崖〉の黒い夜の側から出航した。何世紀もわれらコロンブスは航行を続け、地球全体を一周し、そしてついに、万歳！　礼砲が鳴り、皆がマストによじ登る。われらの目の前で、それまで知られていなかった〈ゼロの断崖〉の反対側が、〈単一国〉のオーロラに照らし出される。空色の塊、虹の、太陽のきらめき。何百もの太陽、何十億もの虹……。

〈ゼロの断崖〉の別の黒い側からナイフ一枚分の厚みだけ隔てられたからどうだというのか。ナイフは、人間に創り出されたものの中でもっとも堅牢で、もっとも不滅で、もっとも天才的なものだ。ナイフはかつてギロチンだった。ナイフはあらゆる難問を解決する普遍的な方法である。そしてナイフの刃に沿って逆説の道が、恐れを知らぬ知性に相応しい唯一の道が延びているのだ……。

記録21

要点　作者の義務・氷が膨らむ・もっとも難しい愛

昨日は彼女の日だったが、彼女はまたしても来ず、またしても彼女から、漠然としていて何も説明しないメモが送られてきた。しかし私は冷静だ、まったくもって冷静だ。それでもなおメモの指示通りに振る舞っているとしても、それでもなお当直に彼女のクーポンを持っていき、その後ブラインドを下ろして自分の部屋に一人で座っているとしても、言うまでもなくそれは、私に彼女の希望に逆らう力がないからではない。ちゃんちゃらおかしい！　もちろん違う。単に、あの治療用の絆創膏スマイルからブラインドで隔てられることで、心穏やかにこのページを書くことができるからだ、これが第一。第二に、彼女が、Ｉがいなくては、すべての未知の事柄（クローゼットの出来事、私の仮死など）を明らかにするおそらくは唯一の鍵を失う恐れがある。単にこの記録の作者としてもその解明は今や自分の義務だと感じるし、未知というものが総じて人間に生来敵対的であることはもはや言うまでもない。人間の文法から疑問符がすっかり消え失せ、感嘆符と句読点のみとなって初めて、ホモ・サピエンスはその言葉のまったき意味で人間となるのだ。

そんなわけで、まさに作者の義務と思しきものに突き動かされ、本日十六時、私はアエロに乗って再度〈古代館〉へ向けて出発した。強い向かい風が吹いていた。アエロは苦労して空気の密林を通り抜け、透明な枝がびゅんびゅん当たった。眼下の都市は、すべて青い氷の塊でできているかのようだ。急に雲が現れ、さっと斜めの影が差し、氷が鉛色になって膨らむ。まるで春に川岸にたたずみ、すべてがひび割れ、どっとほとばしり、渦巻き、勢いよく流れだすのを今か今かと待っている心境だ。しかし何分経っても氷に変化はなく、自分の方が膨らんで、心臓の鼓動はますます不穏に、ますます速くなる（しかし私はなぜこんなことを書いているのだろう。それにこの奇妙な感覚はどこから来るのだろう。われらの生活のこの上なく透明で堅固なクリスタルを壊せる砕氷船などありはしないのに……）。

〈古代館〉の入口は無人だった。私は建物をぐるりと回り、〈緑の壁〉のそばで門番の老婆を見つけた。小手をかざして空を見上げている。そこの壁の上には、黒い鋭角三角形がいくつも飛んでいた。何かの鳥だ。カアカア鳴きながら突撃しては、電波を発する堅固な柵に胸をぶつけ、引き下がってはまた〈壁〉の上に現れる。皺が生い茂った暗い顔にさっと斜めの影が差すのが見え、素早い一瞥が私に向けられる。

「誰もいないよ、いないったらいないよ！　そう！　だから行っても無駄さ。そう……」

無駄とはどういうことだ？　それに、これはなんと奇妙な態度だろう。私をただ誰かの影と見なすとは。いや、あなたたち皆の方こそ私の影かもしれないぞ。ほんの少し前まで四角形の白い砂漠だったこのページにあなたたちを住まわせたのはこの私ではないか。私がいなければ、文章の細道を通って私が連れてきた皆があなたたちに会うこともなかっただろう。

もちろん、こんなことを口に出したりはしなかった。自分の経験からわかるが、人間に、その人が三次元の現実であって、別の何らかの現実ではないということに対して疑念を抱かせることほど酷なことはない。私は素っ気なく、扉を開けるのがあなたの仕事でしょうとだけ言い、老婆は私を庭へ通した。

空虚。静寂。風は壁のはるか彼方で吹いている。まるで私たちが肩を寄せ合い、二人が一つになって、地下の廊下から出てきたあの日のようだ（ただしあれが実際にあったとしての話だが）。私は石造りのアーチらしきものの下を歩いた。足音が湿った丸天井にぶつかって背後に落ちる。まるで別の誰かがずっと後についてくるかのようだった。赤煉瓦のニキビがぶつぶつできた黄色い壁が、窓の暗い四角の眼鏡から私を見張っていた。私が歌うように軋む納屋の扉を開けるのを、私が庭の片隅を、袋小路を、人目につかない場所を覗き込むのを見張っていた。塀の木戸を潜ると荒れ地で、そこには〈大二百年戦争〉の記念碑があった。地面から突き出ている裸の石の肋骨、歯を剝き出した顎のような黄色い壁、縦に煙突がついた古代の暖炉——黄色い石や赤い煉瓦の波しぶきの間で永久に石化した船。

厚い水の層を通して底を見るようにぼんやりとだが、この黄色い歯には見覚えがあった。そして私は探しはじめた。穴に落っこち、石につまずき、錆びた手にユニファをつかまれ、額を塩辛い玉の汗が流れ落ちて目に入り……。

どこにもない！　あのときの地下の廊下からの出口はどこにも見当たらなかった。それは存在しなかった。だが、その方がいいのかもしれない。おかげで、何もかも私の馬鹿げた《夢》の一つだったという可能性が増したのだから。

疲れて、全身蜘蛛の巣らしきものや埃にまみれ、主庭に戻ろうとすでに木戸を開けたところだった。背後に突然、衣擦れの音と水溜まりを歩くような足音がして、私の目の前にピンクの翼の耳と二度カーブした微笑が現れた。Sだ。

彼は目を細め、私の中にドリルをねじ込んでから訊ねた。

「ウォーキングですか?」

私は黙っていた。手が邪魔だった。

「それで、どうです、お加減はよくなりましたか?」

「ええ、おかげさまで。正常に戻りつつあるようです」

彼は私を解放し、目を空に向けた。頭が仰け反り、私は初めて彼の喉仏に気づいた。

空の低いところで——約五十メートル——何機ものアエロがぶんぶん唸っていた。その低速低空飛行とぶらりと垂れた監視チューブの黒い鼻から、それらが〈守護者〉の機体だとわかった。しかし普段のように二機や三機ではなく、十機から十二機もいた(残念ながら概数を述べるに留めておかなければならない)。

「なぜ今日はあんなに多く?」思い切って私は訊ねた。

「なぜ？　ふむ……。真の医者がですね、今はまだ健康だけれども、もう明日明後日には、あるいは一週間後には病気になってしまうであろう人間の治療を始めるのです。そう、予防ってやつです！」

彼はうなずくと、庭の石畳をぴしゃぴしゃと歩きだした。それから振り返り、肩越しに私に向かって一言。

「ご用心ください！」

私は一人だ。静寂。空虚。〈緑の壁〉の上のはるか彼方を飛び回っている鳥たち、風。別れ際の言葉はどういう意味だろう？

アエロは気流に乗ってすいすい飛ぶ。雲が落とす軽い影、重い影。下では空色の丸屋根やガラスの氷でできた立方体が鉛色になり、膨らんでいく……。

夜。

原稿を開いたのは、目前に迫っている偉大な〈全会一致の日〉について、若干の〈読者諸君にとって〉有益と思える考えをこのページに書き込むためだった。そして、今は書けそうにないことがわかった。風が暗い翼で壁のガラスを叩く音にずっと耳を傾け、ずっと辺りを見回し、待っている。何を？　わからない。だから、見慣れた茶色っぽいピンクの鰓が私の部屋に現れたときは、正直言ってとても嬉しかった。彼女は座り、恥じらいながら膝の間に落ちたユニファのたるみを伸ばし、速やかに微笑を私の全身に、一つ一つの亀裂に少しずつ貼りつけ、そして私はいい心地で、しっかり縛りつけられたように感じた。

「あのですね、今日教室に行くと〈彼女は〈児童養育工場〉で働いている〉、壁に落書きがあったんです。ええ、ええ、本当です！　私が何か魚の姿で描かれていました。もしかすると本当に私は……」

「いやいや、何をおっしゃる」私は慌てて言った〈実際、近くで見れば鰓に似たところなど少しもないことは明白で、私が鰓について書いたのはまったく不適切だった〉。

「ええ、結局、そんなことは些細なことですわ。ですが、よろしいですか、問題なのはこの行いです。私はもちろん〈守護者〉を呼びました。子どものことが大好きだからこそ、もっとも難しく気高い愛は無慈悲さだと考えていますの。わかってくださいますか？」

もちろん！　それは自分の見解と交叉していた。我慢しきれず、私は記録20の《静かに、カチカチと、思考が金属的に明晰な音を立てている……》で始まる一節を彼女に読み聞かせた。

茶色っぽいピンクの頬がぶるぶる震え、だんだん私の方へ近づいてくるのは見なくてもわかった。そして乾いた、硬い、少しチクッとするほどの指が私の手の中に入れられた。

「ください、それを私にください！　録音して、子どもたちに暗記させます。それはあなたの金星人だけでなく、私たちにも必要なものです。今も、明日も、明後日も」

彼女は辺りを見回し、一段と声を落として言った。

「聞きましたか、噂では〈全会一致の日〉に……」

私は飛び上がった。

「何ですか、噂って？〈全会一致の日〉に何が？」

快適な壁はもはやなかった。瞬時に自分が外に投げ出されたように感じ、そこの屋根の上では巨大な風が吹き荒れ、傾いた黄昏時の雲がどんどん低く垂れ込め……。

I0は私の肩を毅然としっかり抱きかかえた（とはいえ、私の動揺に共鳴して彼女の指の骨が震えているのに気づいた）。

「どうぞお座りになって、興奮なさらないで。噂なんてどうでもいいのです……。それに、もし必要でしたら、当日は私がそばにいます。学校の子どもたちのことは他の誰かに預けて、あなたと一緒にいることにしますわ。だってあなたも、そう、あなたも子どもみたいなものですから、あなたに必要なのは……」

「いやいや」私は手を振った。「やめてください！　そんなことをすれば、私のことを一種の子どもで、一人では何もできないと本気で思うでしょう……。やめてください！」（白状すると、その日に関して私には別の予定があったのだ）

彼女はにこりと微笑んだ。書かれざる微笑のテキストは、《まあ、なんて頑固な子なんでしょう！》と書いてあるようだった。それから彼女は腰を下ろした。目が伏せられる。両手はまたもや膝の間に落ちたユニファのたるみを恥ずかしそうに伸ばしている。そして今度は別の話題を持ち出した。

「決心しなくてはと思っていますの……あなたのために……。いいえ、お願いですから急かさないでください、まだ考えてみないと……」

私はべつに急かさなかった。とはいえ、わかってはいたのだ。私は幸福にならなければならないのであって、わが身をもって誰かの黄昏の年月を飾ってやること、それに勝る名誉はないということを。

……夜通し、翼のようなものにうなされた。私は両手で翼から頭を庇いながら歩き回っている。お次は椅子。それも現代のわれらの椅子ではなく、古代の木製タイプの椅子だ。私は脚を馬みたいにバタバタ動かし（右前足と左後足、左前足と右後足）、椅子が私のベッドに駆け寄り、よじ登る。そして私は木の椅子と愛し合う。具合が悪くて、痛い。

これは驚きだ。この夢見病を治療するか、あるいは合理化して、できれば有益なものに変える方法を考え出すことは、はたしてできないというのだろうか。

記録22

要点　固まった波・すべては完成に向かう・私は細菌

自分が海岸に立っているところを想像してみてほしい。波がリズミカルに上がっていき、上がりきったと思うと、突如そのまま停止し、凍りつき、固まってしまう。〈タブレット〉で指示されたわれらのウォーキングが突如混乱し、ごちゃごちゃになり、停止したときも、同じように不気味で不自然だった。われらの年代記が伝えるところによれば、同様のことが最後に起きたのは百十九年前、ウォーキングの列のど真ん中に、空から隕石が鋭い音と煙を伴いながら落ちてきたときだった。

われらはいつものように、つまりアッシリアの記念碑に描かれた戦士たちのように歩いていた。千の頭、二本の融合し積分（インテグレート）された脚、振り上げられる二本の積分（インテグレート）された腕。大通りの突き当たりの、蓄電塔がおどろおどろしく唸っているところで、向こうから四角形の一団が近づいてきた。前後左右には警備の者、中心には三人のナンバー。彼らのユニファに金色の番号はすでにない。すべては恐ろしいほど明白だ。塔の天辺の巨大な文字盤は顔だった。雲の中から身を屈め、下界へ向かって一秒一秒を吐き出しながら、無関心に待っていた。そしてちょうど十三時六分、四角形の中で混乱が生じた。これはすべて私の間近で起きたので、ごく細部に至るまでよく見えた。細長い首がとても鮮明に記憶に残った。こめかみで縺(もつ)れ合っている青い血管の格子は、まるで未知の小世界の地図に描かれた川のようであり、そしてこの未知の世界はどうやら若者のようだった。われらの列にいる誰かに気づいたのか、若者は爪先立ちになって首を伸ばし、立ち止まった。警備の一人が電気鞭の青みがかった火花をバチッとお見舞いする。若者は仔犬のように甲高い悲鳴を上げた。続いておよそ二秒間隔で、明瞭なバチッ――悲鳴、バチッ――悲鳴。

われらは相変わらずリズミカルに、アッシリア人のように歩いていた。そして優美な稲妻形の火花を眺めながら、私は思った。《人間社会のすべては果てしなく完成に向かう。完成に向かわなければならない。古代の鞭はなんと醜い道具だっただろう。そしてどれほどの美が……》

だがそこで、全速力で外れたナットのように、細い弾力のあるしなやかな女性の姿がわれらの列から離れ、「もういいでしょ！　やめて！」と叫びながら、まっすぐそこへ、四角形めがけて駆け出していった。それはまるで百十九年前の隕石のようだった。ウォーキングの列全体が凍りつき、不意の寒波で凍てついた灰色の波頭と化した。一瞬、私は皆と同じく傍観していた。その女はもはやナンバーではなかった。ただの人間であり、〈単一国〉に加えられた侮辱の形而上的実体としてのみ存在していた。だが、体の向きを変えるときに腰を左に捻るという女の動作で、急に明白になった。知っている、私はこの鞭のようにしなやかな体を知っている。私の目が、私の唇が、私の手が知っている。その瞬間、私は完全にそう確信していた。

警備のうちの二人が女の行く手を遮ろうとした。舗道の、今はまだ明るい鏡のような一点で、今にも二筋の軌道が交叉し、今にも女は取り押さえられる……。何かをごくりと呑み込んだかのように心臓が止まった。そして、できるか、できないか、馬鹿げているか、理性的か、などと考えたりせず、私はその点めがけて突進した……。

恐怖に見開かれた数千の目がこちらに向けられるのを感じたが、それはただ私の中から抜け出した野蛮で毛深い手をした男に、何やら絶望的に陽気な力をさらに与えただけで、男はどんどんスピードを上げて走った。あと二歩というところで女が振り返った——

目の前にあったのは、雀斑(そばかす)だらけの震える顔、赤茶けた眉……。彼女ではない！　Iではない。

ほとばしり出る狂喜。《こいつめ！》、《この女を捕まえろ！》といったことを叫びたいのに、聞こえてくるのは自分のささやき声だけ。そして私の肩にはすでに重い手が置かれ、私は取り押さえられ、連行され、私は弁明を試みる……。

「あのですね、どうか理解していただきたいのですが、私の考えは……」

だが、どうやって自分のすべてを、これらのページに記した自分の病気のすべてを説明すればいいのだろう。それで私は気持ちが萎えてしまい、おとなしく歩いていく……。風の不意打ちで木からもがれた一枚の葉は、おとなしく落ちてはいくが、その途中でくるくると舞い、知り合いの枝や、枝の股や、大きな枝のそれぞれにしがみつこうとする。そんな風にして私は、無言のボール頭の一つ一つに、壁の透明な氷に、雲に突き刺さった蓄電塔の青い針にしがみつこうとした。

どこにも隙間のない幕が最終的に私をこの素晴らしい世界全体から隔てようとして

いたその瞬間、近くで、ピンクの翼の耳をパタパタさせながら、舗道の鏡の上を見覚えのある大頭が滑ってくるのが見えた。そして聞き覚えのある、押しつぶされたような声がした。

「私には証言する義務があると考えますが、ナンバーЛ‐503は病気で、自分の感情をコントロールできる状態にはありません。きっと彼は自然な憤激の虜となって……」

「そう、そうなんです」私はその言葉に飛びついた。「《この女を捕まえろ!》って叫んだくらいですからね」

背後から、肩越しに声がした。

「君は何も叫ばなかった」

「ええ、でも叫ぼうとしたんです。〈恩人〉に誓って言いますが、叫ぼうとしたんです」

一瞬、私は灰色の冷たい目のドリルに貫かれた。私が言ったことが(ほぼ)真実だと見抜いたのかどうかはわからない。それとも何か秘密の目的があって、さしあたりまた私を見逃すことにしたのか。いずれにせよ、彼がメモを認め、私を押さえつけていた一人にそれを渡すと、私は再び自由の身となった。つまり、正確には、整然と無限に延びるアッシリアの隊列の中に再び閉じ込められたのである。

四角形が——その中の雀斑顔と、青い血管の地図が浮き出たこめかみとが——曲がり角の向こうに永久に姿を消した。われらは歩く。それは百万の頭を持つ一つの体であり、われら一人一人の中に謙虚な喜びがある。おそらくそれは分子や原子や食細胞が生きる糧としたものだ。古代の世界では、われらの唯一の（非常に不完全ではあるものの）先駆者であるキリスト教徒がそのことを理解していた。すなわち、慎みは徳であり、傲慢は悪徳である。《**われら**》は神に由来し、《**私**》は悪魔に由来する。

今、私は皆と足並みをそろえているが、にもかかわらず皆から離れている。古代の鉄道が轟音を立てて通り過ぎた直後の橋のように、私の全身は先ほど味わった興奮のせいでまだ震えている。私は自分を感じる。だが、自分を感じたり自分の個性を意識したりするのは、異物の入った目や、化膿した指や、虫歯だけだ。健康な目や指や歯は、あたかもそれが存在しないかのようである。個人の意識がただの病気であることは明白ではないか。

私はもはや、てきぱきと冷静に細菌（青い血管が浮き出ていたり、雀斑があったりする）をむさぼり食う食細胞ではないのかもしれない。私は細菌なのかもしれず、われらの間には、私のようにまだ食細胞のふりをしている細菌がすでに何千と存在するのかもしれない……。

もしも今日のこの本質的には些細な出来事が——もしもこうしたことがすべて、ただの始まりにすぎないとしたら？　無限によってわれらのガラスの楽園にばらまかれた、轟音を立てて燃え落ちる数多(あまた)の石の、その最初の隕石にすぎないとしたら？

記録23

要点　花々・結晶の溶解・もしも

百年に一度だけ咲く花があるという。それならなぜ、千年に一度、万年に一度だけ咲く花があってはいけないのか。今までわれらがその花について知らなかったのは、今日がまさにその千年に一度の日に当たっていたというだけのことかもしれない。それで私は、この上なく幸せそうに、酔っ払ったように階段を下りて当直のもとへ向かう。するとぱっと、私の目の前で、辺り一面に音もなく千年の蕾(つぼみ)がほころび、そして花咲く。椅子も、靴も、金バッジも、電灯も、誰かの暗いもじゃもじゃした目も、手すりの多面的な柱も、階段に落ちているハンカチも、当直のデスクも、デスクの上の、染みのある柔らかい茶色のIOの頬も。何もかもが異常で、新しくて、優しくて、ピンクで、湿っている。

Юは私からピンククーポンを受け取り、彼女の頭上には――壁のガラス越しに――神秘的な枝から、香気漂う青い月が垂れ下がっている。私は意気揚々とそれを指差して言う。

「月です、わかりますか?」

Юは私を、次いでクーポンの番号を一瞥する。そして私は、膝小僧の間でユニファのたるみを伸ばすという、彼女の例の魅力的で恥じらうような所作を目にする。

「まあ、異常で病的なご様子ですわ。だって、異常と病気は同じものですもの。あなたはご自分をだめにしておられるのに、誰もあなたにそのことを言わない――誰も」

この《誰も》は、もちろん、I-330というクーポンの番号とイコールだ。愛くるしい、素晴らしいЮ! 無論あなたは正しい。私は無分別だ、私は病気だ、私には魂がある、私は細菌だ。だが、開花は病気ではないというのか? 蕾がほころぶときは痛くないというのか? そして、精子はあらゆる細菌の中でもっとも恐ろしい細菌だと思わないか?

私は上の自分の部屋へ戻る。肘掛け椅子の大きく開いた萼（がく）の中にIがいる。私は床にいて、彼女の両脚を抱き、私の頭は彼女の膝の上にあり、私たちは黙っている。静寂、脈拍……そして私は結晶であり、私は彼女に、Ｉに溶解する。自分を空間に限定している結晶の磨かれた面がみるみる溶けていく様を、私はこの上なくはっきりと感じる。私は消えていく、彼女の膝に、彼女に溶けていく、私はどんどん小さくなる。そして同時にどんどん広がり、大きくなり、果てがなくなる。なぜなら彼女は彼女ではなく、宇宙だからだ。そして一瞬、私と、ベッドの脇のこの喜びに貫かれた椅子は一つになる。〈古代館〉の扉の前で素晴らしい笑みを浮かべる老婆、〈緑の壁〉の外の野生林、黒を背景に老婆のように微睡んでいる銀色の廃墟らしきもの、そしてあり得ないほど遠いどこかで今まさにバタンと閉じた扉――これらがすべて私の中にあり、私とともにあり、脈拍に耳を傾け、至福の瞬間を突き抜けて疾走する……。

無意味で支離滅裂な水浸しの言葉で、私は彼女に伝えようとする。私は結晶で、だから私の中には扉があって、だから私は椅子の幸福を感じる。だが結果のあまりの馬鹿馬鹿しさに私は口を噤み、ただただ恥じ入り、そして藪から棒に……。

「Ｉ、許してくれ！　自分でもちっともわからないんだ、こんな愚かなことを話して……」

「なぜ愚かなことがよくないと思うの？　人間的な愚かさだって、知性と同じように何世紀もかけて培ってやれば、そこから何か並外れて貴重なものが生まれるかもしれないじゃない」

「ああ……（彼女が言うことは正しい気がする。今の彼女に間違いなどあるだろうか？）」

「そしてあなたの愚かしさ一つのために、昨日ウォーキングであなたがしたことのために、私はあなたをもっともっと愛するのよ」

「だけど、それならどうして俺を苦しめた、どうして来てくれなかった、どうして自分のクーポンを送りつけた、どうして俺にあんな……」

「そうね、試す必要があったのかもしれないわね。私の望むことなら何でもしてくれるって、あなたがすっかり私のものだって知る必要があったのかもしれないわね」

「ああ、すっかりおまえのものだ！」

彼女は私の顔を——私のすべてを——手のひらで挟み、私の頭を持ち上げた。

「ねえ、あなたの《すべての誠実なナンバーの義務》はどうなったの？　ねえ？」

甘くて、鋭くて、白い歯。微笑。彼女は肘掛け椅子の、開いた萼の中にいる。まるでミツバチのように、中には棘と蜜がある。

そう、義務……。心の中で最近の記録のページをめくる。実際のところ、私の義務は本質的に云々といった考えすらどこにもない……。

私は黙っている。私は恍惚として（そしてたぶん愚かに）微笑み、彼女の瞳を見つめ、片方の瞳からもう片方の瞳へ目を走らせ、そのどちらにも自分の姿を見る。ちっぽけな、大きさわずか数ミリの私は、このちっぽけな虹彩の囚獄（ひとや）に閉じ込められている。その後は再び、ミツバチ、唇、開花の甘い痛み……。

われらナンバー一人一人の中には、静かにカチカチ音を立てる見えないメトロノームのようなものがあって、時計を見ずとも誤差五分以内の正確さで時間がわかる。だがこのとき、私の中のメトロノームは止まっており、私はいくら時間が経ったかわからず、ぎょっとして枕の下から時計つきのバッジをつかみ出した……。

〈恩人〉に栄えあれ！ ありがたい、まだ二十分ある。だが分というものは滑稽なほど短く、尻切れで、あっという間に過ぎていくのに、私には彼女に話さなければならないことが山ほどある。すべて、自分自身のすべて。Oの手紙のこと、彼女に子どもを授けたあの恐ろしい夜のこと。そしてなぜか自分の幼少期のこと。プリャパの数学のこと、$\sqrt{-1}$のこと、そして初めて〈全会一致〉の祝祭に出たとき、こんな大事な日だというのに、自分のユニファにインクの染みを見つけてさめざめと泣いたこと。

Iは顔を上げて片肘をついた。唇の両隅に二本の長く鋭い線。そして吊り上がった眉の暗い角度。十字架だ。

「ひょっとしたらその日……」彼女は口を噤み、眉がいっそう暗くなった。私の手を取り、ぎゅっと握りしめた。「ねえ、私のことを忘れないで、いつまでも覚えていてくれる？」

「どうしてそんなことを言うんだ？　何の話なんだ？　なあ、I！」

Iは黙っていた。その視線はすでに私から外れ、私を突き抜け、どこか遠くにある。ふと、風が巨大な翼でガラスを叩く音が耳に入り（無論その音はずっとしていたのだが、今になってやっと聞き取れたのだ）、なぜか〈緑の壁〉の天辺の上でけたたましく鳴いていた鳥たちを思い出した。

Iは何かを振り落とすように激しく頭を揺らした。もう一度、アエロが着陸前に一瞬だけ弾みながら地面に触れるように、一瞬だけ全身で私に触れた。

「ほら、ストッキングをちょうだい！　早く！」

ストッキングは机の上に、そこに広げられた私の記録の（百九十三）ページの上に放り出されていた。私は慌てて原稿に触ってしまい、ページが散らばり、どうしても順序通りにそろえることができず、そして問題は、たとえそろえられたとしても、どうせ本当の順序にはならず、どうせ何らかの切れ目や穴やXは残るだろうということだ。

「こんなのはもう耐えられない」私は言った。「おまえはここに、すぐそばにいるのに、それでもやっぱり古代の不透明な壁の向こうにいるみたいだ。壁越しに衣擦れの音や声は聞こえても、言葉は聞き取れないし、そこがどうなっているのかもわからない。こんなのはもう耐えられない。おまえはいつだって何かを隠している。あのとき〈古代館〉で俺が落っこちた場所はどこなのか、あの廊下は何なのか、なぜ医者がいたのか、一度も教えてくれなかったじゃないか。それとも、ひょっとして、あんなことは何もなかったのか？」

　Iは私の肩に両手を置き、ゆっくりと私の目の奥深くへと入ってきた。

「すべてを知りたいの？」

「ああ、知りたい。知りたいの？　知らなければならない」

「どこへでも、とことんまで私についてくることは怖くないの？　どこへ連れていくかもわからないのよ」

「ああ、どこへでもついていく！」

「いいわ。約束する。祝日が終わって、もしも……。あ、そうだ、あなたの〈インテグラル〉はどう？　いつも訊き忘れるの。もうすぐ？」

「いや、《もしも》って何だ？　またか？　《もしも》って何なんだ？」

彼女（すでに扉口にいる）は言った。

「今にわかるわ」

私は一人だ。彼女が残していったものは、〈壁〉の外から運ばれてくる甘く乾いた黄色い花粉にも似た、かろうじて嗅ぎ取ることのできる香りだけだった。いや、もう一つ。古代人が漁のために使っていた釣り針（〈先史博物館〉所蔵）のように、私の中にしっかり食い込んだいくつかの小さな疑問。

……なぜ彼女は急に〈インテグラル〉のことを？

記録24

要点　関数の極限・復活祭・すべてを抹消する

私はまるで高すぎる回転数で始動させられた機械だ。ベアリングが灼熱し、あと一分もすれば溶けた金属が滴りはじめ、すべてが無に帰すだろう。早く冷たい水を、論理を。私はバケツで注ぐが、論理は熱いベアリングの上でシューシュー音を立て、捉えがたい白い蒸気となって空気中に拡散する。

そう、明白だ。関数の真の値を定めるには、その極限を把握しなければならない。そして昨日の馬鹿げた《宇宙への溶解》は、極限において捉えれば、死であることは明白だ。なぜなら死とはまさに、自己の宇宙への完全な溶解なのだから。ここから仮に《L》で愛を、《D》で死を表すとすれば、L＝ƒ(D)であり、つまり愛と死は……。

そう、まさに、まさにそこだ。だからこそ私はIを恐れ、私は彼女と戦い、私は望まないのだ。だがなぜ、自分の中に《望まない》と《望む》が並存しているのだろう？　私があの昨日の至福の死を再び望んでいるということ、それこそが恐怖なのだ。論理の関数が積分（インテグレート）され、彼女が潜在的に死を内包していることが明らかな今でさえ、私の唇が、手が、胸が、私の体の一ミリ一ミリが、彼女を求めている……。

明日は〈全会一致の日〉だ。そこにはもちろん彼女も来て、私は彼女に会えるだろうが、ただし遠くから眺めるだけだ。遠くからでは苦痛だろう。なぜなら私に必要なのは、私の抑えがたい欲求は、彼女のそばにいることであって、彼女の手が、彼女の肩が、彼女の髪の毛が……。だが、私はその苦痛すら欲しているのだから仕方ない。

偉大なる〈恩人〉よ！　苦痛を欲するとは、なんという不条理なのか。誰の目にも明らかなことだが、苦痛をもたらす負の被加数はわれらが幸福と呼ぶものの総和を減少させる。したがって……。

いや、《したがって》はなし。純粋に。裸に。

夕方。

建物のガラスの壁の向こうに、風の吹く、熱病じみたピンクの、心騒ぐ夕暮れが見える。このピンクが目障りにならないように椅子の向きを変え、記録をめくりながら、またしても忘れていたことに気づく。これを書いているのは自分のためではなく、私が愛しかつ憐れんでいる未知の諸君のため、まだはるか遠い世紀のどこか下の方でのろのろしている諸君のためなのだと。

さて、〈全会一致の日〉について、この偉大な日について書くとしよう。私は子どもの頃からいつもこの日が好きだった。われらにとってこの日は、古代人にとっての《復活祭》のようなものだと思う。覚えているが、前日になるとよく小さな時間カレンダーをこしらえ、大喜びで一時間ずつ消していったものだ。一時間近づくたびに、待ち時間は一時間少なくなる……。これは本当だが、誰も見ていないという確信があれば、私は今もそのようなカレンダーをどこへ行くにも持ち歩き、明日まであと何時間残っているか、ずっと見ていたことだろう。明日には会えるのだ——たとえ遠くからだとしても……。

（邪魔が入った。工場から出荷されたばかりの新しいユニファが届いたのだ。慣例で明日のために新しいユニファが全員に支給される。廊下には足音、歓声、ざわめき）

続けよう。明日私が目にするのは、来る年も来る年も繰り返され、毎回新たな感動を与える光景だ。力強い一致の杯、恭しく挙げられる手。明日は年に一度の〈恩人選挙〉の日だ。明日われらは再び、われらの幸福を護る難攻不落の砦の鍵を〈恩人〉に委ねるのだ。

もちろん、これは古代人の無秩序で非組織的な選挙とは似ても似つかない。口にするのも滑稽だが、当時は選挙結果すら事前にわからなかった。何の計算もない偶然の上に当てずっぽうに国家を建設する――これ以上に無意味なことがあり得るだろうか？　だが、それだけのことを理解するのに、実際には数世紀もかかった。

言うまでもないことだが、われらのもとではこの点に関して、他のあらゆることと同様、偶然が介入する余地は皆無であり、いかなるサプライズもあり得ない。であるから、選挙そのものはむしろ象徴的な意味を有している。すなわち、われらが数百万の細胞から成る単一の強大な有機体であることを、古代人の《福音書》の言葉を借りれば、われらが単一の〈教会〉であることを思い出させるのである。なぜなら〈単一国〉の歴史は、この祝祭の日に、たとえ一つの声だろうと荘厳なユニゾンをあえて乱したという例を知らないのだから。

古代人は選挙をなぜか泥棒のようにこそこそ隠れて行っていたという。歴史家の中には、古代人は入念に変装をして選挙の祝祭に現れたとまで主張する者もいる（その幻想的で陰鬱な光景を思い浮かべてみる。夜、広場、壁伝いに忍び足で歩く黒マントの人々、風を受けてうずくまる松明（たいまつ）の赤紫色の炎……）。なぜこのように秘密にする必要があったのか、今なお最終的には解明されていない。おそらく選挙というものが、神秘的で、迷信的で、あるいは犯罪的ですらあるような何らかの儀式と結びついていたのだろう。われらには隠し事や恥ずべきことなど存在しない。われらは選挙を公然と、誠実に、白昼に祝う。皆が〈恩人〉に投票するのを私が見、私が〈恩人〉に投票するのを皆が見る。《皆》と《私》が単一の《**われら**》だとすれば、そうなって当然だ。古代人の臆病で泥棒じみた《秘密》よりはるかに高尚で、誠実で、高度だ。さらにはるかに合理的だ。何しろ、あり得ないこと、つまり通常の単旋律（モノフォニー）に何らかの不協和音が混ざるようなことを仮定してさえ、われらの列の間には見えない〈守護者〉がおり、血迷ったナンバーを即座に突き止め、彼らをさらなる勇み足から救い、〈単一国〉を彼らから救うことができるのである。そして最後にもう一つ……。

左の壁の向こう、クローゼットの鏡の扉の前で、一人の女性がそそくさとユニファのボタンを外している。そして一瞬、ぼんやりと、目、唇、二つの尖ったピンクの子房が見えた。その後ブラインドが下り、心の中に瞬時に昨日のことが残らず蘇り、《最後にもう一つ》が何かわからなくなり、そんなことは考えたくもない、まっぴらだ！　欲しいのはただ一つ。I。毎分、各分、ずっと私と、私とだけいてほしい。さっき〈全会一致〉について書いたことなどまったく不要で、あんなことが書きたかったのではなく、すべてを抹消し、引き裂き、投げ捨てたい気分だ。なぜなら私は知っている（たとえ冒瀆だとしても、それは事実なのだ）、彼女といるときだけが、彼女が隣にいて、肩と肩を寄せ合っているときだけが祝日なのだと。彼女がいなければ、明日の太陽などただのブリキの円盤にすぎず、空は青く塗られたブリキの板で、私自身は……。

電話の受話器をつかむ。

「I、君かい？」

「ええ、そうよ。こんな遅くにどうしたの？」

「まだそんなに遅くはないかもしれないよ。実はお願いがあって……。明日、僕と一緒にいてほしいんだ。愛しの……」

《愛しの》と、私はとても静かに言う。するとなぜか、今朝の造船台での出来事が脳裏をよぎった。誰かがふざけて時計を百トンハンマーの下に置いた。スイング、顔に当たる風、そして脆い時計への百トンの優しく静かな接触。間があった。受話器の向こうで、Iの部屋で、誰かのささやきが聞こえる気がする。

それから彼女の声。

「いえ、無理よ。わかるでしょう、私だって……。いえ、無理よ。なぜって？　明日になればわかるわ」

深夜。

記録25

要点　天からの降臨・史上最大の破局(カタストロフ)・既知の終わり

　式典が始まる前に全員が起立し、頭上で国歌——〈音楽工場〉の数百のパイプと数百万の人声——が荘厳な天蓋のようにゆっくりと揺らめいたとき、一瞬、私はすべてを忘れた。今日の祝祭についてIが言った気がかりなことも忘れ、彼女自身のことすらも忘れたかのようだった。今の私は、かつてこの日に自分にしかわからないユニファの小さな染みのために涙を流したあの少年だった。たとえ私が洗い落とすことのできない黒い汚点にまみれていることに周囲の誰も気づいていないとしても、それでもこの私は、この開け放たれた顔たちの中に、犯罪者たる自分の居場所はないということを知っている。ああ、今すぐにでも立ち上がって、涙に咽びながら自分のことを洗いざらい大声でぶちまけてしまいたい。それで一巻の終わりだとしても、かまうものか！　それでも、たった一秒だけでも、あの無邪気な青空のように、自分が清潔で没思考だと感じたいのだ。

すべての目がそこに、上に向けられていた。朝の、純潔な、まだ夜の涙も乾いていない蒼の中に、あるかなきかの点があって、暗くなったり、光線に包まれたりしている。これは天からわれらのもとへあのお方が降臨したのだ。アエロに乗った新たなエホバ。古代人のエホバと同じく賢明で、愛ある無慈悲さを持っている。刻一刻とあのお方が近づき、数百万の心はそれを迎えるようにますます高く昇っていく。そしてもうあのお方はわれらをご覧になっている。私は心の中であのお方とともに上から見渡す。細い青色の点線で描かれた同心円状の観覧席は、まるでミクロな太陽（バッジのきらめき）がちりばめられた蜘蛛の巣の円のようだ。そしてその中心に間もなく着陸しようとしているのは、白く賢明な〈蜘蛛〉――賢明にも幸福という恵み深い罠でわれらの手足をお縛りになった白衣の〈恩人〉である。

だが、荘厳な天からの降臨は完了し、国歌を奏でる金管は沈黙し、全員が着席した。そしてたちまち私は悟った。すべては実際に極めて細い蜘蛛の巣であり、ぴんと張りつめて震え、今にも糸が切れ、何か信じられないことが起こるだろう……。

わずかに腰を浮かし、私は辺りを見回した。そして、人々の顔から顔へ次々に移っていく、愛情と不安がない交ぜになったいくつかの眼差しに出会った。一人が片手を挙げ、ほんの少し指を動かし、別の一人に合図を送る。そして指による返事の合図。そしてまた……。わかった、彼らは〈守護者〉だ。私は理解した。何か気がかりなことがあって、それで蜘蛛の巣がぴんと張りつめ、震えているのだ。そして同じ波長に合わせられたラジオ受信機のように、私の中で応答振動が生じた。

舞台では詩人が選挙前の頌詩(オード)を朗読していたが、私には一言も耳に入らなかった。ただ六歩格(ヘクサメトロス)の規則的な振子運動だけがあり、その一振りごとに、ある定められた時が近づく。私はなおも熱に浮かされたように、列の中の顔また顔を本のページのようにめくっていくが、それでもまだ探している唯一の顔は見えない。一刻も早く見つけないと、今にも振子がカチッと鳴って、それから……。

彼――彼だ、もちろん。下の、舞台脇の光り輝くガラスの上を、ピンクの翼の耳が滑るように通り過ぎ、走る体はS字に二度カーブした黒い輪を映し出した。彼はまっしぐらに観覧席の間の入り組んだ通路の方へ向かっていた。

SとI、何らかの糸(二人の間にはずっと何らかの糸があるようだった。まだどんな糸かはわからないが、いつかは解いてみせる）。私は目でSにしがみついた。彼は糸玉のようにどんどん先へ転がり、後には糸を残す。やっと立ち止まり、そして……。

　まるで稲妻の高圧放電。私は衝撃に体を貫かれ、ぐるぐる巻きにされた。この列の、自分からたった四十度のところで、Sが立ち止まり、屈み込んだ。Iが見え、その隣には、黒人風のいやらしい唇に薄笑いを浮かべるR-13がいた。

　最初の考えは、あそこへ飛んでいって、《なぜ今日やっと一緒なんだ？　なぜ俺じゃいやなんだ？》と彼女を怒鳴りつけてやることだった。しかし手足は、不可視の恵み深い蜘蛛の巣でがんじがらめにされていた。私は歯を食いしばって鉄のように座り、目を離さないでいた。この胸の鋭い物理的な痛みは、まるでついさっきのことのようだ。こう思ったのを覚えている。《非物理的要因から物理的な痛みが生じるとすれば、明らかに……》

　残念ながら、結論を組み立て終えることはできなかった。《魂》に関する何かが閃き、《魂消（たまげ）る》という無意味な古代の表現が脳裏をよぎったことだけは覚えている。

　そして私は息を呑んだ。六歩格（ヘクサメトロス）がやんだのだ。今から始まる……。何が？　慣例で定められた選挙前の五分間の休止。慣例で定められた選挙前の沈黙。だが今のそれはいつものような、実際に祈禱さながらの敬虔な沈黙ではなかった。今はまるで古代の、まだわれらの蓄電塔が知られておらず、まだ飼い慣らされていない空が時折《雷雨》によって暴れていた時代のようだった。今はまるで古代人が雷雨を前にした時のようだった。

空気は透明な鋳鉄でできている。口を大きく開けて呼吸したい。痛いほど張り詰めた聴覚が記録する。背後のどこかで、鼠が物を齧るような不安なささやきが聞こえる。目を上げなくてもずっとあの二人――IとR――が並んで肩を寄せ合っているのは見え、私の膝の上では他人の――憎むべき私の――毛深い手が震えている。

全員の手に時計つきのバッジが握られている。一。二。三……。五分……。舞台からゆっくりと鋳鉄の声が響く。

「《賛成》の者は挙手を願う」

以前のようにあのお方の目を一心に直視することができたなら。《ここに私のすべてがあります。すべてが！　私をお召しください！》しかし今、それはできなかった。全関節が錆びついたかのようだったが、やっとのことで私は手を挙げた。

数百万の手のざわめき。「ああ！」と誰かの押し殺した声。何かがすでに始まっており、まっしぐらに落ちていくのを感じたが、それが何かは理解できなかった。理解する気力はなかった、目を向ける勇気はなかった……。

「《反対》の者は？」

それはいつも祝祭のもっとも荘厳な瞬間だった。〈ナンバーの中のナンバー〉の恵み深い軛に嬉々としてこうべを垂れながら、全員が微動だにせず座りつづけるのである。だがそこで私は、恐ろしいことに、またもやざわめきを耳にした。ため息のようにかすかな音。それは先ほどの国歌を奏でる金管よりもよく聞こえた。人の臨終の息もこんな風にかすかな音を立てるものだ。周りでは皆が顔色を失い、皆が額に冷や汗を浮かべている。

私は目を上げ、そして……。

それは百分の一秒、一刹那だった。数千の《反対》の手がさっと上がり、下がるのが見えた。十字架でバッテンされたIの青ざめた顔が、挙げられた手が見えた。目の前が暗くなった。

さらに一刹那。休止。静寂。脈拍。それから、まるで狂気の指揮者の合図に従うかのように、すべての舞台で同時に、破裂音、叫び声、駆け足にひるがえるユニファの旋風、途方に暮れて右往左往する〈守護者〉の姿、私のすぐ目の前の空中に舞い上がった誰かの靴の踵(かかと)——踵のそばには、大きく開いた、聞こえない叫びで裂けそうになっている誰かの口があった。なぜかそのことが何よりも鋭く心に刻み込まれた。まるで怪物的なスクリーンの映像のような、声なく喚く数千の口。

そしてスクリーンの映像のように、どこか遠く離れた下の方で、私の前に一瞬、Oの青ざめた唇が現れた。通路の壁に押しつけられ、十字に組んだ腕で自分の腹をガードしながら立っている。そしてもう彼女はいない。押し流されたのか、あるいは私が彼女のことを忘れてしまったのか、なぜなら……。

それはもはやスクリーンの映像ではなかった。それは私自身の中で、締めつけられた胸の中で、どくどく脈打つこめかみの中で起きていた。頭上の左側のベンチに、出し抜けにR-13が現れたのだ。唾を飛ばし、顔は真っ赤で、いきり立っている。腕の中にはIがいて、青ざめ、ユニファは肩から胸まで裂け、白い肌には血が流れている。彼女はRの首にぎゅっとしがみつき、Rは大ジャンプでベンチからベンチへ飛び移り——ゴリラみたいにいやらしくて敏捷だ——彼女を上へ運び去ろうとしていた。

まるで古代の火事のように、すべてが赤紫色に染まった。やるべきことはただ一つ、ジャンプして二人に追いつくことだ。どこからそんな力が湧いてきたのか今でも説明できないが、私は破城槌のように群衆を切り裂き、誰かの肩を踏みつけたり、ベンチに飛び移ったりしながら、すでに間近まで迫り、そしてRの襟首をつかんだ。

「やめろ！　やめろと言ってるんだ。今すぐ（幸い私の声は聞こえなかった。誰も彼もが好き勝手に叫び、走り回っていた）」

「誰だ？　いったい何だ？　何なんだ？」Rが振り返った。唇は唾を飛ばしながら震えていた。きっと、〈守護者〉の一人に捕まったとでも思ったのだろう。

「何だだと？　ほら、そうはさせん、許さん！　彼女から手を放せ、今すぐ！」

しかし彼は腹立たしげに唇をピチャッと鳴らしただけで、頭を振ってさらに駆けだした。そこで私は――こんなことを書くのは途轍もなく恥ずかしいが、未知の読者諸君が私の病歴をとことん究明できるように、どうしても書かなければならないと思う――そこで私は、力任せに彼の頭を殴った。おわかりだろうか、殴ったのだ！　それはははっきりと覚えている。それからまだ覚えているのは、この殴打によって全身に広がった一種の解放感、軽やかさ。

Iは素早く彼の腕から滑り降りた。

「逃げて」彼女はRに叫んだ。「わかるでしょ、彼よ……。逃げて、R、逃げて！」

Rは白い黒人風の歯を剝き出し、私の顔に何か言葉を浴びせると、下の方へ潜って姿を消した。私はIを抱え上げ、ぎゅっと自分に押しつけながら運んでいった。

私の中で心臓が鼓動していた。それは巨大で、鼓動するたびに荒れ狂う熱い波を、歓喜の波をほとばしらせた。あちらで何かが粉々に砕け散ろうと、それがどうした！

こうやって彼女をずっと運んでいくことさえできれば……。


夜。二十二時。


ペンを握るのもやっとだ。今朝のめまぐるしい事件の後で、計り知れない疲労を覚えた。まさか何世紀も続いた〈単一国〉の救済の壁が崩壊したというのか？　われらはまたしても宿なしに、自由の野蛮状態に戻ったというのか——われらの遠い先祖のように？〈恩人〉はいないというのか？　反対……〈全会一致の日〉に……反対？

彼らのことが恥ずかしく、痛ましく、恐ろしい。だがしかし、《彼ら》とは誰だ？

そしてこの私は誰だ。《彼ら》なのか《われら》なのか、はたして自分でもわかっているのか。

ほら、彼女は日差しで熱くなったガラスのベンチに腰かけている。観覧席のいちばん上まで私が運んだのだ。右肩とその下——素晴らしい計算不可能なカーブの始点——が露わになっている。極めて細い赤い蛇のような血。本人は血にも、胸が露わなことにも気づいていないかのようだ……いや、気づいていないどころではない。全部見えているのだが、これこそが彼女に今必要なことで、もしユニファのボタンが留まっていたとしても、彼女はそれを引き千切ったことだろう、彼女は……。

「明日は……」食いしばった、光り輝く鋭い歯の隙間から、彼女は貪るように息をしている。「明日はどうなるかわからない。わかる？　私にもわからないし、誰にもわからない。未知よ！　既知はすべて終わったの、わかる？　これは新しいこと、信じられないこと、前代未聞のことなのよ」

眼下では人々が沸き立ち、駆け回り、叫んでいる。しかしそれは遠くの出来事で、どんどん遠ざかる。なぜなら彼女が私を見つめており、彼女が瞳の細い金色の窓の中へゆっくりと私を引きずり込むからだ。そのままずっと無言でいる。なぜか思い出されるのは、かつて〈緑の壁〉越しに私もまた何者かの理解不能な黄色い瞳を見つめたことがあり、〈壁〉の上で鳥たちが飛び回っていたことだ（あるいはこれは別のときだったかもしれない）。

「聞いて。もし明日、何も変わったことが起こらなかったら、あなたをあそこへ連れていくわ。わかるわね？」

いや、わからない。だが黙って首を縦に振る。私は溶解した、私は無限小だ、私は点だ……。

結局のところ、この点の状態にもそれなりの（今日の）論理があるのだ。点には何よりも多くの未知が含まれており、移動したり、ほんの少し動いたりするだけで、点は何千もの様々な曲線に、何百もの立体に変化することができる。

ほんの少しでも体を動かすのが恐ろしい。私は何に変化するのだろう？　皆も私と同じように、ほんのわずかな動きすら恐れているようだ。現にこれを書いている今も、皆は自分たちのガラスの細胞の中に身を潜めて座り、何かを待ち受けている。いつもはこの時間になると廊下に聞こえるエレベーターの唸りもなく、笑い声や足音もしない。たまに見かけるのは、きょろきょろしながら爪先立ちで廊下を歩き、ひそひそ何かを話している二人組の姿だけ……。

明日はどうなるのだろう？　明日、私は何に変化するのだろう？

記録26

要点　世界は存在する・発疹・四十一度

朝。天井越しに見える空はいつも通り堅固で丸く、頬が赤い。思うに、頭上に異常な四角い太陽か何かを見たとしても、獣の皮で作った色とりどりの服を着た人々や、石の不透明な壁を見たとしても、これほど驚きはしなかっただろう。ということはつまり、世界——われらの世界——はまだ存在しているのか？　それともこれは惰性にすぎず、発電機のスイッチはすでに切れており、ギアはまだごろごろ回っているものの、二回転、三回転、四回転もすれば停止してしまうのか……。

諸君はこんな奇妙な状態をご存じだろうか？　夜中に目覚め、真っ暗闇の中で目を開けると、突然どこかに迷い込んだように感じる。早く、急いで周囲を手探りし、何か馴染みのある確固としたもの——壁、ランプ、椅子——を見つけようとする。まさにそんな風に私は手探りし、《単一国新聞》の中を探し——早く、急いで——そして見つけた。

昨日、皆が首を長くして待っていた〈全会一致の日〉の式典が挙行された。揺るぎない叡智を幾度も証明した〈恩人〉が、全会一致で四十八度目の当選を果たした。式典は幸福の敵が引き起こした若干の混乱によって暗い影を落とされたが、当然、彼らはまさにその行いによって、昨日一新された〈単一国〉の土台の煉瓦となる権利を自分たちから剝奪したのである。彼らの票を考慮に入れることが馬鹿げているのは誰の目にも明白である。たとえるならそれは、偶然コンサートホールに居合わせた病人たちの咳を、壮大で英雄的な交響曲の一部と見なすようなものである……。

おお、賢明な！ たとえ何が起ころうと、それでもわれわれは救われるのか？ だが実際、このもっとも純粋な三段論法に反論することなどできるだろうか？

さらに続けて、もう二行。

本日十二時、〈行政局〉、〈医療局〉、〈守護者局〉の合同会議が開催される。近日中に重要な国家法令が施行される予定。

いや、まだ壁は立っている。これがそうだ。私はそれに触ることができる。途方にくれ、ここがどこかもわからず、どこかに迷い込んだといった奇妙な感覚はすでになく、青空や丸い太陽が見えるのは何ら驚くようなことではない。そして皆が普段通り仕事に出かけていく。

私はことさらしっかりと、靴音高らかに大通りを歩いた。そして皆もそんな風に歩いているように思えた。しかし十字路に来て、その角を曲がろうとしたところ、皆が何やら妙な具合に、建物の角を迂回するように曲がっていくのが見えた、まるで壁の中で何かの管が破裂し、冷たい水が噴き出しているために、歩道が通行不能になっているかのように。

さらに五歩、十歩。そして私もまた冷たい水をかぶり、よろめき、歩道から叩き落とされた……。壁の二メートルくらいの高さに一枚の四角い紙片があり、そこから理解不能な毒々しい緑色の文字が目に飛び込んできた。

メフィ

その下には、S字にカーブした背中と、憤激か興奮かのせいで透明に揺れている翼の耳があった。Sは右手を上げ、左手は病み傷ついた翼のように頼りなく後ろに伸ばし、飛び上がって紙を剝がそうとしていたが、できずにいた。あともう少しのところで届かないのだ。

おそらく、そばを通りかかった誰もが同じことを考えたことだろう。《皆の中で自分一人だけ近づいたら、彼にこう思われるのではないか。何か後ろめたいことがあって、だからこそ進んで……》

白状するが、私も同じことを考えた。だが、彼が何度も自分の真の守護天使になってくれたこと、何度も救ってくれたことを思い出した。そして勇気を出して近づき、手を伸ばして紙を剝がした。

Sは振り向くと、さっと速やかに私の奥底へドリルをねじ込み、そこから何かを手に入れた。それから左の眉を上げ、眉で壁の《メフィ》が貼ってあった辺りを示した。微笑の尻尾がちらっと見えたが、驚いたことに、それはどこか愉快そうですらあった。とはいえ、何も驚くことはない。じわじわ上がっていくつらい潜伏期の熱よりも、医者は常に発疹や四十度の高熱の方をよしとする。それで少なくとも何の病気かが明白になるからだ。今日、壁に現れた《メフィ》は発疹だ。Sの微笑は理解できる……。[21]

　地下鉄の降り口。そして足元の汚れを知らぬガラスの段の上に、またもや《メフィ》と書かれた白い紙片が落ちていた。下の壁にも、ベンチにも、車両の鏡にも（慌てて貼られたのか、雑で曲がっている）、至るところに同じ白い不気味な発疹があった。

　静寂の中にはっきり聞こえる車輪の唸り。まるで炎症を起こした血のざわめきだ。誰かが肩を触られ、ぶるっと身震いして書類の包みを落とした。私の左側にいる別の男は新聞の同じ行を繰り返し繰り返し読んでおり、新聞がほんのかすかに震えている。私は至るところで――車輪や、手や、新聞や、まつ毛の中で――脈拍がどんどん速まるのを感じ、今日Iとあそこへ行く頃には、温度計の黒い線は三十九度、四十度、四十一度を示しているかもしれない……。

造船台にも同じ静寂が、遠く目に見えないプロペラのようにブーンと唸る静寂があった。作業台は沈黙し、しかめ面で立っている。クレーンだけが爪先立ちをするようにかすかな音を立てながら滑り、傾き、凍りついた空気の青い塊をハサミでつかんでは、〈インテグラル〉の舷側のタンクに積み込んでいる。われらはすでに試験飛行の準備をしているのだ。

「どうだ、積み込みは一週間で終わりそうか?」

そう私は〈第二建造技師〉に訊ねた。その顔は陶器で、甘い青や柔らかなピンクの花(目、唇)が描かれていたが、それらの花は今日はどこか色あせ、洗い落とされたかのようだった。二人で声に出して数を数えていたが、私はふと途中でやめ、ぽかんと口を開けて立ち尽くした。丸天井の下、クレーンで高く持ち上げられた青い塊に、かろうじてそれとわかる白い四角が見えた。紙が貼りつけられているのだ。私は全身が震えた。笑いのせいかもしれない。そう、自分の笑い声が聞こえるのだ(自分で自

21 [原注] 白状しなければならないが、この微笑の正確な解答を得たのは、奇妙で思いがけない事件がぎっしり詰まった数日を経た後のことだった。

分の笑い声を聞くという感覚をご存じだろうか?)。

「いや、いいかね……」私は言う。「想像してみたまえ。君は古代の飛行機に乗っている。高度計は五千メートル。片方の翼が折れ、君はとんぼ返りしながら落ちていく。その途中で君は計算する。《明日の十二時から二時まで……二時から六時まで……六時にディナー……》どうだ、滑稽ではないか? ところが、今のわれらはまさにそんな状態なのだ!」

二輪の青い花が揺れ、大きく見開かれる。もしも私の体がガラスで、三、四時間後に彼がそれを見たとしたら……。

記録27

要点　要点なし——無理だ

私は一人、無限の廊下に、例のあの廊下にいる。物言わぬコンクリートの空。どこかで水が石の上に滴っている。見覚えのある重い不透明な扉。そしてそこから聞こえる鈍い唸り。

彼女はちょうど十六時に来ると言った。しかしすでに十六時を五分、十分、十五分過ぎた。誰もいない。

一瞬だけ以前の自分に戻り、この扉が開くのが怖くなる。あと五分して彼女が出て来なかったら……。

どこかで水が石の上に滴っている。誰もいない。憂鬱な喜びとともに、救われたと感じる。ゆっくり廊下を戻る。天井のランプの震える点線はどんどん暗くなり、暗くなり……。

突然、背後で扉が慌ただしくガチャッと鳴り、速い足音が天井や壁に柔らかく跳ね返り、そして飛ぶように彼女が現れた。走ったせいで少し息切れし、口で呼吸している。

「わかってたの、ここにいるって、来てくれるって！　わかってたの、あなたが、あなたが……」

まつ毛の槍が動き、私を中へ通してくれる。そして……。彼女の唇が私の唇に触れるという、あの古代の馬鹿げた素晴らしい儀式によって私の身に起こることを、どうやって話せばいい？　魂の中の彼女以外のものをすべて掃き出してしまうあの旋風を、どんな公式で表せばいい？　ああ、そうだ、魂の中のだ。笑いたければ笑え。

彼女は努力してゆっくりとまぶたを上げ、苦労してゆっくりと言葉を発する。

「いいえ、もういいわ……後でね。今は――行きましょう」

扉が開いた。階段はすり減り、古びている。そして耐えがたいほど雑然とした喧噪、ひゅうひゅういう音、光……。

　あの時からすでにほぼ丸一日が経過し、いくらか気持ちの整理がついたとはいえ、それでもなお近似的にでも正確な記述をすることは困難を極める。頭の中はまるで爆弾が爆発したみたいで、開いた口、翼、叫び声、木の葉、言葉、石ころ——それらが並び、積み重なって、次から次へと……。覚えているが、真っ先に思い浮かんだのは、《早く、一目散に引き返せ》だった。なぜなら、あの廊下で待っている間に、彼らが何らかの方法で〈緑の壁〉を爆破あるいは破壊したのは明白だったからだ。そしてそこから、ありとあらゆるものがどっと押し寄せ、下等な世界を一掃したわれらの都市に襲いかかった。

　きっとそんな類いのことを私はIに言ったのだろう。彼女は笑いだした。

「そんなわけないでしょ！　ただ〈緑の壁〉の外に出ただけよ」

　そう言われて私は目を開けた。そして面と向かって、現実に、現存の人間は誰一人として、〈壁〉の曇りガラスによって千分の一に縮小され、弱められ、ぼかされた形でしか見たことのないものが現れた。

太陽……これは舗道の鏡の表面に均等に配分されたわれらの太陽ではなかった。一種の生きた破片、絶え間なく飛び跳ねる斑点であり、目が眩み、頭がくらくらした。まっすぐ空へ伸びた蠟燭のような樹木、節くれ立った脚で地面にしゃがみ込んだ蜘蛛のような樹木、物言わぬ緑の噴水のような樹木……。そしてすべてが這い回り、揺れ動き、かさかさ音を立て、足元から何かざらざらした毬のようなものが飛び出してきて、私はその場に釘づけになり、一歩も動けない。足元が平面ではないからだ。わかってもらえるだろうか、平面ではないのだ。いやらしいほど柔らかくて、曲がりやすくて、生きていて、緑色で、弾力のある何か。

こうしたすべてに頭がぼうっとなり、息が詰まった。これがいちばんぴったりくる言葉かもしれない。私は揺れ動く何かの大枝に両手でしがみついて立っていた。

「大丈夫、大丈夫！　最初だけだから、すぐに慣れるわ。勇気を出して！」

Ｉの隣に、頭がくらくらするほど飛び跳ねている緑の網の上に、誰かの薄っぺらな、紙から切り抜いてきたような横顔……いや、誰かのではなく、知った顔だ。見覚えがある。医者だ。いやいや、私はとてもはっきりとすべてを理解している。二人が私の両脇をつかみ、笑いながら前へ引きずっていくのも理解している。私の足はもつれ、滑る。行く手にはカアカア鳴く声、苔、盛り上がった地面、猛禽の鳴き声、枝、幹、翼、葉、ひゅうひゅういう音……。

そして木々が疎らになり、明るい草地が現れ、草地には人々……あるいは、どう言えばいいのだろう。生き物たち、と言った方が正確かもしれない。

ここが最難関だ。というのも、それはあらゆる可能性の限界を超えていたからである。Iがいつもあれほど頑固に沈黙を貫いていた理由は今や明白だった。いずれにせよ私は信じなかっただろう。それがたとえ彼女の言葉だったとしても。明日は自分さえも、この記録さえも信じられなくなるかもしれない。

草地の、頭蓋骨に似た裸岩の周りに三、四百人の……人間——他の言い方は難しいので《人間》としておく——の群れが騒いでいた。観覧席で顔の総和の中から最初は見知った顔だけを認識するように、ここでまず目に飛び込んできたのは、われらの灰青色のユニファだけだった。だがその一瞬後、ユニファの間に、極めてはっきりと容易に見分けられた。黒い毛、赤い毛、金色の毛、鹿毛、葦毛、白い毛の人間——どうやら人間らしい。誰も服を着ておらず、全員がきらきら光る短い毛に覆われていた

〈これに似たものは、〈先史博物館〉の馬の剝製で誰でも見ることができる〉。だが雌の顔はまさしく――そう、そうだ、まさしく――われらの女性と同じだった。淡いピンクで、毛は薄く、胸には少しも毛がなく、乳房は大きくて、丈夫で、美しい幾何学的な形をしている。雄はわれらの先祖と同じように、毛がないのは顔だけだった。

それはあまりにも信じ難く、あまりにも予想外な光景だったので、かえって私は冷静に立っていた。絶対に断言するが、冷静に立って見ていた。天秤と同じで、片方の皿に載せすぎると、後でそこにどれだけ追加しようが、どのみち針は動かないのだ……。

突然、私は一人になる。Iはもう一緒ではなかった。消えた方法も行方もわからない。周囲にはこの、日差しに体毛をサテンのように輝かせている連中ばかり。私は熱くて頑丈で黒い毛の生えた誰かの肩をつかむ。

「あの、〈恩人〉の名にかけてお訊ねしますが、彼女がどこへ行ったか見ませんでしたか？　たった今、ほんのついさっきまで……」

ふさふさした厳(いか)めしい眉がこちらを向く。

「しいいっ！　静かに」そして毛むくじゃらの頭で、黄色い頭蓋骨のような岩がある草地の中央を示した。

そこに、高いところに、人々の頭上に、皆の上に、私はIを見た。太陽の光が向こう側から直接目に入り、そのせいで彼女の姿全体が――空の青いキャンバスの上に――くっきりとした、青地にチャコールブラックの、炭のようなシルエットとなる。もう少し高いところを雲が流れているが、それは雲ではなく岩のようであり、そして岩の上に立つ彼女自身も、その後に続いて群衆も、草地も、船のように音もなく滑っていき、足元の軽い地面も流れていく……。

「兄弟たちよ……」これは彼女だ。「兄弟たちよ！　皆も知っての通り、あの〈壁〉の向こうの街で〈インテグラル〉が建造されています。緑の風が地球全体をくまなく吹き渡るように、この〈壁〉を、あらゆる壁を破壊する日が訪れました。ですが、〈インテグラル〉はこの壁を天へ運んでいこうとしています。黒い夜の葉叢を通して今宵もあなたたちに光でささやきかけてくれる、あの何千もの他の地球へと……」

波が、泡が、風が、岩にぶつかる。

「〈インテグラル〉をぶっつぶせ！　ぶっつぶせ！」

「いいえ、兄弟たちよ。ぶっつぶしてはなりません。そうではなく、〈インテグラル〉を私たちのものにしなければならないのです。この船が初めて天へ向かって出航する日、乗船するのは私たちです。なぜなら、〈インテグラル〉の〈建造技師〉が私たちについているのですから。彼は壁を捨て、私たちの仲間になるために一緒にここへ来てくれました。〈建造技師〉万歳！」

一瞬のうちに私はどこか高いところにいた。下に見えるのは、頭、頭、頭、大きく開いた叫ぶ口、跳ね上がっては下がる手。それは異常なほど奇妙な酩酊感だった。私は自分が皆の上にいるように感じ、私は私であり、独立しており、一つの世界であり、私はいつものように被加数であることをやめ、一つの単位となった。

それから私は――愛の抱擁を交わした後のように揉みくちゃにされた、幸福なくしゃくしゃの体とともに――あの岩のそばに下ろされた。太陽、上からの声、Ｉの微笑。金髪で、サテンのような金色の体毛に全身を覆われ、草のにおいを漂わせている女。手には木製らしき椀を持っている。赤い唇を少しつけ、私に差し出す。火を消すためにに私は目を閉じてごくごく飲む。甘くて棘のある冷たい火花を飲む。

するとそれから――体内の血と世界全体が――千倍も加速し、軽い地面は綿毛のように飛んでいく。すべてが軽く、単純明快に思える。

そして今、岩の上に見覚えのある巨大な文字が見える。《メフィ》――なぜかこれはそうあるべきであり、それはすべてをつなぐ単純で丈夫な糸だった。下手くそな絵が見える。ひょっとすると、これもあの岩にあったのかもしれない。翼の生えた若者、透明な体、そして心臓があるべき場所には、目映い赤紫色に燃える炭があった。そしてまたも、私はこの炭を理解する……あるいはそうではなく、感じる。一つ一つの言葉を聞くのではなく感じるのと同じように（彼女は岩の上から話している）。そして皆が一緒に呼吸しているのを感じる。あの時の〈壁〉の上の鳥たちのように、皆一緒にどこかへ飛んでいこうとしているのだ……。

後ろで、濃密に呼吸している肉体の茂みの中から大声が上がった。

「だが、それは狂気だ！」

そこでどうやら私が——そう、あれは確かに私だったと思う——岩の上に跳び乗ったのだった。そこからは太陽、頭、青地に緑のギザギザのノコギリが見え、そして私は叫ぶ。

「そう、そうだ、その通りだ！　みんな狂わなくてはならない、みんな必ず狂うべきだ、可及的速やかに！　それは必然だ、私にはわかる」

隣にはIがいる。その微笑、口角から上に向かってある角度で延びている二筋の黒い線。そして私の中に炭がある。それはほんの一瞬のことだったが、軽くて、少しだけ痛くて、素晴らしかった……。

その後は、はまり込んで抜けないばらばらの断片があるだけだ。

一羽の鳥がゆっくりと低く飛んでいる。私は見る。それは私のように生きており、人間のように頭を右に左に振り、黒く丸い目が私の中にねじ込まれる……。

別の断片。背中。古い象牙の色をした光り輝く毛が生えている。その背中を、小さな翅（はね）がついた黒くて透き通った昆虫が這っている。背中は昆虫を追い払おうとして震え、もう一度震え……。

別の断片。木の葉の影。編み目、格子。影の中に横たわり、古代人の伝説的な食べ物に似た何かをもぐもぐしている者たちがいる。長くて黄色い果実や何かの黒い塊。女からそれを手渡されるが、滑稽なことに、私はそれが食べられるのかどうかわからない。

そして再び、群衆、頭、足、手、口。いくつもの顔がぱっと現れては消え、泡のように弾ける。そして一瞬――ただの気のせいかもしれないが――ひらひら舞う透明な翼の耳が見えた。

私は力いっぱいIの手を握りしめる。彼女が振り返る。

「どうしたの？」

「あいつがここにいた……。そんな気がした……」

「あいつって？」

「Sだ……。たった今、人混みの中に……」

チャコールブラックの細い眉がこめかみに向かって吊り上がる。鋭角三角形、微笑。なぜ微笑むのかよくわからない。どうして笑っていられるのだろう？

「わからないのか、I、もしあいつか、連中の誰かがここにいるとしたら、それが何を意味するかわからないっていうのか？」

「可笑しな人！〈壁〉の向こうの連中の頭に、私たちがここにいるなんて考えが浮かぶと思う？　思い出して。あなただって、そんなことが可能だなんてこれまで考えたことがあった？　連中が向こうで私たちを捕まえるのなら、させておけばいいのよ！　熱に浮かされたのね」

彼女は軽やかで陽気な笑みを浮かべ、私も微笑み、酔っ払った地面は陽気に軽やかに流れていく……。

記録28

要点　両方・エントロピーとエネルギー・体の不透明な部分

さて、もしも諸君の世界がわれらの遠い先祖の世界に似ているとすれば、一つ想像してみてほしい。あるとき大洋で世界の六番目か七番目かの大陸に——アトランティスか何かに——遭遇し、そこには未曽有の迷宮都市や、翼やアエロの助けを借りずに空を飛ぶ人々や、眼力で持ち上げられる石や、一言で言えば、夢の病を患っているときでさえ思いつけないようなものがある。昨日の私はまさにそれだった。なぜなら——わかってほしいのだが——〈二百年戦争〉以来、われらの誰一人として一度も〈壁〉の外へ出たことがなかったのだから。もっとも、そのことについてはすでに書いた。

未知の友よ、諸君に対する私の義務は、昨日私に明かされたあの奇妙で思いがけない世界についてより詳細に物語ることだとはわかっている。だが今はその問題に立ち戻れる状態にはない。新しい出来事が次から次へと、まるで土砂降りの雨のように続くので、すべてを拾い集めることができないのだ。ユニファの裾や手のひらで受けようとしても、結局はバケツ何杯分もこぼしてしまい、このページにはしずくがしたたるだけ……。

最初に自室の扉の外で二つの大きな声がした。よく弾む金属的な声はIで、木製定規のようにろくに撓まないもう一つの声はIOだとわかった。それから扉がバーンと大きく開き、両方を部屋の中に発射した。そうまさに、発射したのだ。

Iは私の肘掛け椅子の背に片手を置き、右の肩越しに歯だけで相手の女に微笑みかけた。こんな微笑を向けられて立っているのは御免こうむりたいものだ。

「聞いて」Iは言った。「この女の人は、ちっちゃな子どもみたいにあなたを私から保護する目標を立てたそうよ。あなたの許可があってのことなの？」

するともう一人が鰓を震わせながら言った。

「そうです、この人は子どもなんです。そうですとも！　だからわからないだけなんです、あなたがこの人にしようとしていることがみんな、その目的はただ……みんな茶番です。そうですとも！　ですから私の義務は……」

鏡の中に一瞬、折れて飛び跳ねる自分の眉の直線が見えた。私はさっと立ち上がり、毛深い拳を震わせている内なるもう一人を苦労して抑え込み、歯の隙間から苦労して一語一語を絞り出しながら、直接あの鰓に向かって叫んだ。

「い、今すぐ、出ていってくれ！　今すぐ！」

鰓は煉瓦のように赤く膨れ、それからしぼんで灰色になった。彼女は何か言おうと口を開けたが、何も言わずに扉をバタンと閉めて出ていった。

私はIに飛びついた。

「許さない、あんなことは絶対自分に許さない！　あの女め、よくもおまえに……。だけど勘違いしないでくれ……俺があの女を……。これはあの女が俺に登録されたがっているだけで、俺は……」

「幸い、登録は間に合わないわ。それに、あの手の女が千人いようと、私にはどうでもいいの。あなたが千人じゃなくて私一人を信じてくれるって知ってるから。だって昨日のことがあった後で、あなたのお望み通り、私は全部どこまでもあなたのものなのよ。私はあなたの手の中にあって、あなたはいつでも好きなときに……」

「好きなときに何？」そしてすぐにその何を理解し、血がどっと耳に、頬に上り、私は叫んだ。「やめてくれ、そんなことは絶対に口にしないでくれ！　わかってるだろ、それは別の俺、以前の俺で、今は……」

「誰も自分のことはわからないわ……。人間って小説みたいなものよ。いちばん最後のページまで結末はわからない。そうじゃなければ読む価値がないもの……」

　Ｉが私の頭を撫でる。顔は見えないが、声でわかる。彼女は今、どこかとても遠くを眺めており、その目はどこへともなく静かにゆっくりと流れていく雲に釘づけになっていた……。

　急に彼女はきっぱりと、そして優しく、私を片手で押し退けた。

「あのね、私が来たのは、もうこれが最後の数日かもしれないってことを言うためだったの……。知ってる？　今夜から全講堂が閉鎖されるのよ」

「閉鎖？」

「ええ。そばを通り掛かったときに見たの。講堂の建物の中で何かの準備が行われていて、台みたいなものがいくつもあって、白衣を着た医者たちがいたわ」

「でも、それはいったいどういうことなんだ？」

「さあ。今のところはまだ誰にもわからない。それがいちばんマズいのよ。ただ私の感じだと、電流のスイッチが入れられて、火花が走ってる。そして今日じゃなければ明日にでも……。だけど彼らは間に合わないかもしれない」

誰が彼らで、誰がわれらなのか、私はもうとっくに理解しようとすることを諦めていた。彼らに間に合ってほしいのか、それとも間に合わないでほしいのかもわからない。ただ一つだけ明白なのは、Iは今ぎりぎりの端を歩いており、そして今にも……。

「だが、それは狂気だ。君たち、そして〈単一国〉。それは手で銃口を塞いで射撃を阻止できると考えるのと同じことだ。完全な狂気だよ！」

微笑。

「《みんな狂わなくてはならない、可及的速やかに狂うべきだ》これは昨日誰かさんが言った言葉よ。覚えてる？　あそこで……」

そう、それは記録にも書いた。ということは、あれは事実だったのだ。私は黙って彼女の顔を見る。その顔には今や暗い十字架がとりわけ明瞭に現れている。

「I、今ならまだ遅くない……。おまえが望むなら、俺はすべてを捨てて、すべてを忘れて、おまえと一緒に〈壁〉の外へ、彼らのところへ行こう……彼らが何者かは知らないが」

彼女は首を横に振った。暗い目の窓の向こうに、彼女の内側に、暖炉が赤々と燃えているのが、火の粉が、炎の舌が舞い上がるのが、樹脂を多く含んだ乾いた薪の山が積み上げられているのが見えた。明白だ。すでに手遅れで、私の言葉はもはや何の役にも立たない……。

彼女は立ち上がり、すぐに出ていこうとする。もう最後の数日かもしれない、あと数分しかないかもしれない……。私は彼女の手をつかんだ。

「だめだ！　あと少しだけ。頼むよ……頼む……」

彼女は私の手を、私が大嫌いな毛深い手を、ゆっくりと明かりの方へ持ち上げた。私は引き抜こうとしたが、彼女がしっかりとつかんでいた。

「あなたの手……。あなたは知らないでしょうし、知っている人は少ないんだけど、この街の女たちが、たまたま向こうの男たちを愛したことがあるの。だからあなたの中にもきっと、太陽の血が、森の血がちょっぴり入ってるのよ。もしかしたら、だから私はあなたのことを……」

間があった。そして奇妙なことに、この間、この空虚、この無のせいで、心臓の鼓動がものすごく速まる。そして私は叫ぶ。

「それ見ろ！　まだ出ていかない！　彼らのことを話すまでは出ていかない。だって愛してるんだろ……彼らを。だが俺は彼らがどこの誰かも知らない」

「彼らは何者かって？　私たちが失った半身、H_2とOで、H_2Oを――川を、海を、滝を、波を、嵐を――得るには、半身同士が合体しないといけないわ」

　彼女の動作は逐一はっきりと覚えている。机からガラスの三角定規を手に取り、話している間ずっと、その尖った縁を頬に押しつけていたのを覚えている。頬に白い跡がつき、それからピンクに充血して消えた。そして驚いたことに、私は彼女の言葉を――とくに最初の部分を――思い出すことができず、ばらばらのイメージや色だけが記憶に残っている。

　最初が〈二百年戦争〉の話だったことはわかっている。そう、草の緑や、黒ずんだ粘土や、雪の青の上に、赤いものが――赤い、干上がることのない水溜まりがある。それから太陽に焼かれた黄色い草があり、裸で黄色い毛むくじゃらの人々と毛むくじゃらの犬たちが並んでおり、そばには犬のものかあるいは人間のものかもしれない膨れ上がった屍肉が転がっている……。もちろんこれは壁の外の話だ。なぜなら都市はすでに勝利を収めたのであり、都市にはすでにわれらの現在の石油食品があるのだから。

そしてほぼ天から地にかけて幾筋もの黒く重い襞が走り、襞が揺れ動いている。森の上に、村々の上に、ゆっくりと立ち上る柱、煙。虚ろな泣き声。黒い無限の列が都市へ追い込まれる。力ずくで彼らを救済し、幸福を教えるために。

「これはだいたい知ってるわね？」

「ああ。だいたいは」

「だけどね、あなたは知らないし、少数の人しか知らないことなんだけど、彼らのごく一部は生き残って、〈壁〉の外で生きつづけたの。彼らは裸で森の中へ入った。彼らはそこで木や獣や鳥や花や太陽から学んだ。体が毛に覆われた代わりに、毛の下に熱くて赤い血潮を保つことができた。あなたたちの場合はもっと悪いわ。数字に覆われて、数字がシラミみたいに体の上を這っているんだもの。あなたたちから一切合切を剝ぎ取って、裸で森の中へ追放しないといけない。恐怖や歓喜や憤激や寒さで震えることを学ばせ、火に祈らせるのよ。そして私たち〈メフィ〉、私たちの目的は……」

「いや、待ってくれ、《メフィ》というのは？《メフィ》とはいったい何だ？」

「〈メフィ〉？　これは古代の名前で、その持ち主は……。覚えてるでしょ、あそこの岩に一人の若者が描かれていたのを……。それとも、あなたの言葉で言った方が早く理解できていいかしら。ほら、世界には二つの力があるでしょ、エントロピーとエネルギーが。一方は至福の平安、幸福な均衡へと向かい、他方は均衡の破壊、苦しみの無限運動へと向かう。このエントロピーを、私たちの――正確に言えばあなたたちの――先祖のキリスト教徒たちは、神さまみたいに崇めていた。だけど私たちは、反キリスト教徒の私たちは……」

そのとき、ささやくようにかすかなノックの音がした。そして部屋の中に、押しつぶされたような、額が目の上まで垂れ下がった男が飛び込んできた。一度ならずIのメモを持ってきた例の男である。

彼は私たちのもとへ駆け寄り、立ち止まると、まるで空気ポンプのように鼻息を立てたが、一言も言葉を発することはできなかった。きっと全力で走ってきたに違いない。

「どうしたの！　何があったの？」Iは彼の手をつかんだ。

「ここへ来ます……」喘ぎ喘ぎ、ポンプ男はやっとのことで言った。「警備隊が……

それと一緒にあの……その、何と言うか……ちょっと猫背の……」

「S?」

「そうです! すぐそばに、建物の中にいます。すぐに来ますよ。早く、急いで!」

「くだらない! 時間ならあるわ……」彼女は笑った。目の中には火花、陽気な舌。

これは無意味な蛮勇なのか、それとも自分にはまだ理解できていない何かがそこにはあるのか。

「I、〈恩人〉の名にかけて頼む! わかってくれ、だってこれは……」

「〈恩人〉の名にかけて」鋭角三角形、微笑。

「ああ……それなら俺のために……。お願いだ」

「あっ、まだもう一つあなたに話さないといけないことがあるんだった……。でもまあいいわ、明日ね……」

彼女は愉快そうに(そう、愉快そうに)私にうなずきかけた。男の方も額の庇の下から一瞬だけ姿を見せてうなずいた。そして私は一人になった。

早く机に向かう。記録を広げてペンを取った。〈単一国〉のために仕事をしているの私の姿が彼らに見えるように。すると突然、頭髪の一本一本が生きているかのように

別個にそよぎだした。《この記録の最近の部分を一ページでも読まれたらどうなる?》

私は身じろぎもせず机に向かっていた。そして壁が震えるのが、手の中でペンが震えるのが、文字が揺れながら溶けていくのが見えた……。

隠すか? だがどこに? すべてガラスなのだ。燃やすか? だが廊下からも隣室からも見られる。それに、この苦しみの――そしておそらくは自分にとってもっとも大切な――私自身のかけらを処分することなど、もはやできない、そんな力はない。

遠くに、廊下に、すでに声や足音がする。私はなんとか原稿の束をつかみ、自分の尻の下に押し込んだ。そして今や私は、原子一つ一つが振動している椅子に固定され、足元の床は船の甲板と化して上下し……。

小さな球のように縮こまり、額の庇の下に隠れ、私はなんとか、眉の下からこっそりと盗み見た。彼らは部屋を順番に見て回っていた。廊下の右端から始め、どんどん近づいてくる。私のように身を固くして座っている者もいれば、出迎えるためにさっと立ち上がり、扉を広く開け放つ者もいる。幸せな連中だ! 私もあんな風に……。

「《〈恩人〉は人類にとって不可欠なもっとも完成された消毒剤であり、その結果〈単一国〉の有機体内にはいかなる蠕動(ぜんどう)運動も……》」私は震えるペンでこのまったく無意味な言葉を捻り出しながら、机の上にいっそう低く屈み込んだが、頭の中は狂気の鍛冶場と化しており、背中で私はドアノブがガチャッと音を立てるのを聞き、風が吹き込み、体の下で肘掛け椅子が踊りだし……。

そこでようやく苦労してページから身を引き離し、部屋に入ってきた連中の方を向いた（茶番を演じることの難しさときたら……ああ、今日私に茶番について話したのは誰だった？）。先頭はSで、陰気に黙りこくり、その目で私に、私の椅子に、私の手の下で震えている原稿に、素早く穴を穿った。その一瞬後、毎日見慣れた顔が敷居にいくつもあり、その中から一つの顔が分離した。茶色っぽいピンクの膨らんだ鰓……。

私はこの部屋で三十分前に起きたことを残らず思い出した。この女がこれからすることは明白だった……。私の全存在が、原稿を覆っている体のあの（幸いなことに不透明な）部分で鼓動し、脈打っていた。

Ю は背後から彼に、Sに近づき、そっとその袖に触れ、小声で言った。

「この方はД-503、〈インテグラル〉の〈建造技師〉ですわ。きっと耳になさったことがおありでしょう？　いつもああやって机に向かって……。ちっとも骨惜しみをなさらないんです！」

……この私が？　なんと立派で驚くべき婦人だろう。

Sが滑るように近づいてきて、私の肩越しに机の上に屈み込んだ。私は書いたものを肘で隠したが、彼は厳しく叫んだ。

「今すぐそこにあるものを見せなさい！」

恥ずかしさに真っ赤になりながら、私は彼に用紙を渡した。彼が読み終え、そして私は見た。その目から微笑が滑り落ち、顔を素早く駆け下りると、ちょろっと尻尾を揺らしながら口の右隅のどこかにうずくまるのを……。

「少し曖昧だが、それでもまあ……。よろしい、続けてください。もう邪魔はしません」

彼は汽船が外輪（パドル）で水面を叩くようにパシャパシャ音を立てながら扉へ向かい、その一歩ごとに私に足や手や指が戻ってきた。魂が再び全身に均等に配分され、呼吸ができるようになった……。

最後に。I0は私の部屋にぐずぐず残っていたが、近づいてきて私の耳元に屈み込むと、ささやき声で言った。

「私でよかったですね……」

わからない。彼女は何を言いたかったのだろう？

その後、晩になって三人が連行されたことを知った。しかし他のすべての出来事と同じく、そのことを声に出して話す者はいない（われらの間に目に見えず存在する〈守護者〉の教育的影響だ）。話題はもっぱら、気圧計の急降下と天候の変化について。

記録29

要点　顔の糸・新芽・不自然な圧縮

奇妙なことに、気圧計は下がっていくのに、風は依然としてなく、静かだ。まだ音は聞こえないが、上空ではすでに嵐が始まっていた。雨雲が全速力で疾走している。今のところその数は少なく、個々のギザギザの破片だけだ。それはあたかも上空ですでにある一つの都市が陥落したかのようであり、壁や塔の破片が下へ向かって飛び、恐ろしい速さでみるみるうちに大きくなり、どんどん近づいてくる。しかし底に、下界にいる私たちに激突するまでには、あと数日は青い無限の中を飛びつづけなければならないだろう。

下界は静かだ。空中には、細くて、理解不能で、ほとんど見えない糸がある。それは毎年秋になると〈壁〉の外から運ばれてくる。ゆっくり漂っているかと思うと、ふと目に見えない余計な何かが顔にくっついたように感じ、払い落としたいのだが、だめだ。できない、どうしても逃れられない……。

その糸がとくに多いのは〈緑の壁〉の付近で、私は今朝そこを歩いた。Iが〈古代館〉で、例の私たちの《アパート》で会いたいと指定してきたからだ。

〈古代館〉の赤錆びた不透明な巨体が早くも遠目に見えたとき、背後に誰かの小刻みで慌ただしい足音とせわしげな息づかいを耳にした。振り向くと、Oが私に追いつこうとしているのが見えた。

彼女は全身どこか特別な感じで、完成したような、弾むような丸みを帯びていた。腕とお碗形の胸、そして私のよく知っているその全身が丸くなり、ユニファはパッツパッだった。今にも薄い生地を破って外へ、太陽の中へ、光の中へ出てきそうだ。私は思い浮かべる。あの緑の密林で、春になると同じように頑固に地面から生えてくる新芽。早く枝を伸ばし、葉をつけ、早く花を咲かせようと。

数秒間Oは何も言わず、青い光を私の顔に向けていた。

「あなたを見たわ。あのとき、〈全会一致の日〉に」

「僕も君を見た……」するとたちまち、下の狭い通路に立ち、壁に押しつけられ、両手で腹を覆っていた彼女の姿が思い出された。私は思わずユニファの下の彼女の丸い腹を見た。

それに気づいたらしく、彼女の全身が丸々とピンクに染まった。そしてピンクの微笑。

「すごく幸せ、すごく幸せだわ……。満たされてるの。わかるかしら、あふれそうなくらい。こうして歩いていても周りの音は何一つ聞こえなくて、ずっと内側に、自分の中に耳を傾けてるの……」

私は黙っていた。顔に何か余計なものがくっついていて邪魔なのだが、どうしてもそれから自由になることはできなかった。そして急に思いがけず、なおも青く光りながら、Oが私の手をつかみ、私は手に彼女の唇を感じた……。それは生まれて初めてのことだった。それはこれまで知らなかった古代の愛撫のようなもので、恥ずかしさと苦痛のあまり、私は手を（おそらくは乱暴に）引っ込めたほどだった。

「おい、頭がおかしくなったのか！　このことだけじゃなく、そもそも君は……。何が嬉しいんだ？　これから何が君を待ち受けているかを忘れたとでも？　今じゃなくとも、どっちみち一カ月後、二カ月後には……」

彼女は光を失った。すべての丸がたちまちたわみ、歪んだ。私の心には、憐れみの感覚と結びついた、不愉快で、病的ですらある圧縮が生じた（心臓は完璧なポンプに他ならない。圧縮、収縮――ポンプによる液体の吸引――は技術的不条理である。ここから明白なのは、《愛》、《憐れみ》、その他こうした圧縮を引き起こすものがすべて、本質的にどれほど不条理で、不自然で、病的かということだ）。

静寂。左側には〈壁〉の曇った緑色のガラス。前方には暗赤色の巨大な建物。そしてこの二色が合わさって私の中で合力の形を取り、われながら素晴らしいと思えるアイディアを生んだ。

「待つんだ！　君を救う方法を知ってる。わが子をひと目見て、それから死ぬなんてことにならないようにしてやる。子育てができるんだ。いいかい、子どもが自分の腕の中で成長し、丸くなり、果実みたいに熟していくのを見守ることができるんだ……」

彼女はいきなり全身を震わせ、いきなり私にしがみついた。

「覚えているだろう、あの女性……ほら、ずっと前、ウォーキングのときの。それでね、彼女が今ここに、〈古代館〉にいるんだ。あそこへ行こう。保証するよ、すぐに万事手配するって」

早くも私とIがOを連れて廊下を歩く様が目に浮かんでいた。そしてOはすでにあそこにいて、花や草や木の葉に囲まれている……。しかし彼女は私から離れて後退り(あとずさ)し、ピンクの三日月の角が震え、下に曲がった。

「それって、あの女のことね」

「それは……」私はなぜか狼狽(うろた)えた。「そうだ、彼女だ」

「あの女のところへ行って頼めって言うのね……。もう二度とそんな話はしないで！」

身を屈め、彼女は足早に私から離れていった。まだ何か思い出したように、振り向いて叫んだ。

「べつに死んでもかまわない！　あなたには何の関係もないわ。全部どうでもいいんでしょ？」

静寂。上から落ちてきて、恐ろしい速さでみるみるうちに大きくなる、青い塔や壁の破片。しかしあと数時間――あるいは数日――それらは無限の中を飛んでいるだろう。見えない糸がゆっくりと漂い、顔の上に落ちてくる。どうしても払い落とせず、どうしても逃れられない。

私はゆっくり〈古代館〉の方へ歩いていく。心の中には不条理で苦しい圧縮がある……。

記録30

要点　最後の数字・ガリレイの誤り・その方がよいのでは？

以下に記すのは、私が昨日〈古代館〉でIと交わした会話である。私たちは思考の論理的進行を妨げる雑色のノイズの中にいた。赤、緑、ブロンズの黄色、白、オレンジ色……。そしてその間ずっと、大理石の中で凍りついた古代の獅子鼻詩人の微笑が頭上にあった。

これからその会話を一字一句違わず再現する。なぜならそれが〈単一国〉の運命にとって――それどころか宇宙の運命にとって――決定的に重大な意味を持つだろうと思えるからだ。それに、未知の読者よ、諸君はおそらくここに私の若干の弁明を見出すだろう……。

いきなり、何の下準備もなく、Iは私にすべてをぶちまけた。

「明後日、あなたたちが〈インテグラル〉の最初の試験飛行を行うことは知ってるわ。その日、私たちが船を乗っ取る」

「何だって？　明後日？」

「そうよ。座って、興奮しないで。もはや一刻の猶予もないの。昨日〈守護者〉がランダムに捕まえた数百名のうち、十二名が〈メフィ〉だった。二、三日うかうかしてたら、彼らは殺されるわ」

私は黙っていた。

「実験の進行を見守るために、あなたたちのもとに電気技師、機械技師、医者、気象学者が派遣されるはずよ。ちょうど十二時に——覚えておいて——昼休みのベルが鳴って皆が食堂に入ったら、私たちは廊下に残って皆を食堂に閉じ込める。そして〈インテグラル〉は私たちのもの……。いいわね、これは何としても必要なことなの。〈インテグラル〉が手に入れば、すべてを即座に、迅速に、痛みなく終わらせるのに役立つ武器になるわ。連中のアエロなんて……はっ！　まさにちっぽけなブユ対トンビってとこね。それからやむを得ない場合は、エンジンの噴射口を下に向けて、一度だけ噴射すれば……」

私は飛び上がった。

「そんなことはあり得ない！　馬鹿げてる！　まさかわからないのか、おまえたちが企てていることは革命だぞ？」

「そうよ、革命よ！　どうしてそれが馬鹿げてるの？」

「馬鹿げてるとも。なぜなら革命はあり得ないからだ。なぜならわれらの──これはおまえじゃなくて、俺が言うところの──われらの革命が最後の革命だったからだ。そしてもはやいかなる革命もあり得ない……。そんなことは誰でも知っている……」

　眉の嘲笑的な鋭角三角形。

「ねえ、あなたは数学者ね。いえ、それ以上だわ。あなたは哲学者、数学の哲学者よ。それなら、最後の数字を教えて」

「つまり？　その……理解できないんだが。最後のとはどういう？」

「だから、最後の、最高の、最大の……」

「だがI、それは無意味だ。数字の数は無限にあるのに、どんな最後の数字がお望みなんだ？」

「それなら、あなたはどんな最後の革命がお望みなの？　最後の革命なんてのはなくて、革命は無限なのよ。最後っていうのはお子様用ね。無限は子どもを怖がらせるから、子どもに夜すやすや眠ってもらうために必要なのよ……」

「しかし何の意味が――〈恩人〉の名にかけて教えてくれ――そんなことに何の意味があるんだ？　全員がすでに幸福だとしたら、いったい何の意味があるっていうんだ？」

「仮に……。まあいいわ、そういうことにしておきましょう。で、その先はどうなるの？」

「滑稽だね！　まるで幼稚な質問だ。子どもに何か話してやると、話が終わっても必ずこう訊ねてくる。ねえその先は、どうしてなの？」

「子どもは唯一勇敢な哲学者よ。そして勇敢な哲学者は必ず子どもなの。だから、いつも子どもみたいでいなくちゃいけない。で、その先は？」

「その先には何もない！　ピリオド。全宇宙に、均質に、至るところに行き渡り……」

「なるほどね、均質に、至るところに！　そこにまさにあれがあるわけね、エントロピーが、心理的エントロピーが。数学者のくせにわからないの、差だけが――温度差や熱コントラストだけが――その中にだけ生命があるの。もし至るところに、全宇宙に、同じように温かい、あるいは同じように冷たい物質があるなら……。衝突させてやらなくちゃ。火を、爆発を、地獄(ゲヘナ)をもたらすために。だから私たちは衝突させるの」

「だがI、わかってくれ、理解してくれ。われらの先祖が、〈二百年戦争〉のときにまさにそれをやったじゃないか……」

「ああ、彼らは正しかった、千倍も正しかったわ。唯一の誤りは、後で自分たちが最後の数字だと思い込んだことね。そんなものは自然界にはないのに、存在しないのに。彼らの誤りはガリレイの誤りだわ。地球が太陽の周りを動いているというのは正しかったけれど、彼は太陽系全体がさらに別の中心の周りを動いていることは知らなかったし、相対的ではない真の地球の軌道がまったく素朴な円ではないことも知らなかった……」

「じゃあ、おまえたちは？」

「私たちは今のところ、最後の数字が存在しないことを知ってるわ。いずれ忘れるかもしれないけど。いいえ、きっと老いれば忘れるでしょうね。万物は避けがたく老いるものだから。そのときは私たちも必然的に落ちていくわ。秋になると木の葉が落ちるように、ちょうど明後日にあなたたちが……。いいえ、違うわ、あなたは違う。あなたは仲間よ、私たちの仲間！」

紅潮し、渦巻き、光り輝く――そんな彼女を見るのは初めてだった。彼女は自分自身のすべてで私を包み込んだ。私は消えた……。

最後に、私の目をしっかりと見据えながら彼女は言った。

「覚えておいて、十二時よ」

そして私は言った。

「ああ、覚えておく」

彼女は去った。私は一人、様々な声が入り交じる荒々しい喧噪の中に取り残された。青、赤、緑、ブロンズの黄色、オレンジ色……。

そう、十二時……。そしてふと、顔に何か余計なものが落ちてきたような不可解な感覚があった。どうしても払い落とせない。突然、昨日の朝の出来事が思い浮かんだ。Ю、そして彼女がIに面と向かって叫んだこと……。なぜ？　なんという不条理。

私は急いで外に出た。早く家に帰ろう、家に……。

背後のどこかで、鳥たちが〈壁〉の上で甲高くぴぃぴぃ鳴く声が聞こえた。前方には、夕焼けの太陽に包まれ、赤紫色の結晶化した火でできたような丸屋根の球体や、燃え盛る巨大な建物の立方体や、空に一閃の稲妻となって凍りついた蓄電塔の尖塔などが見えた。このすべてを――この非の打ちどころのない幾何学的美のすべてを――私は自ら、己の手で……。本当に他の出口は、他の道はないのだろうか？

とある講堂（番号は覚えていない）のそばを通り掛かった。中にはベンチが山積みにされており、中央には雪のように白いガラスのシーツで覆われた台がいくつもあった。白の上にピンクの太陽の血痕。こうしたすべてに何やら未知の――だからこそ不気味な――明日が隠されていた。思考する存在、視る存在にとって、不規則性や未知数やXに取り囲まれながら生きるのは不自然なことだ。もしも目隠しをされ、そのまま手探りでよろよろ歩かされ、すぐそばには崖があると知っているとしたらどうだろう。一歩でも踏み外せば、後にはぺしゃんこでめちゃくちゃになった肉塊しか残らない。これはそれとまったく同じことではないか？

……だがもし待ったりしないで、自ら真っ逆さまに身を投げたら？　それこそすべてを直ちに解決できる唯一正しい方法ではないか？

記録31

要点　大手術・私はすべてを許した・列車の衝突

救われた！　もはやすがるものもないように思え、もはや万事休すかと思えた最後の瞬間に……。

それはこんな感じだ。恐ろしい〈恩人の機械〉への段をすでに上り終え、重いガチャリという音とともにすでにガラスの鐘をかぶせられ、人生の最後に急いで青空を目で呑み込もうとする……。

すると突然、すべてはただの《夢》だったことがわかる。太陽はピンクで陽気だ。そして壁――冷たい壁を撫でられるのはなんという喜びだろう。そして枕――白い枕に頭を乗せてできた凹みの感触を、いつ果てるともなく堪能する……。

これがおおよそ、私が今朝〈国家新聞〉を読んだときに味わったことである。悪夢だったが、それは終わったのだ。意気地なしの私は、信仰心のない私は、早くも自分勝手な自殺を考えていた。今は昨日書いた最後の数行を読むのが恥ずかしい。だが、どうでもいいことだ。そのままに、そのままにしておけばいい。起こり得たかもしれない信じがたい出来事の記憶として。それはもう起こらない……そう、起こりはしない！……。

〈国家新聞〉の一面に燦然（さんぜん）と輝く文字。

喜べ、

何となれば、これより諸君は完全だからである！　今日までは諸君の所産である機械装置（メカニズム）の方が諸君よりも完全だった。

どこが？

ダイナモの火花の一つ一つはもっとも純粋な理性の火花であり、ピストンの動きの一つ一つは汚れを知らぬ三段論法である。だが、諸君の中にもこれと同じ無謬（むびゅう）の理性があるのではないか？

クレーンやプレスやポンプの哲学は、コンパスで描いた円の如く完成しており、明白である。だが、諸君の哲学はコンパスの円に劣るというのか？

機械装置（メカニズム）の美は、振り子のように正確不変なリズムにある。だが、幼時からテイラー・システムによって育て上げられた諸君は、振り子のように正確になったのではなかったか？

ただ一つ、

機械装置（メカニズム）には想像力がない。

諸君は見たことがあるか、仕事中のポンプシリンダーの顔に、遠い、無意味に夢見るような微笑が浮かぶのを。諸君は聞いたことがあるか、クレーンが夜ごと、休息に定められた時間に、不安げに寝返りを打ってため息をつくのを。

ない！

ところが諸君の間に――赤面せよ！――〈守護者〉はますます頻繁にその微笑とため息を目撃している。そして――目を伏せよ――〈単一国〉の歴史家は恥ずべき出来事を記録せずにすむよう、辞職を願い出ている。

だが、これは諸君の罪ではない。諸君は病気なのだ。その病名は、

想像力。

それは額を翳って黒い皺を刻む蛆虫である。それは諸君を駆り立てて絶えず遠くへ走らせる熱病である（この〈遠くへ〉は幸福が終わるところで始まるというのに）。それは幸福への道を塞ぐ最後のバリケードである。

そして喜べ、バリケードはすでに爆破された。

道は自由だ。

〈単一国科学〉の最近の発見によれば、想像力の中枢はヴァロリオ橋部[22]にあるみすぼらしい脳神経節である。X線でこの節を三度焼くことで、諸君の想像力は治療される——

永久に。

諸君は完全である。諸君は機械に等しい、百パーセントの幸福への道は自由である。急げ、老いも若きも皆、急いで〈大手術〉を受けよ。〈大手術〉が行われている講堂へ急げ。〈大手術〉万歳！〈単一国〉万歳、〈恩人〉万歳！

22　中枢神経の中脳と延髄との間の部分。イタリアの解剖学者コスタンツォ・ヴァロリオ（一五四三～一五七五）に由来。脳橋。

……諸君――もしも諸君がこれを読んだのが、何やら古代の風変わりな小説に似た私の記録でなければ――もしも私と同じように、まだインクのにおいがする新聞紙が諸君の手の中で震えていたなら――もしもこれがすべて正真正銘の現実なのだと、たとえ今日の現実ではなくとも明日の現実なのだと、私と同じように諸君が知っていたなら――諸君は私と同じことを感じたのではないだろうか？　今の私と同じように、頭がくらくらしたのではないだろうか？　あの恐ろしくも甘美な氷の針が背中や腕を走ったのではないだろうか？　自分は巨人アトラスで、背中を伸ばせばきっとガラスの天井に頭をぶつけてしまうと感じたのではないだろうか？

私は電話の受話器をつかんだ。

「I-330を……。ええ、そうです。330です」それから息を詰まらせながら叫んだ。「家にいるんだね？　読んだ？　読んでるところ？　実にこれは、これは……。これは驚くべきことだよ！」

「ええ……」長く暗い沈黙。受話器がかすかに唸り、彼女は何かを考えている……。「必ず今日あなたに会う必要があるわ。ええ、十六時すぎに私の部屋で。きっとよ」

可愛いやつ！　まったくなんて可愛いんだ！　《きっとよ》だって……。自分がにやけているのを感じたが、どうしても止められず、そのままにやけた微笑を通りに運んでいく。まるでランタンのように、頭上高く掲げて……。

外では風が私に吹きつけてきた。渦巻き、ひゅうひゅう唸り、鞭打ってくる。だが私はいっそう心が浮き立っただけだった。叫ぼうが、唸ろうが、どうでもいい。今やもうおまえに壁を倒すことはできない。鋳鉄のように空を飛ぶ雨雲が頭上に崩れ落ちてきてもかまうものか。おまえたちに太陽を曇らせることはできない。われらは永久に太陽を鎖で天の頂につないだ――われら、ヌンの子ヨシュアらが[23]。

街角にヌンの子ヨシュアらがぎっしりと群がり、壁のガラスに額をくっつけていた。中の目映いほど白い台にはすでに男が一人横たわっていた。白いものの下で裸足の裏が黄色い角を成して開いているのが見え、白い医師たちが枕元に屈み込み、白い手が何かの液体を満たした注射器を別の手に差し出していた。

23　旧約聖書中の人物。エフライム部族のヌンの子で若くしてモーセの従者となり、モーセの死後は後継者としてイスラエルの指導者となった。

「どうして行かないのですか」誰にともなく、あるいはむしろ皆に向かって、私は訊ねた。

「そう言うあなたこそ」誰かのボール頭がこちらを向いた。

「その……後で。先にしないといけないことが……」

私は少しまごつきながらその場を離れた。実際、先にIに会わなければならなかった。だがなぜ《先に》なのか、私は自分でも答えられなかった……。

造船台。〈インテグラル〉が青みがかった氷のように光り輝いていた。エンジンルームではダイナモが唸り、何やら同じ言葉を優しく際限なく繰り返していた。まるで私の言葉、よく知っている言葉のように。私は身を屈めてエンジンの長く冷たいパイプを撫でた。可愛いやつ……まったくなんて可愛いんだ。明日おまえは蘇り、明日、生まれて初めて、おまえの胎の中の熱い火のしぶきに身を震わせるのだ……。

もしもすべてが昨日のままだったら、私はどんな目でこの強力なガラスの怪物を見ただろう？　もしも明日の十二時にこいつを裏切る……そう、裏切ることがわかっていたとしたら……。

そっと、背後から肘に触られた。振り向くと、〈第二建造技師〉の皿のように平らな顔があった。

「もうご存じですね」彼は言った。

「何を？ 〈手術〉のことか？ なあ、そうだろ？ なんてことだろう、すべてが、すべてが、一挙に……」

「いえ、そのことではありません。試験飛行は明後日に延期になりました。みんなその手術のせいです……。急かして頑張ったのは無駄でしたね……」

《みんな〈手術〉のせい》か……。滑稽な、視野の狭い男だ。自分の皿より先にあるものは何も見えない。もし〈手術〉がなければどうなっていたか、こいつが知っていればな。明日の十二時にガラスの檻に閉じ込められ、のたうち回り、壁を這っていたかもしれないというのに……。

自分の部屋、十五時半。中に入るとIOが見えた。私の机に向かって座り——骨張っていて、まっすぐで、不動だ——右の頬を手でしっかりと支えている。きっともう長いこと待っていたのだろう。というのも、さっと立ち上がって私を迎えたとき、彼女の頬に五本の指の跡が消えずに残っていたからだ。

一瞬、私の中にあの不幸な朝が蘇った。まさにこの机のそばに、怒り狂った彼女が

Iと並んでいた……。だがそれは一瞬だけで、すぐさま今日の太陽に洗い流された。こんなことは、よく晴れた日に部屋に入り、うっかりスイッチを入れたときによく起こる。明かりは点くが、ないも同然。実に滑稽で、貧弱で、不必要……。

私は躊躇なく彼女に手を差し出し、すべてを許した。彼女は私の両手をつかみ、チクッと刺すように固く握りしめると、古代の装飾品のように垂れ下がった頬を興奮して震わせながら言った。

「お待ちしておりました……お時間は取らせません……私はとても幸せだと、たいへん嬉しいと、それだけをお伝えしたくて！　おわかりでしょう、明日か明後日には、あなたはすっかり健康になり、あなたは生まれ変わるのです……」

机の上に原稿用紙が見えた。昨日の記録の最後の二ページ。昨日からそこに置いたままになっていた。もしもそこに書いてあることを見られたら……。だがしかし、どうでもいいことだ。今やそれはただの過去だ。今やそれは、双眼鏡を逆さまにして覗いたように、滑稽なほど遠いことだ……。

「ええ」私は言った。「あのですね、ついさっき大通りを歩いていると、私の前に一人の男がいて、その影が舗道に落ちていたんです。それで、いいですか、その影が光っているんですよ。思うに——いや、確信していますが——明日には影はまったくなり、人間の影も、物の影も、一つ残らずなくなって、太陽が万物を貫き……」

彼女は優しく厳しく言った。

「夢想家ですのね！　うちの学校の子どもにはそんな話し方は許さないでしょう……」

そして子どもたちの話をした。すぐに全員まとめて〈手術〉に連れていったこと、子どもたちを縛りつけなければならなかったこと、《無慈悲に愛することが必要なんです、そう、無慈悲に》、そしてついに決心がつきそうだということ……。

彼女は膝の間の灰青色の布地を直すと、無言でさっと私の全身に微笑を貼りつけて出ていった。

そして幸いなことに、今日の太陽はまだ止まっておらず、太陽は走っており、すでに十六時で、私は扉を叩き、心臓は胸を叩く……。

「どうぞ！」

彼女の椅子のそばの床にひざまずき、両脚を抱きかかえ、頭を反らせて目を覗き込む。片目ずつ順番に。そしてどちらにも自分を見る。素晴らしい囚われの姿の自分を……。

壁の外は嵐で、雨雲はますます鋳鉄じみていくが、かまうものか！　頭の中はぎゅうぎゅうで、抑えがたい言葉があふれ、私は声を上げながら太陽とともにどこかへ飛んでいく……いや、今や私たちはもう行き先を知っている。そして私の後にはいくつも惑星が続く。炎を噴き出し、歌う火の花々が棲息する惑星。そして理性を有する石たちが組織社会に統合されている物言わぬ青い惑星。われらの地球のように、百パーセント絶対の幸福という頂点を極めた惑星……。

するとと突然、上から声がした。

「頂点とはまさに組織社会に統合された石である——そんなことを考えているんじゃない？」

そして三角形がますます鋭く、ますます暗くなっていく。

「でも幸福は……。どうなの？　だって欲望は苦しいもの、そうでしょ？　だから明白なのは、幸福とはもはやいかなる欲望も、たった一つの欲望すら存在しない状態だということ……。私たちがこれまで幸福にプラス記号をつけていたのはひどい誤り、ひどく馬鹿げた偏見で、絶対的幸福の前にはもちろんマイナスを、神々しいマイナスをつけるべきよ」

私はぼんやりこうつぶやいたのを覚えている。

「絶対零度はマイナス二百七十三度……」

「そう、まさにマイナス二百七十三度。ちょっと肌寒いけど、それこそが私たちが頂点にいるっていうことの証明にならないかしら？」

ずっと前のときのように、彼女はどういう訳か私の代わりに、私を通して話し、私の考えを最後まで展開した。だがそこには何か不気味なものがあって、私は耐えられず、やっとのことで自分から《違う》という言葉を引き出した。

「違う。おまえは……ふざけてるんだ……」

彼女は大声で、あまりにも大きな声で笑いだした。素早く、一瞬のうちに、ぎりぎりの端まで笑い尽くし、足を踏み外して下へ……。間。

立ち上がった。私の肩に手を置いた。長いこと、ゆっくりと見つめていた。それから自分の方へ引き寄せ——そして何もない。彼女の鋭く熱い唇があるだけだ。

「さよなら！」

声は遠く上の方から聞こえ、すぐには私の耳に届かなかった。一分か二分はかかったかもしれない。

「《さよなら》ってどういうことだ？」

「あなたは病気で、あなたは私のせいで罪を犯した。苦しかったんじゃないの？　でも今は〈手術〉がある。そしてあなたは私から解放される。だから、さよなら」

「いやだ」私は叫んだ。

無慈悲に鋭い、白の上の黒い三角形。

「どうして？　幸福が欲しくないの？」

私の頭が分裂し、二台の論理列車が衝突し、互いに乗り上げ、破壊し、バキッと割れた……。

「ほら、どうなの、待っててあげるから選びなさい。〈手術〉と百パーセントの幸福か、それとも……」

《おまえなしではいられない、おまえがいないとだめなんだ》――そう口に出して言ったのか、それとも思っただけなのかはわからないが、Iには聞こえていた。

「ええ、知ってるわ」彼女は答えた。そしてなおも私の両肩に手を置いたまま、私の目から視線を離さずに言った。

「それなら、また明日。明日の十二時。覚えてる？」

「だめだ。一日延期されたんだ……。明後日に……」

「こちらにはその方が好都合よ。じゃあ明後日の十二時に……」

黄昏の通りを私は一人で歩いていた。凪は紙切れのように私を巻き上げ、運び去り、追い立て、鋳鉄の空の破片はひたすら飛んでいた。あと一日二日は無限の中を飛んでいるだろう……。すれ違う人々のユニファが触れた。しかし私は一人で歩いていた。私には明白だった。皆は救われるが、自分の救済はもはやない。私は救済を欲していない……。

記録32

要点　私は信じない・トラクター・人間の木屑

諸君は自分が死ぬことを信じているだろうか？　そう、人間は死ぬ、私は人間である、したがって……。いや、そういうことではない。そんなことなら諸君もご存じだろう。私が訊いているのは、諸君がそれを信じたことがあるかということだ。完全に信じたことが、頭ではなく体で信じたことがあるか、まさにこのページを押さえている指が、いつかは黄色くなって、氷のように冷たくなるのを感じたことがあるか……。

いや、もちろん信じてなどいない。だからこれまで十階から舗道に飛び降りなかったわけだし、だから今も食べたり、ページをめくったり、ひげを剃ったり、微笑んだり、書いたりしていられるわけだ……。

今日の私もそれと同じ、そう、まったく同じ状態だ。時計のこの小さな黒い針がこちらへ這い下りてきて、真夜中に向かって再びゆっくりと上がっていき、最後のある一線を越えると、信じられない明日がやって来る――そのことを私は知っている。知ってはいるが、それでもなぜか信じられない。あるいは、二十四時間が二十四年に感じられているのかもしれない。だからこそ私はまだ何かをしたり、どこかへ急いだり、質問に答えたり、〈インテグラル〉のタラップを上ったりすることができるのだ。船が水の上で揺れているのがなおも感じられ、手すりにつかまらなければならないことも理解できる。そして手の下には冷たいガラスがある。透明な生きたクレーンが鶴のような首を曲げ、嘴（くちばし）を伸ばし、大事に、優しく、エンジン用の恐ろしい爆発性食料を〈インテグラル〉に与えているのが見える。そして下の川面（かわも）には、風で膨らんだ青い水の血管や節がはっきりと見える。しかし何もかもが私からひどく分離していて、よそよそしくて、平坦だ。まるで用紙に描かれた図面のよう。すると奇妙なことに、〈第二建造技師〉の平坦な図面顔が急に口を利く。

「どうでしょう、エンジン用の燃料はいくら持っていきますか？　仮に三時間か……まあ三時間半と計算して……」

図面に投影されたように、目の前には計器を持つ自分の手、対数の文字盤、数字の十五がある。

「十五トン。だが、そうだな……百トンは持っていった方がいいかな……」

なぜならそれは、私がやはり知っているからだ。明日には……。

そして傍(はた)からは、私の手と文字盤がほんのかすかに震えだしているのが見える。

「百トンも? なぜそんな大量に? だってそれじゃ一週間分ですよ。いや、一週間どころか、もっとです!」

「どうかな……何があるかわかったものじゃない……」

「それはわかりますが……」

風がひゅうひゅう吹き、空気全体に目に見えない何かが天辺までぎっしりと詰め込まれている。息をするにも、歩くにも苦労する。そして苦労しながら、のろのろと、片時も止まることなく、大通りの突き当たりで蓄電塔の時計の針が這っている。雨雲に包まれた尖塔はぼやけて青く、虚ろに吠えている。電気を吸い込んでいるのだ。

〈音楽工場〉のパイプが吠えている。

いつも通り、四人一列の隊列。しかしその列はどこかもろく、風のせいだろうか、揺れてしなっている。揺れはどんどんひどくなる。街角で何かにぶつかり、どっと後戻りしたかと思うと、隊列はもはや隙間なく凍りつき、密集し、息切れした塊と化し、皆がいっせいに長いガチョウのような首を伸ばす。

「見て！　違う、見て、ほらあそこ、早く！」

「連中だ！　あの連中だ！」

「……俺は絶対いやだ！　絶対にやらん。〈機械〉に頭を突っ込んだ方がマシだ……」

「しっ！　気は確かなの……」

　街角の講堂の扉が広く開け放たれ、そこからゆっくりとした重い足取りの縦隊が、五十人ほどの人間が出てきた。だがそれは《人間》などというものではなかった。足ではなく、つなぎ合わされ、見えないギアで回転する重い車輪のようなもの。人間ではなく、人間の形をしたトラクターのようなもの。彼らの頭上には黄金の太陽が刺繡された白旗が風にはためき、光線の中に文字が記されていた。《われらが最初だ！　われらはすでに手術を受けた！　全員われらに続け！》

　ゆっくりと、止め処なく、彼らは群衆を掻き分けて進んだ。そして明らかに、たとえ行く手にあるのが私たちではなく壁や木や建物だったとしても、彼らは同じように止まることなく、壁や木や建物を掻き分けて進んだことだろう。そして彼らはすでに大通りの中心にいる。ネジで留めるように手をつなぎ、鎖のように長く延び、こちらへ顔を向ける。そして私たちは——緊張して頭を毛のように逆立てた塊は——ただ待っている。首がガチョウのように伸びる。雨雲。風がひゅうひゅう吹いている。

突然、鎖の翼が左右から素早く折れ曲がり、こちらへ向かってきた。坂を下る重い自動車のようにどんどんスピードを上げ、私たちを輪で締めつけ、ぽっかり開いた扉の方へ、扉の中へ、内側へ……。

誰かの甲高い叫び声。

「追い込まれるぞ！　逃げろ！」

そして皆が突進した。壁際にまだ狭いが使える門があり、全員が頭からそこをめがけて進み、頭は一瞬で鋭い楔（くさび）と化し、そして肘も肋骨も肩も脇腹も鋭くなる。消火ホースで締めつけられた水流のように、ドタバタいう足音や、振り上げられる手や、ユニファなどが扇形にほとばしり、辺りに飛び散った。どこからか一瞬、S字のように二度カーブした体と、透明な翼の耳が私の目に飛び込んできたかと思うと、もう跡形もなかった。そして私は一人、一瞬のうちに現れては消える手足の間を走りつづける……。

どこかの建物の入口で一息つこうと背中を強く扉に押しつけた。するとすぐ、風に吹き寄せられたように、小さな人間の木屑が私の方へ飛んできた。

「ずっと……後ろにいたの……。いやなの――わかるでしょ――いやなの。あなたの言う通りにするわ……」

丸くて小さな手が私の袖をつかんでおり、丸くて青い目があった。これは彼女、Oだ。そしてどういう訳か、全身が壁を滑っていき、地面にくずおれる。下の方で、冷たい段の上で球のように身を丸め、私は上から彼女の頭や顔を撫でてやる。手が濡れた。まるで自分がとても大きく、彼女はまるっきり小さい――私自身の小さな一部であるかのようだった。それはIに対するのとはまったく別の感情で、今になって思うと、古代人が自分の私的な子どもに対して抱いた感情に似た何かだった。

下の方で、顔を覆う手の隙間からかすかに声が聞こえた。

「毎晩……。もし治療されたらと思うと耐えられない……。毎晩一人で、暗闇の中でこの子のことを考えるの。どんな子になるだろう、私はこの子をどうやって……。治療されたら生きるあてがないの、わかる？　だからあなたの義務は、あなたの義務は……」

不条理な感情だ。しかし、私は実のところ確信している。そう、これは私の義務だ。不条理だというのは、この私の義務もまた一つの犯罪だからだ。不条理だというのは、白は同時に黒にはなり得ず、義務と犯罪は一致し得ないからだ。さもなければ、人生には黒も白もなく、色はただ基になる論理的前提次第ということになる。そしてその前提が、私が彼女に違法に子どもを授けたことだとしたら……。

「よし、わかった。だから泣くことはない、泣くことは……。いいかい、僕は必ず君をIのところへ連れていく。あのとき言った通りにね。そうすれば彼女が……」

「ええ」（小声で、顔から手をどけずに）

私は彼女を助け起こした。そして無言で、お互いに自分のことを考えながら――あるいは同じことを考えながら――暮れゆく通りを、物言わぬ鉛色の建物の間を、ぴんと張り詰め、木の枝のように激しく打ちつける風の間を歩いていく……。

ある透明な緊張した一点で、風の唸りに混じって、私は背後に水溜まりを歩くような聞き慣れた足音を耳にした。曲がり角で振り向くと、舗道の曇りガラスに映った逆さまに走る雨雲の間に、Sの姿が見えた。たちまち私の手は他人のものとなり、歩調に合わせて振ることができなくなり、そして私は大声でOに話しかける。明日は……

そう、明日は〈インテグラル〉の初飛行で、これはまったく未曽有の、奇跡的で、恐ろしいものになるだろう。

　Oは驚いて青い目を丸々と瞠(みは)り、私を、大げさに意味もなくぶんぶん振られている私の手を見つめている。だが、私は彼女に言葉を差し挟む隙を与えず話しつづける。一方、内側では別個に、自分にしか聞こえないある考えが熱に浮かされたようにぶんぶん唸り、こつこつ音を立てている。《だめだ……何とかしないと……。やつをIのところへ連れていくわけにはいかない……》

　左に折れる代わりに、私は右に折れる。橋が奴隷のように従順に曲げた背中を私たち三人——私、O、そして彼、背後にいるS——に向かって差し出す。向こう岸の、照明を当てられた建物から水面に光がこぼれ落ち、何千もの、熱に浮かされたように飛び跳ね、荒れ狂う白泡を浴びた火花となって砕ける。風がどこか低いところに張られた太綱の低音弦のように唸っている。その低音に混じって、背後には絶えず……。

　私が住む建物だ。扉の前でOは立ち止まり、何か言いかけた。

「いや！　約束したじゃ……」

　しかし私は彼女に終わりまで言わせず、急いで扉の中へ押し込んだ。そして私たちは建物の中に、エントランスホールにいる。監視員のデスクの上には、お馴染みの、興奮して震えている垂れ下がった頬がある。その周囲には密集したナンバーたちの一群——何かの口論、二階の手すりからぶら下がった頭——一人ずつ駆け下りてくる。だがそれは後だ、後回しだ……。今は早くOを反対側の片隅へ連れていき、壁を背にして座り（壁の外に舗道を滑るように行ったり来たりしている黒い大頭の影が見えた）、メモ帳を取り出した。

Oはゆっくりと肘掛け椅子に腰を沈めた。まるでユニファの下で体が蒸発して溶けてしまい、空っぽの服と空っぽの——青い虚しさの中にすべてを吸い込む——目だけになったかのようだった。そして疲れた声で言った。

「どうしてここに連れてきたの？　騙したの？」

「違う……。しっ！　あそこを見て。壁の外。見える？」

「ええ。影が」

「やつにずっと尾けられているんだ……。できない。いいかい、僕は行けない。今から二言三言書くから、それを持って一人で行ってくれ。やつはここに留まるはずだ」

ユニファの下で熟れた体が再び動きだし、腹がほんの少し丸みを帯び、頬にはかすかな夜明けの光が、曙光が輝いた。

私は彼女の冷たい指にメモを押し込み、手を固く握りしめると、最後に自分の目で彼女の青い目を掬った。

「さよなら！　たぶん、またいつか……」

彼女は手を引っ込めた。身を屈めてゆっくりと歩きだす。二歩。そしてさっと振り返り、また私のそばに戻ってきた。唇が動いている。目で、唇で、全身で、同じ言葉を、私には同じに聞こえる言葉を繰り返していた。なんと耐えがたい微笑、なんという苦痛……。

それから身を屈めた人間の木屑が扉口に見え、壁の向こうを小さな影が、後ろを振り返ることなく、足早に、どんどん足取りを早めながら遠ざかっていった……。

私はI0のデスクに近づいた。興奮し、憤然と鰓を膨らませながら、彼女は私に言った。

「おわかりでしょう、みんな頭がおかしくなってしまいました！　この人なんか、〈古代館〉の近くで人間もどきを見たと言って聞かないんですよ。裸で、全身毛に覆われていたとか……」

頭を毛のように逆立てた虚ろな一群から声がした。

「そうだ！　もう一度繰り返すが、俺は見た、本当だ」

「まあ、よほどお気に召したようですね？　とんだ譫言(うわごと)ですわ！」

この《譫言》という言葉が実に信念に満ち、決して曲がりそうになかったので、私は自問した。《近頃自分の身に起きたことや、自分の身の周りで起きたことは、実は何もかも譫言ではないのか？》

しかし、自分の毛深い手を見て思い出した。《あなたの中にもきっと、森の血がちょっぴり入ってるのよ……もしかしたら、だから私はあなたのことを……》

いや、幸いなことに、これは譫言ではない。いや、不幸なことに、これは譫言ではないのだ。

記録33

要点　（取り急ぎ要点なし、これで最後）

その日が訪れた。

急いで新聞をつかむ。もしかしてそこに……。私は新聞を目で読む（まさにそうだ。今の自分の目は、ペンや計器のように手でつかんだり感じたりできる。それは外部にあるもの、道具だ）。

一面全体に大きな文字。

幸福の敵は眠らない。両手でしっかりと幸福をつかめ！　明日の労働は中止し、全ナンバーが〈手術〉を受けに出頭すること。出頭しなかった者は〈恩人の機械〉に掛けられる。

明日！　明日という日があり得るというのか――やって来るというのか？　日々の惰性で、私は本棚に手（道具）を伸ばし、金の装飾がついたバインダーに他の号と一緒に今日の〈新聞〉を入れようとした。その途中でふと思った。《なぜ？　どうでもよくないか？　だってここには、この部屋には、もう二度と、決して……》

そして新聞が手から床に落ちた。立って部屋全体を、全体を、全体をぐるりと見回し、大急ぎで持っていくものをつかむ。熱に浮かされたように、ここに残していくのが惜しい物をすべて、見えないトランクに押し込んでいく。机。本。肘掛け椅子。この椅子にはあのときIが座り、私は下の床で……。ベッド……。

それから一、二分、愚かに何かの奇跡を待っている。もしかしたら電話が鳴って、彼女の口から……。

いや。奇跡はない……。

私は出ていく――未知へ向かって。これが私の最後の文章だ。さらば、未知の諸君よ、愛する諸君よ、私は諸君とともに実に多くのページを生き、魂という病気に罹った私は、粉微塵（こなみじん）に砕けたネジの最後の一本に至るまで、壊れたバネの最後の一個に至るまで、己のすべてを諸君に見せた……。

私は出ていく。

記録34

要点　解放奴隷・太陽の夜・無線ワルキューレ

ああ、もしも本当に自分のことも皆のことも粉々に打ち砕いてしまっていたなら、もしも本当に彼女と一緒に、〈壁〉の外のどこかに、黄色い牙を剝きだす獣たちの間にいられたなら、もしも本当にもう二度とここに戻ってくることがなかったなら。その方が千倍も百万倍も気が楽だろう。しかし今となっては——どうする？　絞め殺しに行くか、あの女を……。だがそんなことが何の役に立つ？

違う、違う、違う！　落ち着け、Д－503。頑丈な論理の軸に自分をはめろ。せめて少しの間でも全力でレバーに凭れ掛かれ。そして古代の奴隷よろしく三段論法の挽き臼を回せ。起きたことをすべて記し、考察するまでは……。

私が〈インテグラル〉に入ると、全員すでに集合して配置についており、巨大なガラスの巣箱の蜂房（ほうぼう）はすべて塞がっていた。甲板のガラス越しに——電信機や、ダイナモや、変圧器や、高度計や、バルブや、インジケーターや、エンジンや、ポンプや、パイプのそばに——蟻のように小さな人々が見下ろせた。ワードルームで数名が図表や器具の上に屈み込んでいるが、たぶん〈科学局〉から派遣された連中だろう。そばには二名の助手を従えた〈第二建造技師〉がいる。

三人とも亀のように頭を肩の間に引っ込めていた。顔は灰色、秋の色で、光がない。

「で、どうだ?」私は訊ねた。

「その……。薄気味悪くて……」一人が灰色で光のない微笑を浮かべた。「見知らぬ場所に不時着するかもしれません。それに、そもそもわからないことだらけで……」

彼らを見ているのはやりきれなかった。一時間後、私はまさにこの手で彼らを〈時間タブレット〉の快適な数字から永久に放り出し、〈単一国〉の母なる胸から永久に引き離そうとしているのだ。彼らは私に《三人の解放奴隷》の悲劇的人間像を思い出させた。この物語はわれらの学校の生徒なら誰でも知っている。物語の内容はこうだ。三人のナンバーが実験的に一カ月間労働から解放される。好きなことをして、好きなところへ行っていい。[24] 不幸な三人は慣れ親しんだ仕事場のそばをぶらつき、飢えた目で中を覗き込んだ。そして広場で立ち止まっては、一日の決まった時間にそうすることがすでに有機体の欲求と化した動作を、何時間もかけて行うのだった。空気をノコギリで挽いたり、カンナで削ったり、見えないハンマーで見えない鉄の塊をトンカン叩いたり。そして十日目、とうとう我慢が限界に達した。三人は手を取りあって入水し、〈行進曲〉の音に合わせてどんどん深く沈んでいった。水が彼らの苦しみを止めるまで……。

もう一度言うが、彼らを見ているのはつらく、私は急いで立ち去ろうとした。

「ちょっとエンジンルームを点検してくる。それがすんだら出発だ」

いくつか質問が出る。始動噴射に何ボルト使うか、船尾タンクにウォーターバラストはいくら必要か。私の中に一種の蓄音機があって、それがすべての質問に迅速的確に答え、私の方は絶えず心の中で自分のことを考えていた。するとすると突然、狭い通路で、あるものがそこへ、私の中へ入ってきた。そしてその瞬間から実質的にすべてが始まった。

狭い通路で灰色のユニファや灰色の顔がちらちらそばを通り過ぎ、その中に一瞬、一つの顔が見えた。目深に帽子をかぶったような髪の毛、ひそめた眉の下から覗く目。

あの男だ。私は悟った。彼らはここにいて、もはやこのことから逃れることはできず、残された時間はあと数分か、数十分……。全身に小刻みな分子の震え（その後、震えはもう最後まで止まらなかった）。あたかも巨大なモーターが設置されたかのようだ。体という建物はあまりに軽く、壁も、間仕切りも、ケーブルも、梁も、照明も、何もかもが震えている……。

彼女がここにいるかどうかはまだ不明だ。だが今はもう時間がない。早く上のコマンドルームへ来てくれとの連絡があった。出発の時……。どこへ？

灰色で光のない顔たち。下の水面には張り詰めた青い血管。重い鋳鉄の空の層。そしてやはり鋳鉄のように重い手を持ち上げ、私は指令用電話の受話器を取る。

「上昇、四十五度！」

こもった爆発音――衝撃――船尾で荒れ狂う薄緑色の水の山。足元のデッキが動き、それはゴムのように柔らかく、そして下界のすべてが、全生涯が、永久に……。瞬く間に、漏斗（ろうと）のようなものの中にどんどん深く落ちていきながら、周囲のすべてが

24　［原注］これは昔の話で、まだタブレット紀元三世紀のことだった。

ぎゅっと収縮した。青い氷でできたような凸状の都市の図面、丸屋根の丸い泡、ぽつんと聳える蓄電塔の鉛の指。そして雨雲の綿のカーテンを一瞬で突き抜け、太陽と青空が現れた。数秒、数分、数マイル——青は急速に硬くなり、闇に満たされ、冷たい銀色の汗のしずくのように星が滲み出る……。

　そして不気味で、耐えがたいほどに明るく、真っ黒な、星が瞬く太陽の夜があった。まるでにわかに聴力を失ったかのようだ。パイプが吠えているのはまだ見えるが、見えるだけ。パイプは声を失った。静寂。同じように太陽も声を失った。

　それは自然なことで、当然予想される事態だった。私たちは地球の大気圏を脱したのである。しかしどうした訳か、すべてが急で思いがけなかったので、周囲の誰もが怖じ気づき、静かになった。私には——私にはこの幻想的な物言わぬ太陽の下にいる方が気楽にすら思えた。まるで最後の痙攣を終え、すでに不可避の敷居を跨いでしまったかのように。体は下界のどこかにあるのだが、私は新しい世界を飛んでいて、そこではすべてが以前とは異なり、あべこべになっているはず……。

「このまま進め」私はエンジンルームに向かって叫んだ。あるいは、叫んだのは私ではなく、例の私の中の蓄音機だったのか。そしてこの蓄音機は、蝶番のついた機械の手で〈第二建造技師〉に指令用の受話器を渡した。私は自分にだけ聞こえる微細な分子の震えに全身を覆われ、駆け下りていった——探しに……。

ワードルームの扉——一時間後には重々しい音を立ててロックされる扉……。扉のそばには見知らぬ背の低い男がいた。群衆の中に紛れてしまいそうな百人並み、千人並みの顔つきだが、腕だけは異様に長く、膝のところまである。誤って別の人間のセットから慌てて取ってきたかのようだ。

長い腕が伸び、行く手を遮った。

「どちらへ?」

こちらがすべてを知っているのを相手が知らないのは明白だ。いいだろう、そうする必要があるのかもしれない。だから私は上から、わざとぶっきらぼうに言ってやった。

「私は〈インテグラル〉の建造技師だ。試験飛行を指揮している。わかったか?」

腕が消えた。

ワードルーム。器具や地図の上には、灰色の剛毛に縁取られた頭たち。そして黄色い頭、禿げた頭、熟れた頭。さっと全員を一目で把握し、通路に戻ると、タラップを下りてエンジンルームへ向かう。噴射によって灼熱したパイプが発する熱気と轟音、光り輝くクランクの自棄（やけ）になって酔っ払った膝踊り（プリシャートカ）[25]、計器盤の針の一秒たりともやむことのないかすかな震え……。

そしてついに、タコメーターのそばにあの男を見つけた。額を手帳の上に低く垂れ下がらせている……。

「あの……（轟音のせいで直接耳に向かって叫ばなければならない）。彼女はここにいるんですか？　どこにいるんですか？」

影の中に――ひそめた眉の下から――微笑。

「彼女？　あそこです。無線電話室……」

私はそこへ向かう。いたのは三人。三人とも翼のついた兜型ヘッドホンを装着している。彼女はいつもより頭一つ分高く見え、古代のワルキューレのように翼があって、きらきら輝きながら空を舞っている。そして上部の無線アンテナの大きな青い火花は彼女から出ているように見え、ここに漂う稲妻の後のほのかなオゾンのにおいも、彼女から発せられているかのようだった。

「誰か……いや、君でもいい」私は（走ったせいで）息切れしながら彼女に言った。

「下に、地上の造船台に伝達しないといけないことがある……。来てください、口述するので……」

機器室の隣にボックス型の小さなキャビンがあった。並んで机に向かう。彼女の手を探り当て、ぎゅっと握りしめた。

「なあ、どうなんだ？　これからどうなる？」

「さあ。これがどれほど素晴らしいことかわかる？　何も知らずにただ飛んでいくの。どこへだっていいわ……。もうすぐ十二時だけど、どうなるかは誰にもわからない。そして夜……夜には私とあなたはどこにいるのかしら？　草の上かしら、乾いた葉っぱの上かしら……」

彼女から青い火花が出て、稲妻が香り、私の中の震えはいっそう頻繁になる。

「筆記してください」そう大声で言う私は（走ったせいで）いまだに息切れしている。

「時刻、十一時三十分。速度、六千八百……」

彼女は翼の兜の下から、紙から目を離すことなく、小声で言う。

25　ロシアの民族舞踊で、しゃがんで足を交互に前に出す動作。

「……昨晩、彼女があなたのメモを持ってやって来たわ……。わかってる、全部わかってるから。黙ってて。だけど赤ん坊はあなたの子なんでしょう？　彼女のことは送り出したから、今はもう壁の外よ。これで生きていけるわ……」

私は再びコマンドルームにいる。再び、譫言のような、黒い星空と目映い太陽の夜。一分また一分とゆっくり足を引きずるように進む壁の時計の針。そしてすべては霧に包まれたように、かろうじて（私だけが）気づくほどの微細な震えに覆われている。なぜか、事が起きるならここではなく、どこかもっと下の地上に近いところの方がいいような気がした。

「ストップ」私はエンジンルームに向かって叫んだ。

なおも惰性で前進してはいるものの、スピードは次第に落ちていく。そして今、〈インテグラル〉は一秒しか持たない髪の毛のようなものにしがみつき、一瞬静止してぶら下がった後、髪の毛はぷつりと切れ、〈インテグラル〉はどんどんスピードを上げながら石のように落下していった。沈黙の中、そんな風にして数分、数十分――脈の音が聞こえる――目の前の針はどんどん十二に近づく。そして明白だ。私は石で、Ｉは地面、私は誰かが放り投げた石で、石は是が非でも落下し、地面にぶつかって粉々に砕けなければならない……。だがもし……下にはすでに硬くて青い煙のような雲がある……だがもし……。

しかし、私の中の蓄音機は蝶番の手で正確に受話器を取り、「低速」と命じた。石は落下をやめた。そして〈インテグラル〉の重量を無効化するためだけに、下部の四本の分岐管——船尾に二本、船首に二本——が疲れたように噴射を行い、〈インテグラル〉はかすかに震えながら、錨を下ろしたようにしっかりと、地上約一キロメートルの上空で停止した。

全員がいっせいにデッキへ上がってきて（もうすぐ十二時、昼休みのベル）、ガラスの舷縁（ガンネル）越しに身を乗りだし、壁外の未知の世界を、眼下に広がる世界を急いで一気に呑み込んだ。琥珀色、緑色、青色。秋の森、草原、湖。碧（あお）い小皿の縁には何やら黄色い骨ばった廃墟があり、乾涸びた黄色の指が威嚇している。きっと、奇跡的に倒壊を免れた古代の教会の塔だろう。

「見ろ、見ろ！　ほらあそこ、もっと右！」

そこの緑の荒野を、何やら高速の斑点が茶色い影のように飛んでいた。私は双眼鏡を持っており、機械的にそれを目に近づけた。胸まである草の中を、褐色の馬の群れが尻尾を振り上げながら疾走しており、馬たちの背中には、栗毛や、白い毛や、黒い毛をした者たちが……。

私の背後から声。

「だから言ってるだろ、見たんだよ、顔を」

「まさか！　いい加減なことを言うな！」

「それなら、ほら、双眼鏡で見てみろよ……」

しかしもう消えていた。果てしない緑の荒野……。

そして荒野に——荒野全体を、私の全身を、すべての者を満たすように——けたたましいベルの震動が響きわたった。昼食、あと一分で十二時。

世界が刹那的でばらばらの破片となって砕ける。段の上に誰かの響きわたる金のバッジがあり、今それが自分の踵の下でバキッと音を立てたが、そんなことはどうでもいい。声——「だから顔を見たって言ってるだろ！」。暗い四角——ワードルームの開いた扉。鋭い微笑を浮かべる食いしばった白い歯……。

無限にゆっくり、一打ち一打ち息を殺して時計が時を打ちはじめ、前列がすでに動きだしたそのとき、扉の四角が急に見覚えのある不自然なほど長い二本の腕でバッテンされた。

「止まれ!」

私の手のひらに指が食い込んだ。それはIで、彼女は隣にいた。

「誰? 知ってる?」

「いやでも……こいつは君の……」

男は誰かの肩の上に乗っていた。大勢の顔の上に彼の顔が――百人並み、千人並みでありながら、それでも皆の中で唯一無二の顔があった。

「〈守護者〉の名において……。おまえたちに――私が話しかけている者たちよ、聞いているはずだ、一人一人に私の声が届いているはずだ――おまえたちに告げる。われらは知っている。まだおまえたちの番号は知らないが、われらはすべてを知っている。〈インテグラル〉はおまえたちのものにはならない! 試験飛行は完遂され、おまえたちが――もはや身動きする勇気もあるまい――おまえたちが、自らの手で、それを行うのだ。その後は……。だがまあ、これで終わりにしておこう……」

沈黙。足元のガラスの板は綿のように柔らかく、私の足も綿のように柔らかい。隣のIは真っ白な微笑を浮かべ、荒れ狂う青い火花を散らしている。歯の隙間から絞り出すように私の耳に向かってささやいた。

「ねえ、これはあなたの仕業？　《義務を果たした》ってわけ？　まあいいわ……」

手が私の手から振り解かれ、怒りの翼をつけたワルキューレの兜は遠く前の方にある。私は一人麻痺して、無言で、皆と同じようにワードルームの中へ入る……。

《だが俺じゃない、俺じゃないんだ！　このことは誰にも、あの白い口の利けないページ以外の誰にも……》

心の中で――音もなく、絶望的に、大声で――彼女にそう叫んでいた。彼女はテーブルの向かい側に座っていたが、一度たりとも私に目をくれなかった。彼女の隣には、誰かの熟れた黄色い禿げ頭があった。声が聞こえる（これはIだ）。

「《高潔さ》？　ですが教授、この言葉の簡単な文献学的分析でさえも、それが古代の封建時代の偏見であり遺物であることを示していますわ。一方われらは……」

私は自分が青ざめているのを感じた。今にも皆に気づかれるだろう……。しかし私の中の蓄音機は、規定の一口につき五十回の咀嚼動作を行い、私は自分の中に閉じこもった。古代の不透明な建物の中にいるように、扉を石で塞ぎ、窓をカーテンで覆った……。

その後、私の手には指令用の受話器が握られていた。そして氷のように冷たい最後の哀愁に浸りながらの飛行。雨雲を抜け、氷のように冷たい星と太陽の夜へ向かう。数分、数時間。そして私の中では、どうやら私自身にも聞こえない論理のモーターが、絶えず熱に浮かされたようにフル回転していたらしい。というのも、蒼い空間のある一点に、突然、私の書き物机が現れたからだ。机の上には、IOの鰓のような頰、しまい忘れた私の記録の用紙。明白だ。あの女しかいない。何もかも明白だ……。

ああ、せめて、せめて無線室までたどり着ければ……。翼の兜、青い稲妻の香り……。何か大声で彼女に話したことを覚えている。彼女が私を——まるで私がガラスだとでもいうように——透かし見たことを覚えている。そして遠くから声がした。

「地上からの通信を受けるのに忙しくて。口述はあの女にしてください」

ボックス型の小さなキャビンの中で少し考えてから、私は断固たる口調で書き取らせた。

「時刻、十四時四十分。下降！　エンジン停止。すべて終了」

コマンドルーム。〈インテグラル〉の機械の心臓が停止し、私たちは落ちていく。私の心臓は落下に追いつけずに遅れ、どんどん喉の方へ上がっていく。雲が見え、それから遠くに緑の斑点が現れ、ますます緑に、ますます鮮明になり、旋風のように私たちに迫ってくる——もうおしまいだ……。

〈第二建造技師〉の陶器のように白い歪んだ顔。たぶん、私を全力で突き飛ばしたのは彼だったのだろう。私は何かに頭をぶつけ、すでに視界は暗くなり、倒れながらぼんやりと耳にした。

「船尾、エンジン全開！」

がくんと急上昇……。後はもう何も覚えていない。

記録35

要点　箍（たが）をはめられ・ニンジン・殺人

一晩中眠れなかった。一晩中一つのことが頭から離れなかった……。

昨日の出来事の後、私の頭にはきつく包帯が巻かれている。それは包帯というより、箍（たが）のようだ。ガラスの鋼でできた無慈悲な箍が頭にリベットで留められ、私自身も同じ鍛造された環（わ）の中に閉じ込められている。I-330を殺す。I-330を殺す。それから彼女のところへ行って、《これで信じるか？》と言う。何にも増していやなのは、殺すというのがなんとなく不潔で、古代的で、何かを使って頭を叩き割る――そんなことを考えると、何やらいやになるほど甘い奇妙な感覚が口の中に広がり、私は唾を飲み込むことができず、絶えずハンカチに唾を吐くので、口の中が乾く。

自分の部屋の戸棚に、鋳造後に折れてしまった重いピストンロッドが一本しまってあった（破損箇所の構造を顕微鏡で調べる必要があったのだ）。私は自分の記録を筒状に丸め（あの女に私のすべてを最後の一文字まで読まれようがかまわない）、その中にロッドの破片を押し込み、下に降りた。階段は果てしなく、段は何やら不快なほど滑って水っぽく、私はずっと口をハンカチで拭っている……。

降りた。心臓がドクンと鳴った。私は立ち止まり、ロッドを抜き出し、監視員のデスクへ……。

だが、そこにＩ０はいなかった。空っぽの、氷のように冷たい机の板。今日は全労働が中止になったことを思い出した。皆、手術を受けに行かなければならない。なるほど、あの女がここにいないわけだ。記録する対象がいないのだから……。

外へ出る。風。いくつもの疾走する鋳鉄のプレートでできた空。昨日のある瞬間がこんな感じだった。世界全体が個々独立した鋭い破片に砕け、それぞれがまっしぐらに落下していきながら、一瞬の間だけ停止し、目の前の空中にぶら下がり、そして跡形もなく蒸発した。

このページの黒い正確な文字が突如ずれてしまい、びっくりして銘々が勝手な方向へと走りだし、一つの言葉も残らず、無意味な《くりし……々が勝……へと走……》

だけになったかのようだった。街頭にいたのは、まさしくそんな風にばらまかれた、列を成さない群衆だった。直進したり、後退したり、斜めに歩いたり、道を横切ったり。

そしてもう誰もいない。そして一瞬、まっしぐらに走りながら、すべてが凍りついた。二階の、宙に浮かぶガラスの細胞の中に、立ったままキスする男女がいた。女は全身を折れそうなほど反り返らせていた。これっきり、これが最後……。

とある一角では、ちくちくする頭の茂みが揺れ動いていた。頭上には離れて浮かんでいる旗、《打倒〈機械〉！　打倒〈手術〉！》の言葉。そして私は〈私から〉離れて瞬間的にこう考える。《誰もが心臓と一緒にしか抜き出せないような痛みを抱えているのか、誰もが何かをした後でないと……》。そして束の間、この世界には鋳鉄のように重い包みを握る（私の）獣じみた手以外には何もない……。

今度は一人の少年だ。全身を前に曲げ、下唇の下に影が落ちている。下唇はまくり上げた袖の折返しのように裏返り、そのために顔全体が裏返ったようになっている。彼は泣き喚いている。誰かから一目散に逃げているのだ。後を追う足音……。

少年を見て、《そうだ、Ю は今学校にいるに違いない、急がないと》と思った。私は最寄りの地下鉄の降り口へ向かって走った。

扉口で誰かが走りながら言った。

「運休だ！　電車は今日は運休だ！　あそこには……」

私は下に降りた。そこは完全に狂乱の態を示していた。カットされたクリスタルの太陽の輝き。頭でびっしり突き固められたプラットホーム。空っぽの凍りついた車両。

そして静寂の中に声が響いた。彼女の声だ。見えなくてもわかる。あの弾力があって、しなやかで、鞭打つような声は知っている。あのどこかに、こめかみに向かって吊り上がった眉の鋭角三角形があるのだ……。私は叫んだ。

「行かせてくれ！　そこへ行かせてくれ！　私はどうしても……」

だが、誰かの釘抜きペンチのような手が私の腕や肩をつかんだ。そして静寂の中に声が響いた。

「……いいえ、走って上に戻るがいいわ！　そこであなたたちは治療され、贅沢な幸福をお腹いっぱい与えられ、そして満腹したあなたたちは、安らかに微睡み、組織的に、調子を合わせて鼾（いびき）をかくのよ。この偉大な鼾の交響曲（シンフォニー）が聞こえないの？　おかしな人たちね。蛆虫のように身をよじらせ、蛆虫のようにひどく心を苛（さいな）む疑問符から、あなたたちは解き放たれようとしているのに。それなのにあなたたちときたら、こんなところに突っ立って、私なんかの話に耳を傾けている。早く上に戻って、〈大手術〉を受けるがいいわ！　私がここに一人で残ることが、あなたたちに何の関係があるの？　自分がしたいことを他人に決められるのがいやで、自分がしたいことをしたいとして、それがあなたたちに何の関係があるの？　たとえ私が不可能なことを……」

緩慢で重々しい別の声。

「ほほう！　不可能なことだと？　それはつまり、自分の愚かな空想を追い求め、空想に自分の鼻先で尻尾を振らせるということか？　いいや、われらは尻尾をつかんで踏みつけ、それから……」

「それから尻尾を喰らって、鼾をかいて、そしてまた鼻先に新しい尻尾が必要になるってわけね。古代にはそんな動物がいたそうよ。ロバっていうの。ずっと前に進ませるために、鼻先の梶棒の、ロバが届かないところにニンジンを結びつけた。もし届いて食べちゃったら……」

突然ペンチから解放され、私は彼女が話している中心の方へ飛んでいった。その瞬間、すべてが崩れ落ち、押し合いになった。背後で叫び声が上がる。「来るぞ、こっちへ来る！」光が飛び跳ねて消えた——誰かが電線を切ったのだ——そして雪崩、叫び声、掠れ声、頭、指……。

そうやって地下のチューブをどれくらい走っただろう。ようやく階段があった。薄明かりが次第に明るさを増し、私たちは再び通りに出て、扇形に様々な方角へ散っていった……。

また一人になった。風、灰色の、すぐ頭上に低く降りた黄昏。舗道の濡れたガラスのとても深いところに、逆さまの明かりが、壁が、逆立ちして歩く人々の姿が見えた。そして手の中にある信じられないほど重い包みが、私をその深みへと、どん底へと引きずっていく。

下にあるデスク。Юはまたしてもおらず、彼女の部屋は空っぽで暗かった。

自分の部屋に上がって明かりを点けた。きつく箍で締めつけられたこめかみが脈打ち、私はなおも同じ環をはめられたまま歩き回った。机、机の上の白い包み、ベッド、扉、机、白い包み……。部屋の左側はブラインドが下りている。右側では、でこぼこした禿げ頭が本の上に覆いかぶさっている。その額は巨大な黄色い放物線だ。額の皺は判読不能な黄色い文字列だ。時折目が合い、そのたびにこの黄色い文章は私のことを書いているのだと感じた。

……それは二十一時ちょうどのことだった。Юが自分からやって来たのだ。一つだけはっきりと記憶に残っていることがある。呼吸の音が自分でも聞こえるほど大きく、なんとか小さくしたいのに、それができない。

彼女は腰を下ろし、膝の上でユニファを伸ばした。ピンクっぽい茶色の鰓が震えていた。

「ああ、あなた、では本当ですのね、お怪我をなさったというのは？　それを聞いてすぐに……」

ロッドは目の前の机の上にある。さらに大きな音で呼吸しながら、私はさっと立ち上がった。私はすでに頭にその場所を見ており、言葉半ばで口を噤み、なぜか自分も立ち上がった。彼女はそれを聞きつけると、口の中にはいやになるほど甘い……ハンカチを——だがハンカチはなく、床に唾を吐いた。

右側の壁の向こうにいる男。そのじっと凝らした黄色い額には私のことが書いてある。見られないようにしなければ。見られているとなると、さらに不愉快なことになる……。私はボタンを押した。何の権利もないが、もはやどうでもいいではないか。

ブラインドが下りた。

何かに感づいて悟ったのか、彼女は扉に向かってダッシュした。しかし私の方が早かった。大きな音を立てて呼吸しながら、片時も頭のその場所から目を離さず……。

「あなた……お気は確かですか！　まさかそんなことを……」彼女は後退り、ベッドに座り――正確には倒れ――震えながら、合わせた手のひらを膝の間に押し込んだ。

私は全身をバネにして、なおも視線で彼女をしっかり押さえつけながら、ゆっくりと机に手を伸ばし――片手だけが動いていた――ロッドをつかんだ。

「お願いです！　一日、一日だけでいいですから！　明日、明日には出頭して全部すませますから……」

何の話だ？　私は手を振り上げ……。

そして私は彼女を殺したのだと思う。そうだ、未知の読者よ、諸君には私を人殺しと呼ぶ権利がある。私は彼女の頭にロッドを振り下ろしていたに違いないのだ。もしも彼女がこう叫ばなかったなら。

「お願い……お願い……わかったわ、だから……すぐにやるから」

震える手で彼女はユニファを脱ぎ捨てた。広々とした黄色いたるんだ体がベッドに仰向けに倒れた……。そこでやっと合点がいった。この女は、私がブラインドを下ろしたのを、私が彼女を求めているからだと思ったのだ……。

それはあまりにも意外で馬鹿馬鹿しいことだったので、私はげらげら笑いだした。そして即座に私の中できつく巻かれていたバネが割れ、手から力が抜け、ロッドがごとんと床に落ちた。笑いはもっとも恐ろしい武器だということを、私は身をもって味わった。笑いであらゆるものを殺せるのだ——殺人という行為すらも。

私は机に着いて笑っていた。絶望的な最後の笑い。そしてこの馬鹿げた状態からの出口はどこにも見当たらなかった。仮に自然の成り行きに従って事態が進展していた場合、結末がどうなっていたかはわからない。しかしそこで突然、新たな外的要素が現れた。電話が鳴りだしたのである。

私は飛んでいき、受話器を握りしめた。ひょっとして彼女か？ 受話器には誰か聞き覚えのない声がした。

「少々お待ちを」

うんざりするほど長い無限の唸り。遠くで重い足音がした。足音はますます近づき、ますます轟き、ますます鋳鉄じみていき、そして……。

「Л‐503？　そうか……。〈恩人〉だがね。至急来るように！」

ガチャンと受話器が下ろされた。

Ю は相変わらずベッドに寝そべり、目は閉じ、鰓は微笑で左右に大きく広がってい

る。私は床から彼女の服を掻き集め、彼女に向かって投げつけた。口の中でぶつぶつ

言う。

「ほら！　さっさと、さっさと！」

彼女は片肘を突いて体を起こした。両の乳房がぺたっと脇に垂れ、目が丸くなり、

全身が蠟のように白くなった。

「どうしたの？」

「どうしたもこうしたもない。ほら、服を着てください！」

彼女は体をぎゅっと縮こめ、しっかり服にしがみつくと、押しつぶされたような声

で言った。

「あっちを向いてて……」

私は背を向け、額をガラスに押しつけた。黒い濡れた鏡の中で、明かりが、人影が、

火花が震えていた。違う、これは私だ、私の中で起こっているのだ……。なぜあのお

方が私を？　まさかすでに彼女のことも、私のことも、何もかも知られているのか？

Юはすでに服を着て扉口にいた。そちらへ二歩進み、彼女の手を握りしめた。自分に必要なものを、まさにその手から今すぐ一滴一滴搾り出そうとするかのように。

「ねえ……。彼女の名前を――誰のことかはわかりますね――彼女のことを告げたのですか？　そうじゃない？　真実だけを話してください、知る必要があるんです……もうどうでもいいんですが、真実だけは……」

「言ってません」

「言ってない？　でもどうして……あそこへ行って報告したのなら……」

　彼女の下唇が突然あの少年のように裏返った。そして頰から、頰を伝ってしずくが……。

「だって……怖かったんですもの、もしあの女を……そしたらあなたは……あなたはもう私のことを愛……。ああ、できません、できなかったのです！」

　それは真実だと私は悟った。不条理で、滑稽で、人間的な真実だ！　私は扉を開けた。

記録36

要点　空白のページ・キリスト教の神・私の母について

妙なことに、私の頭の中に空白の白いページがあるようだ。どうやってそこへ行ったのか、どんな風に待っていたのか（待っていたのは知っている）、何も覚えていない。音一つ、顔一つ、身振り一つ。あたかも私と世界とを結ぶ電線がすべて切断されたかのように。

ふと気がつくと、私はすでにあのお方の前に立っており、目を上げるのも恐ろしい。巨大な鋳鉄の手が膝の上に見えるだけだ。この手があのお方自身を圧迫し、膝を折り曲げていた。あのお方はゆっくりと指を動かした。顔は霧に包まれ、どこか上の方にあって、単にそのような高所から私のもとへ届くからなのだろうか、あのお方の声は雷のように轟くことも、私の耳を聾することもなく、むしろ普通の人間の声に似ていた。

「さて、君もなのか？〈インテグラル〉の〈建造技師〉である君が？　もっとも偉大な征服者（コンキスタドール）になるべく定められた君が。その名が〈単一国〉の歴史の輝かしい新章の幕開けとなるはずの君が……。その君が？」

血が頭や頬にどっと押し寄せた。またもや白いページ。ただこめかみが脈打ち、上の方では声が響きわたっているが、一言も聞き取れない。声がやんでようやく我に返り、私は見た。手が百プードの重みを持つように動き、ゆっくりと這い、そして一本の指が私を差した。

「どうした？　何を黙っている？　そうなのか、違うのか？　死刑執行人だと？」

「そうです」私はおとなしく答えた。それから先はあのお方の言葉が一語一語はっきりと聞こえた。

「まあよい。私がそんな言葉を恐れると思うか？　君はその言葉の殻を取って、中に何があるか見ようとしたことはあるかね？　今から見せてやろう。思い出すがいい。青い丘、十字架、群衆。上には血しぶきを浴びながら体を十字架に打ちつけている者たちがいる。下には涙にまみれながらそれを眺めている者たちがいる。上の者たちの役割がもっとも困難で、もっとも重要だとは思わないかね？　彼らがいなければ、この壮大な悲劇ははたしてすべて上演されただろうか？　彼らは暗愚な群衆から口笛で非難されたが、そのために悲劇の作者たる神はさらに惜しみなく彼らに報いるべきなのだ。そしてキリスト教のもっとも慈悲深い神自身にしてからが、反抗する者は誰であれ地獄の業火でゆっくりと焼いた。彼は死刑執行人ではないのかね？　それに、キリスト教徒によって火焙りにされた者の数は、火焙りにされたキリスト教徒の数より少なかっただろうか？　にもかかわらずだ。いいかね、にもかかわらず、この神は何世紀にもわたって愛の神として賛美されてきたのだ。不条理だと？　否、反対だ。これは根絶しがたい人間の思慮というものを認める血書きの特許証（パテント）なのだ。当時の毛深い野蛮人ですら、真正で代数学的な人類愛は必ずや非人間的であり、真理の必須の特徴はその無慈悲さだということを理解していた。火にとって焼くということが必須の特徴であるようにな。焼かない火を見せてくれるか？　さあ、証明したまえ、議論したまえ！」

どうして議論できよう？　それが（以前の）私の考えだとすれば、どうして議論などできようか。ただ私はその考えに、これほどまでに鍛え上げられた光り輝く鎧を着せることは決してできなかった。私は黙っていた……。

「もしもそれが同意を意味するのなら、子どもが寝た後の大人たちのように、すべてをとことんまで語り合おうではないか。私から訊ねよう。人々は幼い頃から何を祈り、夢想し、悩むだろう？　幸福とはこういうものだと誰かにきっぱり言ってもらい、それからこの幸福に鎖でつないでもらうことだ。われらが現在行っていることは、それでなければ何なのだ？　楽園をめぐる古代の夢想……。思い出したまえ。楽園ではもはや願望も知られず、憐れみも知られず、愛も知られず、そこには至福の、手術で想像力を摘出された（だからこそ至福の）天使が、神の奴隷がいる……。そして今、われらがすでにこの夢想に追いつき、こんな風につかんだときに（あのお方の手が握りしめられた。もしその中に石があれば、石から汁が飛び散ったことだろう）、あとはもう獲物の皮と内臓を取り除いて細かく分けるだけとなったときに、まさにそんなときに君は、君というやつは……」

鋳鉄の唸りがいきなり途切れた。私は全身真っ赤で、まるで鉄敷の上でハンマーがガツンと打ち下ろされるのを待っている金属片のようだった。ハンマーは無言で覆いかぶさり、待つのはさらに……恐ろし……。

突然——

「君は何歳(いくつ)だ?」

「三十二歳です」

「ちょうどその半分の十六歳のようにナイーブだな! いいか、本当に一度も頭に浮かばなかったというのかね? やつらに——まだ名前は知らないが、きっと君から知ることができるだろう——やつらに君が必要だったのは、ただ〈インテグラル〉の〈建造技師〉としてだけで、ただ君を通じて……」

「やめてください! やめて」私は叫んだ。

……それは手で体を庇い、弾丸に向かって叫ぶようなものだった。自分の滑稽な《やめて》がまだ聞こえているうちに、弾丸はすでに貫通し、体はすでに床の上で痙攣している。

そう、そうだ。〈インテグラル〉の〈建造技師〉……。そう、そうだ……するとたちまち、激昂して赤煉瓦色の鰓をぶるぶる震わせているIOの顔が浮かんだ。あの二人が一緒に私の部屋にいたあの朝……。

とても鮮明に覚えている。私は笑いだし、目を上げたのだった。私の前には禿げた男が、ソクラテスのように禿げた男が座っており、禿げた頭には細かい玉の汗が浮かんでいた。

すべてはなんと単純なのだろう。何もかも壮大に陳腐で、滑稽なほど単純だ。笑いが息を詰まらせ、いくつもの塊となって飛び出した。私は口を手のひらでふさぎ、一目散に外へ飛び出した。

階段、風、濡れて飛び跳ねる灯火や顔の破片。そして走りながら考える。《いや！彼女に会うんだ！　もう一度だけ彼女に会うんだ！》

そこで再び空白の白いページ。覚えているのは足だけ。人ではなく、まさに足。てんでばらばらに踏み鳴らされ、どこか上の方から舗道に落ちてくる数百の足、重たい足の雨。何やら陽気で不埒な歌、叫び声。私に向かって叫んでいるらしい。「おーい！　おーい！　こっちへ来い、仲間に加われ！」

それから、張り詰めた風が天辺まで詰め込まれた無人の広場。中央には生気を欠いた重くて恐ろしい巨体。〈恩人の機械〉。そこから私の中に、まるで不意打ちのようなこだまが生じた。目映いほど白い枕、枕の上で半ば目を閉じて反り返った頭、鋭くて甘い一筋の歯……。こうしたすべてが〈機械〉と何らかの不条理で恐ろしい結びつきを持っていた。どんな結びつきかは知っているが、まだ見たくない、声に出して言いたくない。いやだ、だめだ。

私は目を閉じ、上の〈機械〉へと続く段の上に腰を下ろした。きっと雨が降っていたのだろう、顔が濡れている。どこか遠くで虚ろな叫び声がする。しかし誰にも聞こえない、私が叫んでいるのは誰にも聞こえない。ここから私を救ってくれ、助けてくれ！

古代人のようにもしも私に母がいたら。私の――そう、まさに私の母が。そして母にとって私が、〈インテグラル〉の〈建造技師〉でも、ナンバーД‐503でも、〈単一国〉の一分子でもなく、単なる人間のかけら、母自身のかけら、踏みにじられ、押しつぶされ、投げ捨てられたかけらだったら……。そして釘づけにするのが私でも、釘づけにされるのが私でも――どちらも同じことかもしれないが――誰にも聞こえない叫びを母が聞いてくれたら、母の唇が、老婆のような、皺が生い茂った唇が……。

記録37

要点　繊毛虫・世界の終わり・彼女の部屋

　朝の食堂で、左側に座っていた男が驚いて私にささやいた。

「ほら、食べてください！　見られていますよ！」

　私は精一杯微笑んだ。微笑は顔に入った亀裂のように感じられた。微笑んでいると亀裂の端がどんどん広がり、そのせいでどんどん痛くなる……。

　それから先はこうだ。どうにか立方体の食べ物をフォークで拾い上げた途端、フォークが手の中で震え、ガチャンと皿にぶつかった。そしてテーブルや壁や食器や空気が鳴動しはじめ、外では天まで届く巨大な鉄の丸い唸りが頭を越え、建物を越えて広がり、そして遠くで、水面の波紋のように、かろうじてそれとわかるほどの細かい輪を描いて消えた。

一瞬のうちに私は、色あせ色落ちした顔、全速運転中にストップさせられた口、空中で凍りついたフォークを見た。

それからすべてがこんがらがり、長年のレールから脱線し、全員が（国歌も歌わず）飛び上がるように席を立った。拍子を乱しながらもどうにか咀嚼を終え、喉を詰まらせながら互いの体にしがみつく。「何だ？　何が起きた？　何だ？」そして、かつては整然とした偉大な〈機械〉だったものが無秩序な破片と化し、全員が下へ向かって駆けだした。エレベーターへ向かう者、階段を下りる者。段、足音、切れ切れの言葉。まるで引き裂かれて風に舞い上がる手紙の切れ端のようだ……。

近隣のすべての建物からも同様に人がぞろぞろ出てきて、一分後の大通りは顕微鏡で見た水滴のような有り様だった。ガラスのように透明なしずくの中に閉じ込められた繊毛虫たちが、呆然として上下左右に動き回っている。

「ははあ」誰かの勝ち誇ったような声がした。私の前には後頭部と空に向けられた指があった。黄色がかったピンクの爪と、地平の彼方から這い出てきたような白い爪半月をとてもはっきりと覚えている。それはまるでコンパスだった。数百の目がその指に従って空に向けられた。

そこでは黒雲が何か目に見えない追跡から逃れるように疾走し、互いに押し合い、飛び越え合っていた。そして雲に彩られた〈守護者〉の黒ずんだアエロが何機も、黒いチューブを象の鼻のようにぶらりと垂らしながら飛んでおり、さらに遠く、西の方にも何か似たものが……。

最初は誰もそれが何だかわからなかった。（不幸にも）他の誰よりも事情に明るかった私にすらわからなかった。それは黒いアエロの大群に似ていた。どこか信じられないほどの高所に、高速で動くかろうじて見える点々があった。次第に近づいてくる。上から掠れた喉声のような音のしずくが垂れ、そしてついに、私たちの頭上に鳥たちが現れた。甲高い声を上げながら落下する黒い鋭角三角形となって空を満たし、嵐に打ち落とされた彼らは、丸屋根に、屋根に、柱に、バルコニーに止まった。

「ははあ」勝ち誇ったような後頭部が振り返った。見ると、例のひそめた眉の男だ。だが今、以前の彼から残っていたのは《ひそめた眉の男》というタイトルだけで、彼はどういうわけかその永久不変のひそめた眉から這い出てしまい、顔の目や唇の周りには、光線が髪の房のように伸びていた。彼は微笑んでいた。

「わかりますか」風の唸りや羽音や鳴き声の間から、彼は私に叫んだ。「わかりますか、〈壁〉が、〈壁〉が爆破されたんですよ！　わーかーりーまーすーかー？」

通りがかりに、背景のどこかに、人影が次々に現れては消えた。頭を前に伸ばし、急いで建物の中へ駆け込んでいく。舗道の真ん中では手術を受けた連中が、足早に、にもかかわらず（重々しさのために）一見ゆっくりと、雪崩を打って西へ向かっている。

……唇や目の周りに伸びる髪の房のような光線。私は彼の手をつかんだ。

「あの、彼女は、Iはどこですか？　あそこですか、〈壁〉の外ですか、それとも……。私は必ず――聞いてるんですか？　今すぐ、もう限界なんです……」

「ここですよ」彼は酔ったように陽気に叫んだ。丈夫な黄色い歯……。「ここで彼女は、街の中で活動しています。おお、われらは活動しているのだ！」

われらとは誰だ？　私は誰だ？

彼のそばに同じような連中が五十人ほどいた。暗いひそめた眉の下から這い出してきた、大声で、陽気で、丈夫な歯を持つ者たち。開いた口で嵐を呑み込み、見た目はおとなしそうで怖くない電気殺傷器（エレクトロキューター）を振りながら（どこでそんなものを入手したのだろう？）、彼らもまた手術された連中の後から西へ動きだした。ただし迂回して、平行に、48番大通りを……。

風でなわれた堅いロープに足を取られながら、私は彼女のもとへ走った。何のために？ わからない。何度もつまずいた。人気の絶えた街路、異質で野蛮な都市、勝ち誇って鳴りやまない鳥の喧噪、世界の終わり。壁のガラス越しに、いくつかの建物の中に私は見た（突き刺さった）。男女のナンバーが恥じらいもなく性交している。ブラインドも下げず、何のクーポンもなしに、白昼堂々と……。

建物――彼女の住む建物だ。途方に暮れたように開け放たれた扉。下の監視員のデスクには誰もいない。エレベーターは中ほどの階でぐずぐずしていた。息を弾ませながら、私は果てしない階段を駆け上った。廊下。素早く、車の輻のように、扉の部屋番号が流れていく。320、326、330……I‐330、これだ！

ガラスの扉越しに、部屋中のものが撒き散らされ、ごちゃ混ぜにされ、揉みくちゃにされているのが見えた。慌ててひっくり返された椅子。うつぶせで、四本の脚をすべて上に向けている。まるで死んだ家畜だ。ベッドは無様に壁から斜めにずらされている。床には踏みつけられたピンククーポンが花びらのように散らばっている。

私は身を屈め、一枚、二枚、三枚と拾った。すべてにД‐503とあった。すべてに私がいた。溶解し、縁からあふれ出た私のしずくがあった。残ったものはこれだけだった……。

なぜか、これを床にこのままにして、その上を人が歩けるようにしてはならないと思った。私はひと握りつかんで机の上に置き、注意深く皺を伸ばし、ちらっと見た。そして……笑いだした。

以前の私はそれを知らなかったが、今は知っている。諸君もご存じだろう、笑いには様々な色があることを。それは己の内部で起きた爆発の遠いこだまにすぎない。それは祭の赤や青や金のロケットかもしれないし、打ち上がったのは人肉片だったかもしれない……。

クーポンにちらっと見えたのは、まったく知らない名前だった。数字の方は忘れたが、Φ（エフ）という文字だけは覚えている。クーポンを残らず机から床に払い落とし、それを——自分を——踵で踏みつけた。くそ、なんてこった。そして外へ出た……。

扉に面した廊下の窓敷居に腰かけ、なおも何かを、ぼんやりと、長いこと待ちつづけた。左の方でパタパタと足音がした。老人だ。その顔はまるで、穴を開けられて空になり、皺にびっしり覆われた浮き袋のようで、穴からはまだ透明な何かが垂れ、ゆっくりと流れ落ちている。ゆっくりと、おぼろげに理解した。これは涙だ。そしてすでに老人が遠ざかってようやく、私はふと気がついて呼び止めた。

「あの、すみません、ナンバーI-330をご存じありませんか……」

老人は振り向き、絶望的に手を振ると、足を引きずりながら先へ歩いていった……。

黄昏時に私は自分の部屋に戻った。西の空は一秒ごとに薄青色の痙攣に締めつけられていた。そしてその方角から、虚ろな、何かに包まれたような唸りがやってきた。

屋根は火の消えた黒い燃え滓(かす)に覆い尽くされていた。鳥だった。ベッドに横たわると、たちまち眠りが野獣のように襲いかかり、私を絞め殺した……。

記録38

あるいは、要点はすべて次の一言に尽きる――投げ捨てられた煙草

要点　何が要点かわからない

気がついた。目映ゆい光、見るのが痛いほどだ。目を細める。ひりつく青い煙のようなものが頭の中に充満しており、すべてが霧に包まれている。そしてその霧を通して考える。

《だが明かりは点けなかったのに、どうして……》

私はがばっと飛び起きた。机に向かい、片手で顎を支え、薄笑いを浮かべながら、Iが私を眺めていた……。

まさにその机で、私は今これを書いている。すでにあの十分か十五分かは、容赦なく巻き上げられ、この上なく堅いバネと化したあの時間は過ぎ去った。それなのに、

扉はたった今彼女の背後で閉まったばかりで、まだ追いついて手をつかむことができ、そうすれば彼女が笑って何か言ってくれるような気がしている……。

Iは机に向かって座っていた。私は彼女の方へ飛んでいった。

「I、おまえなんだな！ 俺は、俺はおまえの部屋を見たんだ。俺はてっきりおまえが――」

しかし途中で、鋭く微動だにしないまつ毛の槍にぶつかって、はたと口を噤んだ。思い出したのだ。あのとき、〈インテグラル〉でもこんな目を向けられた。だから今すぐ、直ちに、彼女にすべてを話さなければならない。信じてもらえるように。さもないともう二度と……。

「聞いてくれ、I、俺は必ず……必ずおまえにすべてを……。いやいや、ちょっと待ってくれ。水だけ飲んでから……」

口の中は吸取紙で覆われたように乾いていた。私は水を注ごうとするが、できない。コップを机に置き、水差しを両手でしっかりとつかんだ。

今になって、青い煙が煙草の煙だったとわかった。彼女はそれを口に持っていって吸い、私が水を飲むのと同じように、貪るように煙を呑み込んだ。そして言った。

「いいのよ。黙って。どうでもいいでしょ。ご覧の通り、それでも来てあげたんだから。下で人が待ってるの。それであなたの望みは、この私たちの最後の時間を……」

彼女は煙草を床に投げ捨て、椅子の肘掛けから全身をぐっと後ろに乗り出した（そこの壁にボタンがあって、彼女には届きにくかったのだ）。椅子がぐらっと揺れ、二本の脚が床から浮いたことを覚えている。それからブラインドが下りた。

近づいてきて、ぎゅっと抱きしめた。ドレス越しの彼女の膝。緩慢で、優しくて、温かい、すべてをすっぽりと包み込む毒……。

と、いきなり……。よくあることだが、甘美で温かい夢に全身どっぷり浸っていると、いきなり何かに突き刺され、びくっと震えてまた目がぱちりと開く……。今もそんな感じだった。彼女の部屋の床の踏みつけられたピンククーポン、その一枚にはΦの文字、そして何かの数字……。自分の中でそれらが絡まり合ってひと塊になり、今でもそれがどんな感覚だったか言うことはできないけれども、とにかく私は彼女をきつく抱きしめ、彼女は痛くて叫び声を上げたほどだった……。

この十分か十五分かのうちのもう一分。目映いほど白い枕の上に、半ば目を閉じて反り返った頭、鋭くて甘い一筋の歯。それが絶えず執拗に、不条理に、苦痛に、あることを、考えてはならないことを、今考える必要のないことを思い出させようとする。そして私は、いっそう優しく、いっそう容赦なく、彼女の体を締めつける。私の指が作る青痣はいっそう鮮やかになる……。

彼女は言った（目を開けずに――私はそれに気づいた）。

「昨日〈恩人〉のところへ行ったそうね？　本当なの？」

「ああ、本当だ」

するとぱっと目が開いた。そして彼女の顔がさっと青ざめ、薄れ、消え失せ、目だけになってしまう様を、私は満足げに眺めた。

そしてすべてを話した。ただ、なぜかはわからないが……いや、嘘だ、わかっている。ある一つのことだけは黙っていた。あのお方が最後に言ったこと、彼らに私が必要なのはただ……。

現像液に浸した写真のように、徐々に彼女の顔が現れてきた。頬、白い一筋の歯、唇。立ち上がり、クローゼットの鏡の扉に近づいた。

また口の中が乾く。私は水を注いだが、飲むのはいやだった。コップを机に置いて訊ねた。

「そのために来たのか、突き止める必要があったから？」

鏡の中から私の方へ、こめかみに向かって吊り上がった眉の嘲笑的な鋭角三角形が向けられていた。彼女は振り向いて何か言おうとしたが、何も言わなかった。

「言わなくていい。わかってる」

さよならを言おうか？　自分の――他人の――足を動かしたところ、椅子に引っ掛かった。椅子はうつぶせに倒れた。彼女の部屋にあったのと同じように死んでいる。彼女の唇は冷たかった。いつだったたか、私の部屋のベッドのそばの床も、やはり同じように冷たかった。

彼女が出ていくと、私は床に座り、彼女に投げ捨てられた煙草の上に屈み込んで――

これ以上は書けない。書きたくない！

記録39

要点　終わり

これはすべて、飽和溶液に投げ込まれた最後の塩粒のようなものだった。急速に棘ができて結晶が広がり、凝固し、凍りついた。すべてが決したことは明らかだった。明朝、私はそれを実行する。それは自殺と同義だったが、そうすることでのみ私は復活するのかもしれない。なぜなら、殺された者だけが復活できるのだから。

西の空は一秒ごとに青い痙攣で震えていた。頭は火のように熱く、ずきずきと脈打っていた。そのまま一晩中まんじりともせず、朝の七時頃にようやく寝入ったときには、闇はすでに引っ込み、緑みを帯びはじめ、鳥に覆い尽くされた屋根が見えるようになっていた……。

目覚めるともう十時だった（どうも今朝はベルが鳴らなかったらしい）。机の上にはまだ昨日のまま、水の入ったコップが置いてあった。私は水をごくごく飲み干し、外へ飛び出した。すべてを速やかに、可及的速やかに行う必要があった。

　空は荒涼として青く、嵐にすっかり喰らい尽くされていた。影の角（かど）がちくちくして、何もかもが青い秋の空気から切り抜かれたように繊細で、触れるのが恐ろしい。今にもパリンと割れ、ガラスのように粉々に飛び散ってしまいそうだ。自分の内側もそんな状態だった。考えてはいけない、考える必要はない、さもないと……。

　だから私は考えず、おそらくはまともに見ることすらせず、ただ記録していた。舗道の上にどこかから落ちてきた枝があり、枝の葉は緑色、琥珀色、赤紫色。上空では鳥とアエロが交叉しながら飛び回っている。頭がある、開いた口がある、手が枝を振り回している。きっとこうしたものがすべて、喚いたり、鳴いたり、唸ったりしているのだろう……。

　お次は、何かの疫病で一掃されたかのようにがらんとした街路。何か、耐えがたいほど柔らかくて、よく曲がるのに、それでいてやはり動かないものにつまずいたのを覚えている。屈んでみると死体だった。仰向けに横たわり、曲げた脚を女のように開いている。その顔は……。

私は厚い黒人風の唇と、今なお笑いをほとばしらせているかのような歯に気づいた。目をぎゅっと細め、私の顔に笑いかけている。一秒——そして私は彼を跨いで駆けだした。なぜならもう耐えられなかったからで、一刻も早くすべてを実行しなくてはならない。さもないと、過度な重みがかかったレールのように折れ曲がってしまいそうだ……。

幸いもう二十歩というところで、すでに看板が見えていた。金字で〈守護者局〉とある。敷居で私は立ち止まり、できるだけ息を吸い込み、そして中に入った。

内部の廊下では、書類や厚いノートを手にしたナンバーたちが果てしない鎖のように一列に並んでいた。ゆっくりと一歩、二歩進んだかと思うと、また立ち止まる。私は鎖に沿って駆けずり回り、頭は割れそうで、彼らの袖をつかんでは懇願した。あたかも病人が、一瞬の激烈な苦痛によって即座にすべてを一刀両断できるような何かを、一刻も早く与えてくれと懇願するかのように。

ある女性はユニファの上からベルトをきつく締め、臀部（でんぶ）の二つの半球がはっきり突き出しており、まるでそこに目があるかのようにたえず左右に動かしていた。彼女は私に向かって鼻息荒く言った。

「この人は腹痛だとさ！　トイレに連れてってあげな。ほら、右の二番目の扉だよ……」

私に笑いが浴びせられる。この笑いのせいで何かが喉に込み上げてきて、今にも叫びだすか……あるいは……。

突然、背後から誰かに肘をつかまれた。私は振り向いた。透明な翼の耳。だが、いつものようにピンクではなく、真っ赤になっていた。喉仏がもぞもぞした。今にも薄い覆いが破れそうだ。

「どうしてここに？」彼は素早く視線のドリルを私にねじ込みながら訊ねた。

私はいきなり彼にしがみついた。

「早く、あなたの部屋へ……。すべてを話さないと。今すぐ！　本当にあなたでよかった……。もしかすると、あなただったのは恐ろしいことなのかもしれませんが、でもよかった、よかった……」

この男も彼女を知っており、それが私にはなおのこと苦しかったが、話を聞けば彼も震え上がるだろう。そして私たちは二人で殺すことになり、最後の瞬間に私はもはや一人でいることはない……。

扉がバタンと閉まった。扉の下に何か紙きれが引っかかって、扉が閉まるときに床を擦り、それから一種独特な真空の静寂がガラスの鐘のように覆いかぶさったのを覚えている。彼が何か一言、何でもいい、どんなくだらない言葉でも何か言ってくれさえすれば、私はすぐに話を始めただろう。しかし彼は黙っていた。

緊張のあまり耳鳴りがしはじめた私は、（相手のことは見ずに）言った。

「最初からいつもあの女を憎んでいたのだと思います。私は闘いました……。しかし——いいえ、違います、信じないでください。救われることはできたのに、私はそれを望まず、破滅することを望んだのです。それが何よりも大切なことで……つまり、破滅することができではなく、あの女に……。そしてこの今でさえ、すでにすべてを知っている今でさえ……。ご存じですか、私が〈恩人〉に呼び出されたことをご存じですか？」

「ええ、知っています」

「ですが、あのお方から言われたことは……。わかってください、それはちょうど、たった今自分の足元の床が引き抜かれたようなものです。そしてそこの机の上にあるすべてのものと一緒に、紙やインクごと……インクがぶちまけられ、何もかもインクまみれになって……」

「続けて、続けて！　それに急いでくださいよ。外で他の人たちが待っていますから」

そこで私は、息を詰まらせ、しどろもどろになりながら、あったことをすべて、ここに記したことをすべて物語った。本当の私のこと、毛深い私のこと、彼女があのとき私の手について言ったこと――そう、まさにあれからすべてが始まったのだ――あのときの私が自分の義務を果たそうとしなかったこと、自己欺瞞に耽ったこと、彼女が偽造した証明書を手に入れたこと、自分が日に日に錆びついていったこと、地下の廊下のこと、〈緑の壁〉の外のこと……。

こうしたすべてが無様な塊や断片となり、私は息が詰まり、言葉が足りなかった。歪んだ、二度カーブした唇が、にやにやしながら私に必要な言葉を近づけては、私はありがたく、そうです、そうです、とうなずくのだった……。そして（これはいったいどうしたことだ？）もはや彼が私の代わりに話しており、私はただ聴いているだけなのだ。「はい、それから……。まったくその通りでした、はい、はい！」

私はエーテルを塗られたように襟元が冷たくなっていくのを感じ、やっとの思いで質問する。

「ですがどうして……ご存じのはずがないのに……」

彼の顔に薄笑いが浮かび、無言でどんどん歪んでいく……。それから言った。

「ところで、あなたは何か私に隠し事をしようとしましたね。先ほどあなたは〈壁〉の外で見た人間の名前をすべて列挙しましたが、一人だけ忘れました。そんなことはないと？　では覚えていませんか、あそこでちらっと、一瞬だけ見ませんでしたか……私を？　ええ、そうです。私を」

間。

そして突然、稲妻のように、赤裸々に、恥知らずなほど明白になる。この男、この男も彼らの……。私のすべて、私の苦悩のすべて、疲れ切り、最後の力を振り絞り、まるで偉業のようにここへ運んできたすべて、こうしたすべては、古代のアブラハムとイサクの話のように滑稽なだけだった。アブラハムはびっしょり冷や汗をかきながら、すでに自分の息子に対して、つまりは自分自身に対してナイフを振り上げていた。そこに突然、天からの声。《もうよい！　ただの冗談だ……》

ますます歪んでいく薄笑いから目を離さず、私は両手で机の縁につかまり、椅子ごとゆっくり、ゆっくりと離れていき、それから一気に、自分の全存在を抱きかかえるようにして、叫び声や階段や口の脇を一目散に駆け抜けた。

どうやって下に降りたかは記憶にないが、気がつくと私は地下鉄の駅の公衆トイレの中にいた。地上ではすべてが滅び、歴史上もっとも偉大で理性的な文明が崩壊したというのに、何の皮肉か、ここは何もかも以前のまま、美しいままだった。だがこれもすべて命運が尽きており、すべてが雑草に覆われ、すべてがただの《神話》になるのかと思うと……。

私は大声で呻きだした。するとそのとき、誰かに肩を優しく撫でられるのを感じた。それは私の隣人で、左の席に座っていたのだ。額は巨大な禿げた放物線で、額には皺の判読不能な黄色い文字列があった。そして、この文字列には私のことが書いてあった。

「あなたの気持ちはわかります、充分わかります」隣人は言った。「ですが、とにかく落ち着いてください。心配には及びません。すべて元通りになります、必然的に元通りになるのです。重要なのはただ、私の発見を皆に知ってもらうことです。あなたに最初にお話ししましょう。私は計算によって無限が存在しないことを突き止めたのです！」

私はぎょっとして彼を見た。

「ええ、そうです、無限は存在しないと言っているのです。仮に世界が無限であれば、その世界の物質の平均密度はゼロに等しくなるはずです。しかしゼロではない。そのことをわれらは知っています。したがって宇宙は有限であり、それは球形であって、宇宙の半径の二乗、y^2＝平均密度、それに掛ける……。あとは数係数を調べればいいだけで、そうすれば……。いいですか、すべては有限で、すべては単純で、すべては計算可能なのです。こうしてわれらは哲学的に勝利する。わかりますか？ それなのにあなたは、失礼、叫んだりして、私が計算を終える邪魔をしている……」

彼の発見か、この黙示録的な時間における彼の不屈さか、そのどちらにより感動させられたのかはわからない。その手には（今ようやく見えたのだが）手帳と対数の文字盤があった。そして悟った。たとえすべてが滅びようと、私の（未知の愛すべき諸君に対する）義務は、この記録を完成した形で残すことだと。

私は彼に紙をもらい、その場でこの最後の文章を書いた……。
古代人が死者を投げ下ろした穴の上に十字架を立てたように、私はもうピリオドを打つつもりでいたが、急に鉛筆が震えだし、指の間から抜け落ちた……。

「聞いてください」私は隣人を引っ張った。「聞いてくださいと言っているんです！　どうしても、どうしてもこれだけは答えてください。あなたの有限の宇宙が終わる場所では？　その先には何があるのですか？」

彼が答える時間はなかった。階段を下りてくる足音がして——

記録40

要点　事実・鐘・私は確信している

昼。晴れ。気圧計760。本当に私、Д-503がこの二百二十ページもの記録を書いたのだろうか？　本当にいつかこんなことを感じた――あるいは感じると想像したのだろうか？

筆跡は私のものだ。続いても同じ筆跡だが、幸い、同じなのは筆跡だけだ。譫言も、馬鹿げた隠喩（メタファー）も、感情も一切抜き。ただ事実のみ。なぜなら私は健康なのだから、完全に、絶対に健康なのだから。私は微笑む。微笑まずにはいられない。頭から棘のようなものが引き抜かれ、頭の中が軽くなり、空になった。正確には空ではなく、微笑むことを妨げる余計なものが一切ない（微笑は正常な人間の正常な状態である）。

事実は以下の通り。あの晩、宇宙の有限性を発見した私の隣人と、私と、私たちと一緒にいた全員が、〈手術〉証明書不所持で逮捕され、最寄りの講堂へ連行された（講堂の番号はなぜかお馴染みの112だった）。そこで私たちは台に縛りつけられ、〈大手術〉を受けさせられた。

翌日、私、I-503は〈恩人〉のもとへ出頭し、幸福の敵について知っていることをすべて話した。なぜ以前はそうすることが難しく感じられたのだろう？　不可解だ。唯一の説明は、以前の私の病気（魂）である。

その日の晩、私は名高い〈ガス室〉に〈初めて〉入り、〈恩人〉と同じテーブルに着いた。あの女が連れてこられた。私の面前で自供することになっていたのだ。この女は頑なに黙り、微笑んでいた。私は女が鋭い、とても白い歯をしていて、それが美しいことに気づいた。

その後、女は〈鐘〉の中に入れられた。女の顔がとても白くなったが、目が黒くて大きいので、非常に美しかった。〈鐘〉の中から空気が吸い出されはじめると、女はさっと頭を反らせ、半ば目を閉じ、唇をぎゅっと結んだ。それは私に何かを思い出させた。女は椅子の肘掛けをしっかりつかんで私を見ていた。目がすっかり閉じるまで見ていた。それから女は引きずり出され、電極を使ってすぐに意識を回復させられ、再び〈鐘〉の中に入れられた。それが三度繰り返されたが、それでも女は一言も話さなかった。この女と一緒に連れてこられた他の連中はもっと正直だった。その多くが一度目で口を割った。明日、彼らは全員〈恩人の機械〉の段を登るだろう。

延期はできない。なぜなら西部地区は依然として混沌としているからだ。怒号、死体、野獣。そして遺憾なことに、理性に背いた相当数のナンバーたちがいる。

だが街を横断する40番大通りでは、仮設の高圧電波壁の建設が間に合った。そして私はわれらが勝利することを望んでいる。それどころか、私はわれらが勝利することを確信している。なぜなら、理性は勝利しなければならないからだ。

解説

松下隆志

一　ソ連の「異端者」の生涯

ザミャーチンの生涯はしばしば「異端」という言葉で形容される。創作だけでなく評論活動や若手作家の育成にも力を入れ、一時は文壇の中心的人物にまでなったにもかかわらず、革命後の社会を諷刺した作品が激しい批判にさらされ、ついには亡命を余儀なくされ、不遇の内に生涯を閉じた。だが、時代に迎合することをよしとせず、あくまで己の信念を貫き通したその精神的強靱さこそが、『われら』という時代を超えて読み継がれる傑作を生んだ。まずはこの「異端者」の生涯をたどってみよう。

エヴゲーニー・イワーノヴィチ・ザミャーチンは一八八四年、モスクワから南に三百キロ以上離れたレベジャニに生を享けた。ドン川流域に位置する人口六千五百人ほどの田舎町で、トゥルゲーネフの『猟人日記』に描かれたことでも知られている。父イワンは地元の教会の聖職者、母マリヤは古典と音楽を愛する教養人で、幼いザミャーチンは母のピアノを聴きながら育ち、四歳の頃にはすでに読書を始めていたという。

作家の幼少期については一九二〇年代に書かれた複数の短い自伝によってしか知られていないが、そこにはザミャーチンに生涯ついて回る孤独感を物語るエピソードが記されている。二、三歳の頃、父母に連れられて行ったザドンスクの教会で、ザミャーチンは人混みに紛れて迷子になった。「父と母はおらず、そしてもう二度とない、私は永久に一人だ。誰かの墓の上に座っている。太陽、さめざめと泣く。丸一時間、私は世界に一人きりで生きていた」(「自伝」、一九二九)。

一八九六年にレベジャニから南に百五十キロほど離れたヴォロネジの中学校に入学する。ヴォロネジは人口六万人の風光明媚な河港都市だが、ザミャーチンは自身の中学校生活をただ「灰色」だったと回想している。この頃には早くも懐疑家の兆候が現れ、多くの時間を孤独の中で読書に費やした。お気に入りの作家はドストエフスキーやトゥルゲーネフ、ゴーゴリ(後にアナトール・フランス)で、とくにドストエフスキーの『ネートチカ・ネズワーノワ』やトゥルゲーネフの『初恋』に心を揺さぶられた。一九〇二年には金メダルを授与されて中学校を卒業し、生徒監はくれぐれも物書きなどになって逮捕されたりすることのないようにと忠告したが、皮肉なことにそれはザミャーチンのその後の人生に対する予言となった。

その年の秋にペテルブルグ工科大学造船学科に進学する。当時の首都ペテルブルグでは革命運動が盛んに行われており、ザミャーチンはネフスキー大通りのデモや大学での集会を目の当たりにし、自身も革命運動に身を投じていく。「当時ボリシェヴィキであることはもっとも困難な道を選ぶことを意味し、だからあの頃の私はボリシェヴィキだった」（「自伝」、一九二九）。

ロシアで第一の革命が起こった一九〇五年の夏には、大学の実習の一環で汽船「ロシア」に乗って近東旅行に出かけ、イスタンブールやベイルート、ポートサイードなどを歴訪し、復路に立ち寄ったオデッサで戦艦ポチョムキンの反乱を目撃している。ペテルブルグに戻った後も革命活動を継続し、十二月にはとうとう逮捕される。持ち前の勤勉さから、獄中でも速記術や英語を学んだり、詩を書いたりしたという。釈放後は故郷のレベジャニに追放されるが、田舎の生活は耐えがたく、非合法にペテルブルグに舞い戻ると、当時ロシア帝国領内だったヘルシンキなどで再び革命活動に従事しながら、一九〇八年に大学を卒業する。

卒業後は革命活動から離れ、造船技師として働くかたわら小説を書き、同年の秋には処女作『ひとり』を教育雑誌に発表する。とはいえ、獄中生活にインスピレーションを得て書かれたこの短編はまだ未熟なものだった。ザミャーチンに文学的名声をもたらしたのは、学生時代の革命運動への参加が罪に問われ、再び首都から追放されていた時期に書かれた『郡部の物語』である。とある田舎町の閉塞的な生活を諷刺的に描いたこの中編は、一九一三年に社会革命党系の雑誌「遺訓」に掲載されるや大きな反響を呼び、作者はアレクセイ・レーミゾフ、ミハイル・プリーシヴィン、イワーノフ=ラズームニクといった当時の一流の作家・批評家らと親交を結んだ。

こうして作家として順調な滑り出しを見せたザミャーチンだが、造船技師としての実績も忘れてはならない。一九一六年にはロシア砕氷船の造船監督としてイギリスに派遣されている。ロシアは第一次世界大戦前には砕氷船をたった二隻しか所有していなかったが、戦中に追加で建造された十隻の砕氷船はいずれもザミャーチンの監督のもとで造られたものだ。とりわけ、ザミャーチンが構想から完成まで関わった砕氷船

「アレクサンドル・ネフスキー」（後に「レーニン」と改名）はよく知られている。ザミャーチンにとって文学と砕氷船はいわば「二人の妻」だった（「私の妻たち、砕氷船、ロシアについて」、一九三二）。

一九一七〜二一年はザミャーチンの創作にとってもっとも実り多い時期である。イギリスから帰国後も革命直後の混乱が続くペトログラード（一九一四〜二四年のペテルブルグの呼称）に留まり、執筆活動を続けた。一九一七〜一八年にかけて多くの短編を発表し、首都の食糧事情などに対する不安からレベジャニに帰郷した際には中編『北方』を完成させている。一九二〇年には『ママイ』、『洞窟』といった革命後の生活を諷刺的に描く傑作短編が書かれた。そして本書『われら』の執筆も一九二〇年〜二一年に行われている。また、様々な文学組織の要職に就くなどして文壇での影響力を高め、作家集団「セラピオン兄弟」など若手作家の育成にも努めた。

この一九二一年を頂点として、以降は創作の数が目に見えて減少していく。その理由としては、『われら』という傑作を書き上げた後で作家が自身の創作により厳しく向き合うようになったことや、雑誌の編集や文学組織に関連する仕事が増加し、単純に創作の時間が取れなくなったことなどが挙げられるほか、共産党員やプロレタリア批評家からの絶え間ない批判があった。彼らはザミャーチンの作家としての傑出した才能を認めながらも、彼に「反革命のブルジョア作家」というレッテルを貼った。

しかし、ザミャーチンを単純に反革命と見なすのは正しくない。彼は自身の革命観について次のように書いている。「革命は至るところ、あらゆるものの中にある。それは無限であり、最後の革命などない、最後の数はないのだ。社会革命は無数にある数の一つにすぎない。革命の法則は社会的なものではなく、はるかに大きい。エネルギー保存やエネルギー縮退（エントロピー）の法則と同じような、宇宙的、普遍的法則（Universum）なのである」（「文学、革命、エントロピーなどについて」、一九二三）。『われら』でもこれとほぼ同じ思想が革命家Iの口から語られるが、ザミャーチンが批判したのは革命そのものではなく、ロシア革命を「最後の革命」と見なし、体制をドグマ的に賛美する者たちの方だった。

教条主義を嫌い、絶え間ない革新を求めるこうした信条は文学においても一貫している。ザミャーチンは体制に迎合的で諷刺や異論をことごとく排除しようとする文壇の状況を憂慮し、次のように書いている。「勤勉で信頼できる役人ではなく、狂人や、世捨て人や、異端者や、夢想家や、反乱者や、懐疑家がそれを作るところにおいてのみ、真の文学があり得るのだ」（「私は恐れる」、一九二一）。

歯に衣着せぬ物言いで自説を主張するザミャーチンは、当時の文壇においてまさに「異端者」にほかならなかった。しかし、公然たる反『われら』キャンペーン、自身が脚本を担当した演劇作品の上演禁止、全ロシア作家協会からの半ば強制的な脱会など、日に日に強まる弾圧を受け、国内での作家活動は絶望的な状況となった。そして一九三一年、とうとうザミャーチンはスターリンに宛てて亡命の許可を得るための手紙を書く。「作家である私にとって、書く可能性を奪われることは死刑宣告にほかなりません」と苦しい胸の内を吐露したこの手紙は、ゴーリキーを介してスターリンの手に渡った。そして同年十一月、ザミャーチンは妻とともにソ連を去り、もう二度と祖国の地を踏むことはなかった。

亡命先のパリでは、友人の画家ユーリー・アンネンコフ、文芸批評家マーク・スローニムなどを除き、反ソ亡命者との交際は避け、孤独な晩年を送った。生活のために映画の脚本を書いたが、ジャン・ルノワール監督の映画『どん底』（一九三六）にはザミャーチンがシナリオ制作者の一人としてクレジットされている。西ローマ帝国を脅かしたフン族の王アッティラにまつわる大長編『神の鞭』はついに未完に終わった。すでに亡命前から様々な病に苦しんでいたザミャーチンは、一九三七年三月十日、心臓発作により五十三歳でこの世を去った。

二『われら』について

ザミャーチンが「私のもっとも滑稽でもっとも真剣な作品」(「自伝」、一九二二)と述べる『われら』は、創作にもっとも勢いがあった一九二〇〜二一年にかけて書かれた。作家が存命中に完成させた唯一の長編にして最高傑作である。

しかし、革命後の政治状況に対する痛烈な諷刺を含んだ『われら』は、当時の文壇で厳しい批判に曝されることとなった。ザミャーチンの作家としての才能を高く評価していたゴーリキーも、本作については「『われら』は絶望的にひどい、まったく実りのない作品だ」と酷評している。ユーリー・トゥイニャーノフによる肯定的な評価などを除くと、一九二〇年代の作品に対する批評は総じてイデオロギー的なものであり、その芸術的価値はほとんど顧みられることがなかった。このような作品を国内で公式に発表することは不可能だったが、原稿自体は広く出回っており、また作者自身が様々な機会に作品を朗読していたので、知識人の間ではよく知られていた。一九二七年にはプラハの亡命雑誌に『われら』のロシア語原文が部分的に掲載されるが、このことがラップ（ロシア・プロレタリア作家協会）による反ザミャーチン・キャンペーンの恰好の口実となり、作家は亡命へと追いつめられていく。

『われら』の最初の出版は精神分析医グレゴリー・ジルボーグによる英訳（一九二四）だった。ある程度の反響はあったものの、部数は少なく、その後は長らく忘れられていた。作品を取り巻く状況が一変するのは第二次世界大戦後で、作家・ジャーナリストのジョージ・オーウェルと亡命ロシア詩人・批評家のグレープ・ストルーヴェによる『われら』再評価の動きがきっかけだった。オルダス・ハクスリーの反ユートピア小説『すばらしい新世界』（一九三二）の成功、ドイツやソ連の全体主義体制に対する人々の関心の高まりなども手伝って、一九五二年にはロシア語版のテクストがアメリカで初めて出版された。一九五九年にはジルボーグによる英訳が再版され、欧米の研究者の間でザミャーチンの名が広く知られるようになる。ソ連でようやく作品が出版されたのは、作品の執筆から実に七十年近くを経た一九八八年のことだった。

こうした出版の経緯もあり『われら』の研究では欧米が先んじたが、現在ではロシアをはじめとする世界中で研究が行われており、作品が一見するよりもはるかに豊富な文学的アリュージョンに満ちた作品だということがわかってきている。この解説では『われら』を読み解くためのいくつかの視点を提示してみたい。

プロレトクリトに対する諷刺

第一に『われら』は革命直後の内戦期のロシアの文化状況を色濃く反映した作品である。当時のロシアではプロレタリア階級による自発的な文化の創出の必要性が盛んに主張されており、一九一七年には「プロレトクリト」と呼ばれる文化団体が設立された。プロレトクリトは機関誌『プロレタリア文化』を発行し、各都市に芸術スタジオやクラブなどを設置することによって労働大衆の芸術活動への参加を推進し、一九二〇年には約五十万人ものメンバーを擁する巨大な大衆運動へと拡大した。運動の理論的な指導者であった革命家アレクサンドル・ボグダーノフは、プロレタリアートによる文化革命が政治革命に先行しなければならないと考え、新しい文化のためには集団主義的な人間の創造が必要だと主張した。

それに対し、ザミャーチンはプロレトクリトを真っ向から批判したエッセイ「楽園」（一九二一）を書いている。その中で書き手はプロレタリア詩人を戯画的に楽園を創造した古の神に喩え、その楽園にあるのは「モノフォニーのみ、歓喜のみ、光のみ、全会一致のテ・デウム［「神よあなたを讃えます」で始まる賛歌］のみ」とする。

このエッセイには「自由という野蛮な状態」、独創性は「完全な平等を乱すことを意味する」など、『われら』と同じ表現が随所に用いられているが、小説の中にもプロレトクリトの美学や思想の反映が数多く見いだされる。そもそも「われら」というタイトルにしてからがプロレトクリトに対するアイロニカルな言及となっており、当時のプロレタリア詩人の多くが集団性を賛美するために「われら」と題した詩を作っていた。他にも、「かつてはわれらはみすぼらしい作業場ではたらき、毎朝違う時間に仕事を始めたものだった。／いまでは、朝の八時に百万人全員のために汽笛が叫ぶ。／いまやわれらは一斉に一分と違わず正確に仕事をはじめる。／百万人全員が同じ瞬間にハンマーを取る。」（佐藤正則訳）という一節を含む詩人アレクセイ・ガスチェフの詩「汽笛（サイレン）」（一九一三）をはじめ、『われら』にはプロレタリア詩のパロディが様々な形で挿入されている。

作品に対するプロレトクリトの影響を考える上で、このガスチェフの存在は非常に大きい。彼は論文「プロレタリア文化の傾向について」（一九一九）で次のように書いている。「たんに身振りや労働生産の方法が機械化されるばかりではなく、日常生活の思考も機械化され、極端な客観主義と結びつくことによって、プロレタリアートの心理は驚くほど標準化される。［中略］こうした特徴がプロレタリア的心理に驚くべき匿名性をあたえ、ひとりひとりのプロレタリアートをA、B、C、あるいは三二七、〇七五、〇などと識別できるようになる」（同前）。そしてこうしたアイディアを実現させる具体的な手立てとして注目されたのが、ほかでもない、当時のロシアで生産性向上のために導入されていた、アメリカの経営学者フレデリック・テイラー考案による「テイラー・システム」と呼ばれる労務管理システムだった。

また、『われら』では宇宙船「インテグラル」による宇宙進出が問題となっているが、こうした「コスミズム」と呼ばれる宇宙をめぐる思想も、当時のプロレタリア詩における重要なテーマの一つだった。地上の革命だけでは飽き足らない詩人たちは、革命を宇宙空間にまで押し広げようとし、たとえば「鍛冶場派」のメンバーだった詩人ミハイル・ゲラシモフは、「火星の運河の岸辺に／宇宙の自由の宮殿をうちたてよう、／そこではカール・マルクスの塔が／炎の間欠泉のように輝くだろう」（同前）

などと歌った。このように宇宙的想像力をたくましくする中で、プロレタリア詩人たちはやがて『われら』の主人公と同じように、自分たちを神のような存在と見なすまでになる。

神話と古典のモチーフ

プロレトクリトに対する諷刺が物語の横糸だとすれば、縦糸に相当するのは宗教的なモチーフである。詩人のR－13は楽園に関する詩を話して聞かせるが、『われら』は新たな楽園追放の物語としても読める。作中の描写から、「恩人」は神エホバ、Д（デー）－503はアダム、I－330はイヴと考えられる（イヴを唆す蛇はその容姿などからS－4711だと推測する研究者もいる）。ДはIの誘惑によって無垢を失い、「単一国」という楽園を追われそうになるが、創世記とは異なり、新たなアダムは最終的に楽園に復帰する。

一方、Rの楽園に関する詩の中で展開される、人類の幸福のためには自由を放棄しなければならないという考えには、ドストエフスキーの長編『カラマーゾフの兄弟』でイワン・カラマーゾフが語る「大審問官」の物語の影響が色濃く見られる。「恩人」は明らかに大審問官の後継者であり、記録36のДと「恩人」の対話はキリストと大審問官の対話を髣髴とさせる。こちらの解釈ではДはアダムではなくキリストの役割を演じることになるが、実際、この場面でわざわざ言及されるДの三十二歳という年齢はキリストが磔にされたとされる年齢に極めて近い。そして最終的にДは「大手術」を受け、キリストのように復活する（その意味は正反対だが）。

また、反乱組織の「メフィ」という名称がメフィストフェレスに由来することを考慮すれば、それを束ねるIはイヴではなく、神に反旗を翻すサタンの化身と考えた方が妥当かもしれない。さらに、Iの顔と結びついたXは十字架を想起させることから、I自身にもキリストの姿が重ねられていると見ることもできる。Iが英語で「私」を意味し、彼女がДの心の声を語る一種の分身であることを考え合わせるなら、決して無理のある解釈ではないだろう。

そして、Rがロシア語で「私」を意味するЯ（ヤー）を反転させた形であることから、RもまたДの分身として想定されているのかもしれない。作中にはロシアの近代文学の祖でアフリカの血を引く詩人プーシキンの肖像画が登場するが、詩人の黒人風の容貌は明らかにそれを意識したものだ。プーシキンは反逆的な政治詩を書いていたが、一八二五年のデカブリストの反乱をきっかけに権力による締めつけが強まると、政府の監視下で皇帝を賛美するような詩も書いた。プーシキンのこうした経歴は、「国家詩人」でありながら密かに反逆をたくらむRの姿にも重なる。

このように、『われら』の登場人物には神話や古典の様々なイメージが多重的に投影されており、必ずしも首尾一貫した読解を許すものではないが、こうした多様な解釈の可能性もまた『われら』の大きな魅力の一つだと言える。

（反）ユートピア性

『われら』は今日ではハクスリーの『すばらしい新世界』、オーウェルの『一九八四年』と並び、二十世紀を代表する反ユートピア小説の一つに数えられている。ほぼ二十四時間、食事から性生活に至るまで生活のすべてが国家によって厳格に管理され、個人は国家という巨大な機械の部品にすぎず、逆らう者は誰であろうと容赦なく排除される。まるでスターリニズムに象徴される全体主義社会を予見したかのような内容だが、作品が書かれたのはスターリンによる弾圧が激しくなるはるか以前であり、予言的な作品と言われるのもうなずける。

実際に『われら』は文学や哲学の作品で描かれた古典的なユートピアの特徴をいくつも備えている。たとえば、国家による出産や養育の管理、国家の安寧を護る「守護者」の存在などはプラトンの『国家』を、「ユニファ」と呼ばれる制服はモアの『ユートピア』を容易に思い起こさせるだろう。

さらに、作品の直接的な原型としてイギリスの作家ジェローム・K・ジェロームの短編『新しいユートピア』（一八九一）を挙げる研究者もいる。これはひょんなことから二十九世紀の世界で目覚めた男が社会主義の理想が完全に実現された理想郷を訪れるという物語で、番号によって区別される人々、家族の廃止、管理された性生活など、なるほど共通点が多い。ジェロームは当時のロシアで非常に人気のあった作家で、『われら』を批判したフォルマリズムの批評家ヴィクトル・シクロフスキーも類似を指摘している。

とはいえ、『われら』に対する本質的な影響という点で重要なのは、「SFの父」と称されるH・G・ウェルズの存在だろう。ザミャーチンはウェルズのことを大いに尊敬しており、一九二〇年にこの英国の大作家がペトログラードを訪れた際にもレセプションに参加している。ザミャーチンによれば、ウェルズの社会派SFは古典的なユートピア小説とは根本的に異なっている。ユートピア小説が理想的な社会像を提示し、それゆえダイナミズムを欠いた静的な構造を持つのに対し、ウェルズの小説はSFと結びついた社会諷刺であり、軋轢や闘争の上に組み立てられたプロットは常に動的である。ザミャーチンのこうした分析はそのまま『われら』にも当てはまるだろう。

第二次世界大戦後に『われら』を再発見したオーウェルは、「これは第一級の本ではないが、確かに異色の作品だ」(「書評――E・I・ザミャーチン著『われら』」、一九四六)と述べ、『すばらしい新世界』はこの作品に着想を得たものに違いないと指摘した(ハクスリー自身は否定している)。そして全体主義の非合理的側面を描いているという点において、『われら』を『すばらしい新世界』よりも高く評価した。後にオーウェル自身が反ユートピア小説『一九八四年』を執筆するが、そのプロットや登場人物には『われら』の影響をありありと見て取ることができる。

個人の自由が存在しない超管理社会、そこに君臨する独裁的指導者の存在など、『すばらしい新世界』や『一九八四年』は確かに『われら』と多くの共通点を持っているが、『われら』を単純な反ユートピア小説に分類できるかどうかは議論が分かれるところだ。ユーゴスラヴィア出身のSF批評家ダルコ・スーヴィンによれば、『われら』にはある種の首尾一貫性のなさが見られ、ザミャーチンは単に科学的な合理主義を否定しようとしているのではなく、作中に描かれた「単一国」とは違う形で科学や愛を芸術と有機的に結びつける道を探求しているのだという。アメリカの批評家フレドリック・ジェイムソンもこうした指摘を受け、「『われら』は、どれほどの両面価値性(アンビヴァレンス)を有していようとも、いまだにその内部ではユートピア的衝動がはたらいている真の反ユートピアである」(秦邦生訳)と述べている。

三　翻訳について

翻訳では底本として一九八八年にロシアで出版されたクニーガ社の作品集を用いた(*Замятин Е.И.* Сочинения. М.: Книга, 1988)。とはいえ、すでに述べたような母国で出版されるまでの複雑な経緯もあり、テクストには文章の脱落や誤植、あるいは作者のケアレスミスと思われる箇所も少なくない。そのため翻訳の過程では、ザミャーチンの妻リュドミーラによる校正が加えられた唯一現存する『われら』のタイプライター原稿(Евгений Замятин. «Мы»: Текст и материалы к творческой истории романа. СПб.: Изд.

дом «Міръ», 2011）を参照しつつ、訳者の判断で適宜修正を加えた。

ただし、テクストには単純に作者の間違いと言い切れない箇所もある。たとえば$\sqrt{-1}$は普通は虚数（imaginary number）と呼ばれるが、作中では一貫して無理数（irrational number）という言葉が用いられている。これはおそらく、$\sqrt{-1}$が「単一国」が拠り所にしている理性（ratio）を揺るがす概念であることを示す意図があるからだと思われるため、原文のままとした。

また、作中では数学的モチーフが多用されているが、「単一国」の人口や分数の計算などについて曖昧な箇所や初歩的な間違いが見受けられる。こうした欠陥はザミャーチンのミスではなく、「単一国」の数学の不完全さを示すために作者が故意に挿入したものだと主張する研究者もいる。個人的には穿ちすぎに思えるが、こうした点についても原文を尊重した。

アルファベットと数字で表される登場人物の名前は、一見するといかにも個性を剝奪された管理社会に相応しいようだが、匿名性だけではない多義的な機能を有している。I、S、Oといったアルファベットはその名の持ち主の身体的特徴を表しており、すでに述べたようにIやRというアルファベットは彼らが語り手の分身であることを示唆しているのだろう。また、原文では登場人物の名前に関してキリル文字とラテン文字が使い分けられており、キリル文字のД、Ю、Φは体制側の人間を、ラテン文字のI、R、Sは反体制側の人間を表しているとも考えられる。Oはキリル文字ともラテン文字とも取れることから、Дの子を身籠もって「メフィ」のもとへ逃れるO‐90は、〈緑の壁〉の内と外をつなぐ媒介者として想定されているのかもしれない。登場人物の名前をめぐるこうした多様な解釈の可能性を損なわないためにも、本書ではД、Ю、Φについてはあえてキリル文字のままとした。

訳語について、「単一国」や「恩人」といった基本的な用語は比較的定着していると思われる訳を踏襲した一方で、一部の用語には今の時代に照らして新しい訳語を当てた。たとえば、「単一国」の国民生活を二十四時間管理しているЧасовая Скрижальなる代物が出てくる。скрижальはモーセの十戒など神聖な教義を記した石板のことで、従来の訳ではそれを踏まえて「時間律法板」、「時間律令板」などと訳されてきたが、本書ではシンプルに「時間タブレット」と訳すことにした。「タブレット」というカタカナ言葉は今では iPad など板状の携帯情報端末を指す言葉として定着しているが、これも語源をたどればскрижальと同じ文章を刻むための石板に行き着く。iPad はいわば、現代のテクノロジーによって劇的に進化した石板なのである。

最後に、『われら』の文体についても一言述べておきたい。ザミャーチンは小説を書く上で何よりも「簡潔さ」を重視した。それは単に無駄な言葉を削ぎ落とすということに留まらず、表現をとことんまで切り詰め、一つ一つの単語に大きな負荷を掛けることを意味した。それはたとえば、動詞を随所で省略し、おびただしい数のダッシュによって単語を繋いでいくという独特のスピード感あふれる文体に表れている。そうした文体をそのまま日本語に移し替えるのはさすがに無理があるが、なるべく原文が持つ簡潔さやスピード感を損なわない訳を心がけたつもりである。

参考文献

〈一次資料〉

Замятин Е.И. Собрание сочинений в четырех томах. М., 2014.

〈二次資料〉

Barratt, Andrew, 'Introduction' and 'Notes to the Text,' in *E. Zamyatin We* (London: Bristol Classical Press, 1994), pp. v–xx and pp. 135–144.

Kern, Gary (ed.), *Zamyatin's We: A Collection of Critical Essays* (Ann Arbor: Ardis, 1988).

Russell, Robert, *Zamiatin's We* (London: Bristol Classical Press, 2000).

Shane, Alex M., *The Life and Works of Evgenij Zamjatin* (Berkeley and Los Angeles: University of California Press, 1968).

Е.И. Замятин: pro et contra, антология / Сост. О.В. Богдановой, М.Ю. Любимовой, вступ. статья Е.Б. Скороспеловой. СПб., 2014.

オーウェル、ジョージ（川端康雄編）『水晶の精神――オーウェル評論集2』平凡社ライブラリー、一九九五年。

オクチュリエ、ミシェル（矢野卓訳）『社会主義リアリズム』白水社、二〇一八年。

川端香男里『ユートピアの幻想』講談社学術文庫、一九九三年。

佐藤正則『ボリシェヴィズムと〈新しい人間〉――二〇世紀ロシアの宇宙進化論』水声社、二〇〇〇年。

ジェイムソン、フレドリック（秦邦生訳）『未来の考古学I――ユートピアという名の欲望』作品社、二〇一一年。

スーヴィン、ダルコ（大橋洋一訳）『SFの変容――ある文学ジャンルの詩学と歴史』国文社、一九九一年。

スローニム、マーク（池田健太郎、中村喜和訳）『ソビエト文学史』新潮社、一九七六年。

西中村浩「ザミャーチンとロシア象徴主義――ネオリアリズムの成立過程」『Rusistika』東京大学文学部ロシア文学研究室、一九八二年、八一―九二頁。

――「E. ザミャーチン――『われら』とロシア・アヴァンギャルド」『ロシア語ロシア文学研究』日本ロシア文学会、一九号、一九八七年、七六―九〇頁。

――「エヴゲニイ・ザミャーチンにおけるロシアと西欧」『スラヴ研究』北海道大学スラブ研究センター、三四号、一九八七年、五七―七六頁。

ザミャーチン年譜

一八八四年
一月、タンボフ県の田舎町レベジャニに生まれる。父イワンは地元の教会の聖職者。母マリヤは音楽を愛する教養人。

一八八五年　一歳
妹アレクサンドラが生まれる。

一八八六〜一八八七年　二〜三歳
両親に連れられて行ったザドンスクの教会で迷子になり、強烈な孤独感を味わう。

一八八八年　四歳
文字を覚え、ペテルブルグの日刊紙「祖国の子」を声に出して読む。

一八八九〜一八九〇年　五〜六歳
地元でコレラが流行する。

一八九二年　八歳
レベジャニの下級中学校（プロギムナジヤ）に入学。読書に耽るようになり、ゴーゴリ、トゥルゲーネフ、ドストエフスキーなどの作品に親しむ。

一八九六年　一二歳
レベジャニから南に一五〇キロほど離れた都市ヴォロネジの中学校（ギムナジヤ）に入学。

学校生活は退屈で、早くも懐疑家の兆候が現れる。得意科目は作文。

一八九九年　一五歳
狂犬病の犬に嚙まれるが、事なきを得る。

一九〇二年　一八歳
金メダルを授与されて中学校を卒業。生徒監から作家になって逮捕されることのないようにと忠告される。秋、ペテルブルグ工科大学造船学科に入学。

一九〇三年　一九歳
冬、ネフスキー大通りで初めて民衆デモを目撃し、自身も革命運動に参加するように。

一九〇五年　二一歳
夏、大学の実習でイスタンブール、ベイルート、ポートサイード、エルサレムなど近東を旅行。エルサレムでは知り合いのアラブ人の家で一週間ほど暮らす。六月、復路で立ち寄ったオデッサで戦艦ポチョムキンの反乱とゼネストを目撃。一一月、未来の妻リュドミーラとともに非合法の会合に参加。一二月、ペテルブルグで革命グループの大規模な摘発があり、ザミャーチンも逮捕され、数カ月の独房生活を送る。

一九〇六年　二二歳
春、釈放され、故郷レベジャニに追放される。しかし田舎生活の耐えがたさから非合法にペテルブルグに戻り、間もなくヘルシンキに渡る。七月、ヘルシンキの政治集会で作家レオニード・

アンドレーエフの世話役を務める。ペテルブルグに戻り、大学での勉強を再開。警察に発見され再びペテルブルグから追放されそうになるが、書類の不備により難を逃れる。

一九〇八年　二四歳
大学卒業とともに革命運動を離れ、造船技師として働くかたわら小説を書く。秋、雑誌「教育」に処女短編『ひとり』を発表。

一九一〇年　二六歳
短編『娘』。

一九一一年　二七歳
ペテルブルグ工科大学造船学科の講師に就任。警察が五年前の書類の不備を訂正し、再びペテルブルグから追放される。病気になり、フィンランド湾に面する町セストロレツクの別荘で療養するが、すぐにペテルブルグに近い小村ラフタに移る。

一九一三年　二九歳
ロマノフ王朝三百周年の恩赦によりペテルブルグ帰還を許される。三月、中編『郡部の物語』を雑誌「遺訓」に発表し、レーミゾフ、プリーシヴィン、イワーノフ=ラズームニクらと親交を結ぶ。冬、黒海から約八〇キロに位置するニコラーエフで療養。

一九一四年　三〇歳
三月、中編『僻地にて』を「遺訓」三号に発表するが、軍の名誉を侮辱しているなどの理由で雑誌から削除される。

短編『道楽者』『三日間』。

一九一五年　三一歳

短編『曹長』『腹』『四月』、中編『アラトゥイリ』。

一九一六年　三二歳

二月、作品集『郡部の物語』を刊行、好評を得る。三月、ロシア砕氷船の造船監督に任命され渡英。砕氷船「アレクサンドル・ネフスキー」（後に「レーニン」と改名）をはじめ十隻の砕氷船の建造を監督。短編『がんばり屋』『文章で』『アフリカ』。

一九一七年　三三歳

二月革命。九月、ペトログラード（ペテルブルグ）に戻り、作家活動に専念。イワーノフ＝ラズームニク率いる「スキタイ人」グループと知り合う。ペテルブルグ工科大学で再び教鞭をとる。十月革命。短編『乙女ゼニーツァの聖なる罪』『本当の真実』。

一九一八年　三四歳

三月、文学活動の保護と若手の育成を目的とする「文学者同盟」結成、運営に関わる。首都の物資不足に対する不安から一時帰郷。九月、レベジャニの大学で現代ロシア文学について講演。中編『島の人々』。短編『測量士』『目』『竜』『しるし』『コロンブス』など。エッセイ「スキタイ人？」。

一九一九年　三五歳

二月、社会革命党左派の陰謀に加担した容疑で取り調べを受ける。ゴーリキー主導による一連の文化プロジェクト――世界史演劇化計画、「世界文学」出版所設立（九月）、「芸術会館」設立（一一月）――に積極的に参加。エッセイ「明日」。

一九二〇年　三六歳

四月、「全ロシア作家協会」設立、ペトログラード支部の理事に選ばれる。ゲルツェン記念教育大学で現代ロシア文学の講義（翌年まで）。九月、ボリショイ・ドラマ劇場のためにブロークと共同で改訳した『リア王』が上演される。九～一〇月、H・G・ウェルズ訪露、「芸術会館」で催されたレセプションに参加。処女戯曲『聖ドミニクの火』執筆。

一九二一年　三七歳

二月、ザミャーチンらに教えを受けた若い世代の作家たちが「セラピオン兄弟」を結成。長編『われら』完成。短編『ママイ』『トゥルンバス』。エッセイ「私は恐れる」「楽園」。

一九二二年　三八歳

一月、ウェルズの研究書を出版。八月、反体制主義者として多数の知識人とともに逮捕されるが、友人の尽力もあり釈放される。中編『北方』。短編『人間をとる漁師』『洞窟』『すべて』『共犯者』『修道僧エラスムはいかに快癒したか』。

一九二三年　三九歳

短編『クヌイ』『ルーシ』。エッセイ

「新しいロシアの散文」「文学、革命、エントロピーなどについて」。

一九二四年　四〇歳
チーホノフ、エーフロス、チュコーフスキーらとともに雑誌「ロシア現代人」を発刊。短編『もっとも重要なことについての話』。アメリカで『われら』の英訳が出版。

一九二五年　四一歳
二月、モスクワ芸術座で戯曲『蚤』上演。一一月、ミハイロフスキー劇場で『島の人々』を脚色した戯曲『名誉鐘撞人会』上演。

一九二六年　四二歳
『灰色の水曜日に起きた奇跡について』。

一九二七年　四三歳
九月、共産党系の雑誌「文学の歩哨にて」で「ブルジョア作家」と批判される。プラハの亡命雑誌「ロシアの意志」にロシア語版『われら』の一部が掲載。短編『チュルイギン氏の式辞』。

一九二八年　四四歳
悲劇『アッティラ』が上演禁止になる。七月、農業問題を作品にするため、ピリニャークやレオーノフらとともに集団農場を訪れる。短編『ヨール型帆船』『十分間のドラマ』。

一九二九年　四五歳
八月、国外で作品を発表したことでラップ（ロシア・プロレタリア作家協会）からピリニャークとともに激しく批判される。九月、全ロシア作家協会支部を脱会。短編『洪水』。

一九三〇年　四六歳

一月、第一幕の台本を手がけたショスタコーヴィチ作曲のオペラ『鼻』がマールイ・オペラ劇場で上演。五月、ベン・ヘクトとチャールズ・マッカーサー共作の喜劇を脚色した戯曲『センセーション』がヴァフタンゴフ劇場で上演。「レニングラード作家出版所」からソ連で最後の単行本『洪水』を刊行。

一九三一年　四七歳

四月、レニングラード・プロレタリア作家協会の圧力により「レニングラード作家出版所」から追放され、作家活動の場を失う。六月、ゴーリキーを介してスターリン宛に亡命の許可を求める手紙を書く。一年間の国外滞在許可が下り、一一月、ソ連を去る。一二月、プラハで「現代ロシア演劇」と題する講演を行う。プラハの共産党機関紙がこの講演を中傷し、記事の一部がソ連の「文学新聞」に掲載される。

一九三二年　四八歳

二月、フランスのビザを手に入れパリへ。三月、エレンブルグらとともにパリ・プロレタリア作家グループのパーティーに来賓として招かれる。生活のために映画のシナリオ制作を始める。

一九三六年　五二歳

ジャン・ルノワール監督の映画『どん底』のシナリオを書く。秋、医者に狭心症と宣告される。

一九三七年　五三歳

三月一〇日、心臓発作のため死去。長編『神の鞭』は未完に終わる。

付記　年譜の作成に当たっては、『集英社ギャラリー［世界の文学］15 ロシアⅢ』（一九九〇年）収録のザミャーチン年譜を基に、加筆修正を行った。

訳者あとがき

二〇一七年にトランプ政権が誕生し、アメリカではジョージ・オーウェルの『一九八四年』が再びベストセラーとなったという。実はロシアでもプーチン政権が誕生した二〇〇〇年代、反ユートピア小説が流行したことがあった。

現代ロシアの人気作家ドミートリー・ブイコフは、ザミャーチンの作品集に寄せた序文で、現代の反ユートピアはザミャーチンが思い描いていたものとはまったく異なるものとなったと書いている。それはインターネットによる全体主義とでもいうべきものであり、そこで君臨しているのは「恩人」でも「ビッグブラザー」でもなく、「グーグル」という巨大企業なのだ。したがってもはや『われら』には警告としての意味はない。

とはいえ、こうした主張はいささか一面的な見方ではある。『われら』で描かれているのは、近代の合理主義と科学技術を極限まで推し進めた果てに実現する未来社会が、古代の神権政治国家に似通ってくるという逆説的な状況だが、二十一世紀の現代にも似たような状況があるのではないだろうか。たとえばそれは、SNSの普及によりもたらされた「ポスト・トゥルース」と呼ばれる状況である。「単一国」の科学が無謬を標榜するがゆえに宗教めいてくるのとは逆に、現代ではいかなる情報も「偽物(フェイク)」となる可能性を孕むがゆえに、真実というカテゴリーはもはや個々人の信仰の領分に属するものとなった。なるほど両者はまったく異なる反ユートピアだが、近代の原理を突き詰めた先に前近代的なものへの転落があるという点において共通している。

現代ロシア文学に描かれる反ユートピアもしばしば前近代的性格を備えている。ポストモダン作家のウラジーミル・ソローキンは小説『親衛隊士の日』(二〇〇六)で近未来のロシアを描いたが、そこではなんと封建主義的な帝政が復活している。イワン雷帝を想起させる強大な独裁者、秘密警察、公開処刑、ヨーロッパとロシアを隔てる巨大な壁、ナショナリズムにより多様性が排除された画一的な文化など、そこには紛れもなくザミャーチンが『われら』で描いた反ユートピア像が反映されている。

現実世界に目を向けてみても、まさにトランプ大統領がアメリカとメキシコの国境に巨大な壁の建設を計画中だ。あるいは、ヨーロッパに押し寄せる大量の難民を食い止めるために設けられたフェンスを思い浮かべてみてもいい。『われら』の中で壁は「あらゆる発明の中でもっとも偉大な発明」と述べられている。壁は人間を「われら」と「彼ら」に分割する原始的でありながら極めて強力な方法であり、今まさに世界中でそうした壁が様々な――ときには目に見えない――形で増殖しているように思えてならない。今こそ『われら』を全体主義批判の書としてではなく、二十一世紀の私たちに向けられた物語として読み直すべきときなのではないだろうか。

現代文学を専門とする訳者にとって本格的な古典の翻訳は今回が初めてで、試行錯誤の連続だった。現代文学の場合はほぼ常に自分が最初の訳者となるので訳の仕方について あれこれ頭を悩ます必要はないが、古典だとそうはいかない。しかも『われら』には川端香男里氏、小笠原豊樹氏というロシア文学の大家・名訳者による優れた先訳があるときている。自分のような若輩者には荷が勝ちすぎると何度も心が折れそうになったが、それでもなんとかこうしてここに形にできたことに安堵している。

翻訳の過程では多くの方から有益なアドバイスをいただいた。解説を書くに当たっても、『われら』やザミャーチンに関する先行研究から多くのことを学ばせてもらった。記録をたどると、はじめに今回の古典新訳の話をいただいたのは二〇一四年に遡るが、様々な事情があって完成までに思いのほか時間が掛かってしまった。翻訳の作業を辛抱強く待っていただいた光文社の小都一郎氏、今野哲男氏には深く感謝申し上げる。

本書には、癲癇に関して「《インスピレーション》という未知の形態の癲癇があり」「癲癇を起こして歪んだかのような」などの表現が用いられています。癲癇は長らく原因不明とされ、激しい全身の痙攣といった症状や、「遺伝する」「感染する」との誤解から、近年に至るまで偏見や差別の対象となってきました。しかし現在では、種々の成因によってもたらされる脳の疾患であることが医学的に明らかとなり、患者の八割は薬の服用によって発作を抑えることができるようになっています。

また、「黒人風のいやらしい唇」「黒人風の唇」という、特定の人種に対する差別的な表現、「白内障の目のような白い雲」のように、特定の疾患の一症状を比喩的に用いた、今日の観点からすると不快・不適切とされる表現が含まれています。

これらは本書が成立した一九二〇年代当時のソ連(現・ロシア)の社会状況と、未熟な人権意識に基づくものですが、古典としての歴史的・文学的価値を尊重し、原文に忠実に翻訳することを心がけました。差別の助長を意図するものでないことをご理解ください。

編集部

われら

著者　ザミャーチン
訳者　松下隆志（まつしたたかし）

2019年9月20日　初版第1刷発行
2025年4月10日　　　第2刷発行

発行者　三宅貴久
印刷　大日本印刷
製本　大日本印刷

発行所　株式会社光文社
〒112-8011東京都文京区音羽1-16-6
電話　03（5395）8162（編集部）
03（5395）8116（書籍販売部）
03（5395）8125（制作部）
www.kobunsha.com

ISBN978-4-334-75409-9 Printed in Japan

組版　新藤慶昌堂

いま、息をしている言葉で、もういちど古典を

長い年月をかけて世界中で読み継がれてきたのが古典です。奥の深い味わいある作品ばかりがそろっており、この「古典の森」に分け入ることは人生のもっとも大きな喜びであることに異論のある人はいないはずです。しかしながら、こんなに豊饒で魅力に満ちた古典を、なぜわたしたちはこれほどまで疎んじてきたのでしょうか。

ひとつには古臭い教養主義からの逃走だったのかもしれません。真面目に文学や思想を論じることは、ある種の権威化であるという思いから、その呪縛から逃れるために、教養そのものを否定しすぎてしまったのではないでしょうか。

いま、時代は大きな転換期を迎えています。まれに見るスピードで歴史が動いていくのを多くの人々が実感していると思います。

こんな時わたしたちを支え、導いてくれるものが古典なのです。「いま、息をしている言葉で」――光文社の古典新訳文庫は、さまよえる現代人の心の奥底まで届くような言葉で、古典を現代に蘇らせることを意図して創刊されました。気取らず、自由に、心の赴くままに、気軽に手に取って楽しめる古典作品を、新訳という光のもとに読者に届けていくこと。それがこの文庫の使命だとわたしたちは考えています。

このシリーズについてのご意見、ご感想、ご要望をハガキ、手紙、メール等で翻訳編集部までお寄せください。今後の企画の参考にさせていただきます。
メール　info@kotensinyaku.jp